KB241552

# 금성 탐험대

# 금성 탐험대

한 낙 원
장편소설

창비

**차례**

| 해설 |

일러두기

1. 『금성 탐험대』(학원사, 1967)를 저본으로 삼았습니다.

2. 표기는 현행 맞춤법에 따르되, 대화에서는 사투리와 입말을 살렸습니다.

3. 문장 부호와 문단 나누기는 대부분 저본을 따랐고, 어색한 문장이라 해도 뜻이
   통하면 원문대로 살려 두었습니다.

4. 뜻을 파악하기 힘든 단어에 ●표시를 붙이고 본문 아래쪽에 뜻풀이를 달았습니다.

# 1. 뜻밖의 사건들

태평양 한복판의 거센 파도가 흰 거품을 일으키며 하와이 해안의 고운 모래를 깨물고 있었다.

야자와 종려 잎들이 해풍에 설레었다.

바나나와 사탕수수 잎들이 뙤약볕을 가려 주었다. 열대의 짙은 빛깔의 꽃들이 활짝 피어 지나는 손을 반겼다.

소풍을 나온 젊은 남녀들은 손에 손을 잡고 야자수 우거진 해변 길을 거닐었다.

여기 낭만이 가득한 하와이에 세계적인 로켓 우주 공항이 생기고, 또한 우주 항공 학교가 선 것은 동남아의 젊은이들에게는 요행이 아닐 수 없었다.

누구나 치열한 경쟁에 이기기만 하면, 중학을 나오고 이곳 우주 항공 학교에 입학할 수 있는 것이다.

고진이란 부산 중학 출신과 최미옥이란 서울 출신의 두 젊은 한국의 남녀가 호놀룰루 우주 항공 학교에 와서 공부한 지도 벌써 4년이 지났다.

쏴아악······.

폭포가 쏟아지는 소리에, 멀리서 들리는 천둥소리가 겹친 듯한 로켓의 발사 소리는 젊은 후보생들의 고막을 통쾌하게 울려 주었다.

그러자 뭉게뭉게 가스의 흰 구름이 땅을 덮고, 육중한 은빛 우주선이 하늘 높이 치솟는 것이다.

달을 향하여 떠나는 하와이호였다.

"언제 봐도 그만이야!"

고진 후보생은 오랜만에 최미옥 양과 같이 와이키키 해변을 드라이브하고 있었다. 졸업을 며칠 앞두고 그동안의 고된 훈련에서 풀려나온 것이다.

"우리도 곧 타게 될 텐데요, 뭐."

외출용 투피스로 말쑥하게 단장한 미옥 양이 방긋이 웃으며 고진을 바라본다.

"같은 우주선에 타야겠는데—."

고진 후보생은 다소 불안한 듯이 미옥 양의 맑은 눈동자를 마주 보았다.

"그렇게 안 될라구요. 여태 같은 짝으로 훈련을 받아 왔는데요."

"다른 나라 친구들도 모두 미스 최와 같이 타겠다는걸."

"호호…… 고맙지 뭐예요. 그렇지만 난 고진 씨 우주선을 탈 테니 걱정 말아요."

"정말이지 우주 공간에서 파일럿도 중하지만, 통신사의 역할이 더 중하거든."

"그러니까 고진 씨가 타는 로켓의 통신은 내가 맡아요. 그럼 됐죠?"

두 젊은이는 유쾌하게 웃었다.

하늘색 유니폼을 입은 두 사람은 서로 정답게 속삭이며 차를 몰았다.

미옥 양은 점심을 먹으려고 어느 야외 식당에 차를 멈췄다. 그러자 마치 그들의 뒤를 미행이라도 한 듯이 1980년형의 세단 한 대가 와 멎었다.

파란 그 빛깔로 보아 그 차는 학교 차임을 이내 알 수 있었다. 그 차는 뜻밖에도 그들의 담임 교관인 윌리엄 교수가 몰고 온 것이다.

"아니 교관님, 웬일이세요?"

최미옥 양이 놀란 듯이 윌리엄 교관을 지켜본다.

"오, 즐거운 시간을 방해해서 미안해요. 저, 고 군!"

윌리엄 교관이 눈짓을 하였다.

고진 후보생이 세단 앞으로 갔다.

“일요일에 모처럼 나왔는데 안됐지만, 곧 좀 돌아가 주게.”

“무슨 일이 생겼습니까?”

고진 후보생은 다소 불쾌한 표정을 감추지 못한다.

“우주 공항 사령관의 직접 호출이라니 곧 가 봐야겠어.”

“공항 사령관이요? 웬일일까요?”

고진 후보생은 뜻밖이란 듯이 눈이 둥그레졌다.

“나도 모르지. 어서 가 봐 주게, 무슨 중대한 용건 같아.”

윌리엄 교관이 떠났다.

두 사람은 점심을 먹는 둥 마는 둥 예정을 중단하고, 그길로 우주 공항 사령부로 차를 몰았다.

“제10기 우주 파일럿 고진 후보생 대령하였습니다.”

“오, 잘 왔네. 거기 좀 앉게.”

고진 후보생이 사령관 홉킨스 소장의 방 안에 들어서자, 홉킨스 소장은 일어나서 고진의 손을 잡으며 자리를 권했다.

“고 군, 요새 며칠 동안에 참 이상한 사건이 생겼어.”

“이상한 사건이라뇨?”

“우주선 살인 사건이야.”

“네?”

“그동안 우리 공항에서 달로 떠난 우주선은 세 척이었는데, 그 세 척의 조종사가 모조리 죽었다네.”

“그게 정말입니까?”

고진 후보생은 자리에서 벌떡 일어났다.

"내가 뭣 때문에 거짓말을 하겠나, 아무리 생각해도 모를 일이야. 꼭 우수한 파일럿만이 죽거든. 만일 우주 갱단의 짓이라면, 금품이나 우주선을 뺏을 텐데 그렇진 않거든……. 더욱이 수상한 것은 어떻게 죽었는지 알 수 없다는 것이야."

"그렇다면 더욱 그 원인을 캐내야지 그대로 내버려 둘 순 없잖아요? 그러지 않으면 다음 우주선도 또 희생이 될 게 아닙니까?"

"문제는 그 점이야. 진상을 규명하지 못하면 달에 가는 항로가 끊어질 것이고……. 더군다나 금성을 탐험할 우주선의 발사 계획은 어렵게 될 것 같아!"

고진 후보생도 문제가 심상치 않음을 깨닫고, 차차 심각한 얼굴을 하기 시작하였다.

홉킨스 소장도 담배에 불을 붙여 물고, 길게 들이빨았다가 내뱉었다.

"제가 알기에는 우주선의 출항 시간은 사령관님만 알고 있는 줄 알았는데요?"

"물론이지, 우주선의 발사 시간은 출발 직전까지 비밀이야. 그런데 어떻게 아는지 마치 어디서 지켜 있던 것처럼 무엇인가가 나타나서 우수한 파일럿만을 죽인단 말야."

"스파이 장난인가요, 그럼?"

"그렇다면 다른 승무원들도 보았을 게 아닌가?"

"그럼 아직 범인을 보지도 못했습니까?"

"못 봤지, 글쎄 죽은 사람은 상처 하나 나지 않았다니까."

"그럴 수 있을까요?"

"그래서 실은 고 군을 부른 거야. 고 군은 전자 공학에 뛰어난 성적을 나타냈고 또 우수한 파일럿이기도 하니 군의 힘을 좀 빌리려고 하는데, 어떤가?"

"제가 할 수 있는 일이라면 무엇이든지 하겠습니다."

"고마워. 그럼 내일모레 아침 금성 탐험호를 탈 준비를 해 주게."

"금성 탐험호요?"

고진 후보생이 깜짝 놀라서 물었다.

"놀랐는가? 이것은 우리 공항에서 정부의 특별 명령을 받고 진행해 오던 계획이야."

"금성호가 어디 있습니까?"

"지하 공장에 있지. 상세한 것은 스미스 중령이 설명해 줄 걸세."

"스미스 중령이요?"

"응, 그분이 기장이 돼."

"그렇지만 저는 달에는 가 봤지만 금성엔 못 가 본걸요."

"누군 가 봤나, 모두 처음이지."

홉킨스 소장은 지금까지 진행해 온 금성 탐험을 위한 유인 우주선 발사 계획을 대충 설명하였다.

그의 말에 의하면 이 계획은 1962년부터 시작된 것이다.

그동안에 50, 60회에 걸쳐 무인 우주선을 발사하여 금성에 관한 자료를 수집했고, 드디어는 유인 우주선을 발사하게 된 것이었다.

　그러나 금성에 관한 자료가 충분해짐에 따라, 미소● 간에는 달을 정복할 때와 같이 날카로운 경쟁이 붙었다.

　더욱이 금성에는 원자 에네르기를 위한 물질이 풍부한 것을 알게 된 두 나라는, 치열한 경쟁을 일으키게 되었다.

　홉킨스 소장은 이미 알려진 이야기를 간단히 추려서 말하고 나서, 이번 금성 탐험호의 발사 계획을 다음과 같이 들려주었다.

　즉 그는 금성호를 발사하기 직전에 달 로켓을 먼저 쏘아 올리고, 그보다 약 4분 뒤에 금성호를 제2기지에서 쏘아 올리겠다는 것이다.

　이렇게 하면 설사 스파이가 공작을 하더라도 달로 향한 로켓을 추격하노라고, 금성으로 떠나는 로켓에는 미처 손을 쓰지 못할 것이라는 것이다.

　"그러니 고진 후보생은 죽은 부조종사 대신 금성호를 타고 가서 만일의 경우엔 한 팔 거들어야겠어."

　홉킨스 소장은 일어나서 고진 군의 손을 잡으며 말을 맺었다.

　"잘 알았습니다. 그 전에 한 가지 청이 있는데요."

---

● 미소　미국과 소련. 제2차 세계 대전 이후부터 1990년대 초 소련이 해체될 때까지, 미국과 소련을 중심으로 자본주의와 사회주의의 대립이 지속되었다. 이 작품이 발표된 1960년대는 미소 간 우주 개발 경쟁이 가장 치열했던 시기다.

"뭔가, 말해 보지."

"저— 저—."

"왜, 내게 하기 어려울 건 아무것도 없는데……. 나는 고 군을 믿는 터이니까."

"저, 제가 금성호를 타면 통신원으로는 최미옥 양을 태우고 싶습니다만……."

고진 후보생은 얼굴을 붉히며 간신히 입을 열었다.

"하하…… 난 또 뭐가 그렇게 힘든 얘긴가 했더니, 그 점은 내가 미리 생각하고 있었지……. 실은 모레 최 양을 살짝 태워서 고 군을 놀래 줄 셈이었는데……. 그 점은 걱정 말게. 서로 단짝에다 손이 맞는 사람이 필요할 테니까."

"고맙습니다."

고진 후보생은 가슴이 뿌듯해짐을 느끼며 사령관실을 나왔다.

'먼저 미옥 양을 만나고, 달에 갔던 우주선의 승무원들을 만나야지.'

고진 후보생은 명랑한 기분으로 에스컬레이터를 타고 빌딩을 나왔다.

고 군은 길을 거닐면서도 여전히 기분이 좋았다. 바로 휘파람을 불며 차도를 횡단하려고 할 때다.

난데없이 차가 한 대 굴러 와서 하마터면 고진 군과 충돌할 뻔하였다.

"하느님 맙소사."

고진 후보생은 간신히 차를 피했지만 간장이 서늘해짐을 느꼈다.

"차를 보구 건너야지!"

차 안의 사나이가 꾸짖었다.

"미안합니다."

고진은 자기가 딴생각을 하다 차를 못 본 줄 알고 사과를 하였다.

"자, 타시죠!"

"괜찮아요. 전 항공 학교 여인 숙소촌까지 가니까요."

"우리도 그쪽으로 가는 중이니 어서 타오. 또 차에 치이지 말구."

이렇게 되자 고진 후보생은 그 차에 오를 수밖에 없었다.

고진이 차에 오르자 차는 질주하기 시작했다. 그 차 안에는 운전수 외에, 안에서만 보이는 유리창에 가렸던 또 한 사나이가 타고 있었다.

파나마모자를 내려 쓰고 짙은 색안경을 낀 사나이는, 입에 시거렛을 물고 싱글싱글 웃는 것 같다.

고진은 왜 그런지 그 사나이가 마음에 꺼렸다.

"후보생은 아마 고진이라지요?"

색안경의 사나이가 빈정거리듯이 물었다.

고진은 자기 이름을 아는 그 사나이가 한층 더 무서워졌다.

'누굴까, 누군데 내 이름을 알까? 저 입 모양은 어디서 본 사람 같은데? 안경을 벗어야 알지……. 수염이 머리 색하고 다른 것 같

은데?'

고진이 이런 생각을 할 때, 그 사나이는 다시 입을 열었다. 그는 일부러 쉰 목소리를 냈다.

"후보생을 두 시간이나 기다렸지."

"네? 저를요? 뭣 때문에요?"

"하하…… 필요가 있으니까. 군이 항공 학교에 수석으로 입학했다는 것까지 알고 있는걸. 동양 소년으로선 그것이 처음이지……. 그뿐만 아니라 군은 4년간을 수석으로 공부하고 있다는 것도 알고 있고 또 금성호 우주선을 타게 된다는 것도 알고 있지."

"네? 당신은 누구요? 나 내리겠어요! 내려 줘요!"

고진 후보생은 소리치며 차에서 뛰어내리려고 했다. 그러나 벌써 문은 잠겨 있고, 그의 손에는 권총이 쥐여 있다.

"하하…… 지금 와서 내려 줄 순 없어. 군은 이제 내 사람이야."

"차를 멈춰!"

고진 후보생은 발로 문을 박차며 앞으로 몸을 던지고 운전수의 핸들을 뺏으려 했다. 운전수는 고진 군의 손을 치며 브레이크를 밟고 갑자기 커브를 외로 꺾었다. 고진 군의 몸이 그대로 색안경의 사나이에게 쏠리고 말았다.

"하하…… 가만있는 편이 이롭대두. 쓸데없는 반항을 하면 이 녀석이 입을 벌린다니까."

사나이는 권총의 총구를 고진 군의 옆구리에 들이댔다.

차는 어느덧 숙소촌을 지나 파인애플밭으로 돌더니, 야자나무 밭을 뚫고 해변가로 나왔다.

차는 숲 속에서 잠시 바다 쪽을 향하여 헤드라이트로 신호를 하였다.

잠시 후에 자그마한 배 한 척이 해안선까지 다가왔다.

운전수와 색안경의 사나이는 고진 군을 내린 다음, 양옆에서 경비하며 배에서 온 사람에게 인계한다. 이젠 색안경의 사나이와 고진 후보생만이 배를 타고, 운전수는 차로 돌아갔다.

색안경의 사나이와 뱃사람이 고진 군을 선창 밑으로 데리고 들어가자 배는 해안을 떠났다. 그러자 구명보트 꼴밖에 안 될 이 배는 헤드라이트로 무슨 신호를 연거푸 보내며 바다를 향하여 달려갔다.

고진 후보생이 탄 보트는 마침내 해상에 불쑥 떠오른 잠수함에 이르렀다.

고진 군은 잠수함 장교에게 인계되고 색안경의 사나이는 잠수함장실로 사라졌다.

고진 후보생은 어떤 장교실로 안내되었다.

장교실에 들어오자 고진은 완전히 자유로운 몸이 되었다. 지금까지 감시하던 눈은 풀렸다. 도망가려야 사면이 바다이니 감시를 할 필요조차 없었다.

장교는 차를 내놓고 과일도 주었다.

"도대체 나를 뭣 때문에 이런 곳에 끌고 왔어?"

고진은 과일도 차도 마다하고 초조한 듯이 마루 위를 오고 가며 뇌까렸다.

"나는 몰라요. 후보생은 매우 중요한 사람인 모양이지?"

"중요하거나 말거나 당신들과 무슨 상관이오? 그 색안경을 낀 사나이는 어디 갔소?"

"함장실에 있을 거요."

"나를 좀 만나게 해 줘요. 나는 빨리 돌아가야 해. 안 그러면 큰일 나요."

"나는 모르오."

"모르면 누가 알어?"

고진 군은 소리 지르며 문 쪽으로 달려갔다.

"오, 그 문에 손을 대지 말아요!"

"무엇이 어째?"

고진 후보생은 전신의 힘으로 문을 떠밀었다.

"앗!"

고진 군은 소리 지르며 그 자리에 쓰러지고 말았다.

그 문에는 전기가 통해 있던 것이다. 그 방은 장교실이 아니라 장교 영창인 모양이었다.

장교가 이내 고진 군을 침대 위에 눕혔다.

얼마가 지났는지 모른다.

고진 군이 몽롱한 의식 속에서 누가 온 것을 느낀 것은 다음 날 아침이었다. 누군지 자기 앞에 와 서 있는 것을 느끼고 고진은 눈을 떴다.

　"앗! 다, 당신은?"

　고진은 침대에서 벌떡 일어났다.

　"하하…… 고진 군, 왜 그렇게 놀라지. 날세, 하와이 우주 공항의 교관, 미 해군 중령 스미스야."

　"다, 당신은 금성호를 타지 않고, 어떻게 이런 곳에 와서……."

　"이런 소련 원자력 잠수함에 탔느냐 이 말이지?"

　스미스 중령은 통쾌하다는 듯이 껄껄 웃었다.

　"그럼 당신이 나를 납치해 온 색안경의 사나이였군요?"

　"하하…… 이제야 알았나. 수염과 색안경의 덕을 보았지."

　그러고 보니 그는 색안경도 콧수염도 없는, 틀림없는 스미스 중령이었다. 고진 후보생은 있는 힘을 다해서 스미스 중령의 턱을 후려갈겼다. 스미스 중령은 비틀거리며 쓰러지다가 다시 일어나서 능글맞게 웃으며 고진 군 앞으로 다가섰다.

# 2. 쌍둥이 우주선

한편 하와이 우주 공항 지하 공장에서는 금성호 우주선의 마지막 점검을 하고 있었다.

홉킨스 소장이 직접 참여한 가운데 점검이 시작되었다.

우주선 모양은 얼핏 보면 신형 로켓 비행기와 비슷하지만, 우주 공간에 나가서는 그 모양이 달라지도록 설계되었다.

태양 에네르기를 받아 들일 부챗살 같은 거울이 양옆으로 퍼지게 마련이고, 송수신용 안테나와 레이더 통신에 쓰일 둥근 회전 안테나도 밖으로 내밀게 되어 있다.

그러나 연료 탱크만은 옛날에 비하면 비길 데 없이 그 부피가 작아졌다.

지난해까지만도 무인 우주선을 발사하는 데는 여러 개의 둥근 보조 탱크를 우주 정거장에서 달아 주어야 했는데, 이번에는 그럴 필요가 없게 되었다.

그것은 이온 원자가 동력으로 사용되었기 때문이다.

전 같으면 과산화수소나 붕화수소˙나 액체 산소 같은 것이 주요한 땔감이었지만 지금은 로켓의 추진력이 모조리 원자력으로 바뀌었다.

수십만 가지의 부속품으로 된 우주선은 차례로 점검되어 갔다.

정비공들이 설계가인 애치슨 박사의 지시에 따라, 하나하나 빈틈없이 살펴 나갔다.

"고도계?"

"이상 없습니다."

테스터˙에 걸어 완전히 작용한다는 뜻의 초록 불이 켜진 것을 보고 정비공이 대답한다. 정비공들은 조종판과 천장에 붙은 계기까지 살피며 점검을 계속한다.

"거리계?"

"이상 없음."

"방향계?"

---

- 붕화수소 수소와 붕소의 화합물.
- 테스터 회로계. 전기 기기, 전자 회로 따위의 조정이나 고장 발견을 위한 휴대용 전류 전압계.

"이상 없음."

"산소 저장량?"

"이상 없음."

"식량 저장량?"

"5인 2년분입니다."

"통신 장치? 통신 장치는 철저히 조사하오."

애치슨 박사가 다짐하였다.

통신 장치에는 브라운관*만도 수만 개를 헤아렸다. 송수신용과 텔레비전용과 레이더용과 자동카메라용과 이들 모든 기계들이 자동적으로 움직이게 하는 전자계산기*에 이르기까지, 그 복잡한 배선과 브라운관이 모두 일일이 점검되었다.

이와 같은 통신 장치의 점검은 사람의 손으로는 몇 달이 걸려도 못다 할 일들이었다. 그것을 공장에 가설된 전자뇌 장치로 순식간에 진행시켰다.

"모두 이상 없나?"

홉킨스 소장이 다짐하였다.

"이상 없…… 응? 한 개가 빨간불이 켜지는데요?"

조종석의 자동 조종 장치에 딸린 브라운관을 조사하던 정비공이 고개를 갸웃거렸다.

---

● **브라운관** 전기 신호를 영상으로 바꾸는 음극선관.
● **전자계산기** 컴퓨터. 전자 회로를 이용한 고속의 자동 계산기.

그러나 조금 뒤에 그 빨간 위험 신호는 초록빛 안전 신호로 바뀌었다.

"괜찮습니다."

"잘 봐요. 이번에 실패하면 우리가 뒤떨어질지도 모르니……."

점검은 정밀히 끝났다.

점검이 끝나자 우주선은 특별 엘리베이터에 의하여 지상으로 운반되었다.

철근 콘크리트 고층 건물 안에 있는 통제탑에는, 우주선 추격 카메라와 전파 망원경들이 즐비하게 장치되었다. 거기서 한눈에 보이는 제2발사대엔 금성 탐험용 우주선이 그 웅장한 모습을 나타냈다.

어떻게 알았는지 벌써 신문 기자와 구경꾼들이 옥신거리고 있었다.

저마다 발사대 가까이 와서 취재하려고 손에 손에 녹음기와 카메라를 든 기자들이 울타리를 넘으려다 경비대와 싸우는 광경이 보였다.

그때 스피커가 울렸다.

"앞으로 30분이면 금성 탐험호가 출발합니다. 발사 30분 전입니다."

스피커 소리에 사람들은 벌써 망원경과 카메라를 꺼내 들고, 더 좋은 자리를 잡으려고 옥신댔다.

그때 다시 스피커가 울려왔다.

"금성호 발사는 사정에 의해서 잠시 중단합니다. 월세계* 우주선이 먼저 출발하겠습니다."

예정이 바뀐다는 얘기가 나오자 금성호를 보려던 관중들은 동요하기 시작하였다.

월세계 우주선이 떠나는 모습은 늘 보아 오던 터이므로, 별로 흥미가 없다는 듯이 흩어지기 시작하였다.

이것을 본 홉킨스 소장은 만족한 듯이 웃으며 초인벨을 눌렀다. 부관이 들어왔다.

"어서 금성 탐험 우주선을 출발시키도록 하오."

"넷."

부관은 통제탑과 탑승원 대기실에 전화를 걸었다.

"어때, 모두 금성호에 탔나?"

"사령관님, 아직 나오지 않은 분이 있습니다."

부관은 성급한 사령관에게 꾸지람이 나올까 봐 겁이 나는 듯이 아뢰었다.

"아직 안 나오다니? 지금이 몇 신가, 출발 시간이 다 됐는데. 누가 안 나왔어?"

"스미스 중령과 고진 후보생입니다."

---

● 월세계 달나라.

"스미스 중령과 고진 후보생?"

홉킨스 소장은 얼굴빛을 붉히며 마치 앵무새처럼 되물었다.

"네, 모두 찾아보았지만 헛수고였답니다."

"이것 봐요, 그들이 제일 중요한 승무원이야. 기장과 부조종사가 없으면 어떡허지?"

사령관은 마치 없어진 사람 앞에서 꾸짖듯이 부관을 무서운 눈초리로 노려본다.

"허지만 행방을 알 길이 없답니다."

홉킨스 소장은 시계를 보았다. 출발 시간은 앞으로 20분밖에 남지 않았다.

이런 때는 사령관의 결단력이 필요했다.

사령관은 잠깐 동안 눈을 감고 생각에 잠겼다. 한참 후에야 무거운 입을 열었다.

"좋아, 그럼 만일의 경우를 위해서 윌리엄 교관을 금성 탐험호의 기장 후보로 임명한다. 그리구 부조종사는 박철 후보생. 급히 연락하여 출발 준비를 시키도록."

"예정대로 출발합니까?"

"암, 다시 이렇게 좋은 시간을 얻기는 힘들어. 날씨도 좋고 금성이 지구에 제일 가까워지는 때야. 빨리."

"네."

부관이 나갔다.

홉킨스 소장은 부관이 나가자 초조한 듯이 담배를 한 대 꺼내 피우고 자리에서 일어났다. 담배를 몇 모금 빨고 마루를 구르며 왔다 갔다 하다가, 다시 책상 앞으로 와서 단추를 눌렀다. 그것은 금성호 안에 연락할 수 있는 단추였다.

"금성호 통신원 최미옥입니다."

"오, 최 양, 나 홉킨스 사령관인데 아직 스미스 중령과 고진 후보생이 안 탔소?"

"아직 안 탔습니다."

"고 군은 최 양에게도 아무 연락이 없었소?"

"없었습니다."

"다른 승무원은 다 탔소?"

"네, 애덤스 박사와 모리스 교수는 벌써 타고 계십니다. ……그런데 사령관님, 저희들은 어떡합니까?"

"뭘 어떡해?"

"결국 출발이 연기되는 게 아닙니까?"

"천만에, 이 시간을 놓치면 지금까지 애쓴 보람이 나무아미타불이야. 그렇게 되면 우리는 소련에 뒤질지도 모르고. 모처럼 순조롭게 일이 진행되던 터인데―."

"그렇지만 기장이 없이는 어떻게……?"

미옥 양이 말끝을 못 맺었다.

"기장을 새로 임명했소. 출발 시간까지는 어느 기장이건 타게 될 거요. 탑승원에게 동요하지 말고 성공하고 돌아오도록 부탁한다고 전해 주오."

"호호! 벌써 다 듣고 계십니다."

최 양은 금성 탐험호 내의 스피커의 스위치를 넣었던 것이다.

"그래?"

홉킨스 소장도 껄껄 웃었다. 그러면서도 사령관의 마음속은 초침이 돌아가듯이 초조해지고 있었다.

'출발 시간까지라도 제발 돌아와 주었으면 좋으련만—.'

그러나 고진과 스미스 중령은 좀처럼 돌아오지 않았다.

그 때문에 하와이 우주 공항에는 비상 명령이 내렸다. 스미스 중령과 고진 후보생의 행방을 찾으라는 것이다. 모든 확성기와 통신망이 총동원되었다. 그뿐만 아니라 하와이 섬 전체에 비상령이 걸렸다. 모든 경찰력이 동원되었다. 그렇지만 헛수고였다.

홉킨스 사령관은 초조한 듯이 연신 시계를 바라보며 방을 오고 갔다. 행여 두 사람이 나타났다는 연락이 올까고 전화통을 바라보다가는 멋없이 수화기를 쥐었다 놓기도 했다.

스미스 중령은 고진 후보생과 마찬가지로 그가 믿는 사람이었다. 할 수만 있다면 스미스 중령을 보내는 것이 실수를 줄이는 것이라고 믿었다.

우주선 조종에 있어서 윌리엄 중령이 스미스 중령에게 떨어지지는 않지만 자기가 믿는 민첩한 스미스 중령이 어려운 일을 처리

할 수 있다고 생각한 것이었다.

시간은 앞으로 10분밖에 남지 않았다.

아직도 두 사람이 나타났다고 알려 주는 전화는 없다. 그때 문을 두드리는 노크 소리가 들렸다.

"들어오시오."

사령관은 설레는 마음으로 문을 바라보았다. 그러나 그것은 스미스 중령과 고진 후보생이 아니라 윌리엄 중령과 박철 후보생이었다.

"오, 어서 들어오시오."

사령관은 인사를 하면서도 실망한 빛을 감추지 못했다.

"사령관님, 어찌 된 일입니까?"

윌리엄 중령이 물었다.

"어찌 되긴, 스미스 중령과 고진 후보생이 갑자기 행방불명이오."

"어데 갔을까요?"

"그걸 누가 아오. 이런 일은 알다가도 모를 일이오. 대낮에 홍두깨라더니 이걸 두고 하는 말 같소."

홉킨스 소장은 담배꽁초를 재떨이에 담지 않고 방바닥에 던져서 발로 비비고는, 시계를 다시 들여다본다.

"시간이 다 됐어, 이젠 타야 할 시간인데……."

사령관은 안타까운 듯이 손을 비볐다.

그때 전화가 울렸다.

사령관이 급히 수화기를 들었다.

"나요. 오, 부관인가? ……뭐라구? ……아니, 그게 정말인가? ……해변으로 차를 타고 가는 것을 보았다구? 그럴 리가 있나……. 계속 수사를 해 주도록 부탁하네."

사령관은 한숨을 내쉬며 수화기를 놓았다.

"일이 심상치 않게 되나 보군……. 무엇 때문에 해변으로 차를 몰고 갔을까. 차에서 싸우는 것 같더라니, 혹시……?"

홉킨스 소장의 얼굴엔 불안한 빛이 감돌았다.

"혹시 누구에게 납치된 게 아닙니까?"

"글쎄 말요. 나도 그 점을 생각하고 있었소."

다시 전화가 울렸다. 사령관이 전화를 들었다.

"네? 해군 항만 사령부요? ……아니, 조금 전에 정체불명의 잠수함이 나타났다구요? 그렇지만 그게 우리와 무슨 상관이 있을라구요? 하여튼 고맙습니다."

사령관은 수화기를 놓고 윌리엄 중령을 바라보았다.

"바쁜 시간에 별 전화가 다 오는군……. 하여간 사고가 난 것만은 틀림없는 것 같아. 그러니 윌리엄 중령과 박철 후보생이 곧 떠나 주오. 모든 것은 우리가 이미 훈련해 온 대로니까 별일 없을 게요."

"조금만 더 기다려 보는 것이—."

"아니, 차라리 하느님께서 그렇게 인도하시는 것이라면 잘된 일인지도 모르지요. 윌리엄 중령이 스미스 중령보다는 일에 침착하니까. 박철 군도 윌리엄 중령을 잘 돕도록. 곧 떠나 주오."

사령관은 손을 내밀었다.

"그럼 임무를 완수하겠습니다."

"가겠습니다."

두 사람은 사령관의 손을 굳게 잡았다.

그러나 두 사람 모두 돌아온다는 이야기는 하지 않았다.

사령관의 방을 나온 윌리엄 중령과 박철 후보생은, 훈련 때나 다름없이 재빨리 우주복으로 갈아입고, 금성 탐험호로 달려갔다.

두 사람이 우주선에 오르자 로켓의 문이 굳게 닫혔다.

창문에서 내다보니 지금은 구경하는 사람도 별로 눈에 뜨이지 않는다.

다만 우주선 안의 확성기를 통하여 통제탑에서 출발 시간을 셈하는 소리만이 탄 사람들의 마음을 조이게 하였다.

"20초 전…… 15초 전…… 10초 전…… 6초 전…… 3초 전, 2초 전, 1초 전, 제로, 발사!"

마지막 신호와 함께 스위치가 눌러졌다. 그러자 거대한 로켓의 은빛 몸집이 햇빛에 번득이며 폭음 같은 소리를 내는 가운데 발사대를 떠나기 시작하였다.

처음에는 느리게, 다음엔 속도가 빨라지며, 우주선 금성호는 하늘로 그 우렁찬 몸집을 띄우는 것이었다. 땅을 뒤덮은 연기와 불길이 로켓을 따라 하늘로 올라갔다.

                 \*

　스미스 중령은 고진 후보생에게 보기 좋게 턱을 얻어맞고도, 조금도 성을 내지 않았다. 능글맞게 웃으며 다가오는 것을 보자 고진 후보생은 다시 한 대를 들이박았다.

　"고 군, 고 군, 이러면 안 돼. 누가 자기 교관을 치나?"

　"당신이 내 교관이오?"

　고진 후보생은 연거푸 주먹을 휘둘렀다. 스미스 중령은 그것을 피하기에 바빴다. 그러나 스미스 중령은 고진 후보생과 싸우려 하지 않았다. 오히려 그의 손목을 잡고 타일렀다.

　"고 군, 이러지 말고 내 말을 좀 듣게. 이제는 암만 버둥거려 봐야 소용없잖나. 이 배는 벌써 블라디보스토크에 와 있어."

　"뭐요? 그게 정말이오?"

　고진 후보생은 잡혔던 손을 뿌리치며 스미스 중령을 마주 보았다.

　"으하하하…… 왜, 놀랐나?"

　스미스 중령은 한바탕 너털웃음을 터뜨렸다.

　"블라디보스토크엔 뭣 때문에 왔어요? 제발 나를 하와이로 돌려보내 주세요! 스미스 교관, 스미스 씨!"

　고진 후보생이 애걸하듯이 부탁했다.

　"고진 군, 나는 고 군을 사랑해. 그러니까 내가 고 군을 데려온 거야. 고 군의 그 성격도, 고 군의 그 실력도 모두 사랑해. 우리 소련에는 고 군과 같은 젊은이가 없거든. 그러니까 나와 같이 일하기 위해서 고 군을 데려온 거야."

스미스 중령은 진심인 듯이 말했다.

"나를 돌려보내 줄 테요, 안 보내 줄 테요?"

고진 후보생은 울부짖었다.

"고 군, 이젠 돌아가야 소용없네. 고 군도 홉킨스 소장의 성격을 알지 않나. 그이는 벌써 금성 탐험호의 발사 계획을 중단했거나 그렇지 않으면 다른 기장을 임명했을 거야……. 기장이 될 내가 없어 지구 부조종사가 될 자네가 없어졌는데 그대로야 있을라구. 어떤 가, 자네 생각은?"

"하여튼 나는 돌아가야 해요."

"자, 그러지 말구 어서 내릴 준비나 하세. 만일에 아직도 버둥거리면 하는 수 없이 다른 방법으로 자네를 육지까지 운반할밖에 없지……. 그렇지만 그게 별로 좋은 방법은 아니거든……. 마약을 쓰든지 전기를 써야 할 테니까."

고진 후보생은 하는 수 없다고 생각했다.

정말 그의 말대로 버둥거리면 거릴수록 자기에게 손해만이 돌아온다는 것을 잘 알고 있었다.

여기는 사면이 바다이니 뛰어내릴 수도 없을 것이다. 또 뛰어내려 본댔자 소용없는 노릇이다. 여기는 바다에도 시베리아의 찬바람이 불 것이다. 또 어쩌면 한류가 흘러서 헤엄을 치기조차 어려울지 모른다.

어쩌다가 우리 쪽 배를 만나서 구원을 받을지도 모르지만 그보다 먼저 상어 떼에게 잡아먹히기 쉬울 것이다.

고진 후보생은 이런 생각을 하던 끝에 하는 수 없이 일단 그의 말에 순종하기로 마음을 고쳐먹었다.

잠수함이 고래 같은 몸집을 해상에 내밀었다. 스미스 중령의 말대로 벌써 블라디보스토크의 부두에 와 닿은 것이었다. 잠수함은 스미스 중령과 고진 후보생과 그 밖의 몇 명을 내려놓고 또 어디로인지 떠나가 버렸다.

조금 뒤 고진 후보생은 마치 대통령처럼 몇 대의 경비 차에 호위되어 동떨어진 해변가의 벌판을 달리고 있었다.

멀리는 눈에 덮인 산이 바라보였다. 바닷바람도 육지의 바람도 몸에 차가웠다.

하와이의 낙원에 비하면 너무나도 스산한 곳이라고 느꼈다.

마침내 고진 후보생은 철근 콘크리트 집들이 서 있고 철탑들이 서 있는 곳에 와 닿았다. 그곳은 로켓 발사 기지였다. 마치 하와이 우주 공항을 방불케 하는 곳이 아닌가.

"아니, 나를 왜 이런 곳에 데려오지요?"

고진 후보생이 차에서 내리자 스미스 중령에게 물었다.

"이제 곧 알게 될 거야. 자, 어서 들어가지."

스미스 중령은 공항 기지 안으로 들어갔다. 들어서자 고진 후보 생은 또 한 번 놀랐다. 고진 후보생은 자기 눈을 두 손으로 비비고 앞에 보이는 것을 바라보았다.

머리를 흔들고 또 바라보았다. 그러나 지금 그의 눈앞에 보이는 것은 틀림없는 금성 탐험 우주선이다.

그 크기도, 그 모양도, 그 빛깔도, 어쩌면 그렇게도 하와이 우주 공항의 것과 꼭 같은지 모를 일이었다.

'이 녀석들이 훔쳐 왔나?'

처음에는 그렇게도 생각해 보았다. 그러나 설마 저렇게 큰 우주 선을 훔칠 수는 없을 것이다. 자기들이 만들거나 설계도를 훔쳐다 가 모방했을 것이라고 생각했다.

그런데 한 가지 다른 것이 눈에 띄었다.

그 육중한 몸집에 쓰인 글자다.

'C.C.C.P.'(에쎄쎄르)●라고 큼직하게 쓰여 있지 않은가.

이것이 무슨 뜻인지 처음에는 몰랐지만 나중에 알고 보니, 그것 은 소련의 약칭이었다.

만일에 미국 것이라면, 'V.P. NO. 77'이라고 쓰여 있을 것이다.

V.P.란 영어로 금성 개척(Venus Pioneer)이란 뜻의 약자인 것

---

● C.C.C.P. 러시아어 Союз Советских Социалистических Республик의 약자로 '에쎄쎄르(에스에스에스에르)'는 이를 읽은 것이다. 소비에트 사회주의 공화국 연방(Union of Soviet Socialist Republics, USSR)을 뜻한다.

이다.

스미스 중령은 고진 후보생이 무슨 생각을 하고 있는가 짐작을 했던지 말문을 열었다.

"저 우주선은 내가 타게 되었던 하와이 것과 꼭 같다네. 심지어 조종간의 모양까지 같지."

"역시 원자력 추진식입니까?"

"암, 이온 원자를 이용했지. 어쨌든 애치슨 박사의 설계와 비슷해. 다른 점이 있다면 사람을 한 사람 더 태우게 만든 것뿐이야. 내가 우겼지. 자네를 태우기 위해서 오락실을 없애구 한 사람 더 타도록 한 것이야."

스미스 중령은 연신 기분이 좋은 듯이 웃으며 말했다. 그러나 고진 후보생은 입을 딱 벌리고 스미스 중령을 마주 보았다.

"저 우주선에 나를 태운다구요?"

"왜, 싫은가? 금성에 가기야 매일반이지. 더욱이 자네와 나는 같이 타게 되었었지 않나. 여기서도 같이 타지. 그나 그뿐인가. 우리 C.C.C.P.호에도 이쁜 아가씨가 통신사로 타게 돼 있다네. 역시 한국 처녀지만 소련에서 난 2세야."

"흥, 누가 탄대요? 난 죽어도 안 탈 테야."

"두고 보게나. 고 군은 나와 같이 가는 것이 요행이었다고 생각하게 될 테니."

스미스 중령은 이렇게 뜻 모를 소리를 지껄이며 우주 공항 사령관실로 데리고 들어갔다.

"오, 자네가 고진 후보생인가?"

얼굴이 붉고 앙상하게 마른 소련 우주 공항 사령관이 손을 내밀었다.

"싫소."

고진 후보생은 사령관과 악수하기를 거절하였다.

"핫핫…… 기세가 대단하군……. 하여튼 좋아. 어쨌든 니콜라이 중령을 잘 도와주면 되니까."

사령관이 스미스 중령을 마주 보았다.

"니콜라이 중령?"

고진 후보생이 물었다.

"오, 참. 스미스 중령이래야 알지."

소련 사령관은 또 한 번 입을 얼굴 한가득 벌리고 웃었다. 그리고 다시 말을 이었다.

"나는 세바스키 소장이오. 금성에 갔다 공을 세우고 돌아오면 고진 후보생은 우리 소련의 영웅 훈장을 탈 것이야. 그것은 내가 장담해도 좋아."

"쳇, 누가 당신 나라의 우주선을 탄댔어요?"

세바스키 소장은 잠시 얼굴을 찌푸렸다.

"사령관님, 미안합니다. 워낙 성격이 대단해 놔서. 그러나 우주에 올라가면 별일 없을 것입니다."

스미스 중령이 미안한 듯이 사령관에게 대신 사과한다.

"이리 좀 오시오, 니콜라이 중령."

세바스키 소장이 스미스 중령을 불렀다.

스미스 중령이 세바스키 소장 곁으로 가까이 가 서자, 사령관은 뭐라고 수군거렸다.

사령관은 때때로 고개를 저으며 심각한 얼굴을 하였다. 그러고는 간간이 고진 후보생을 바라보았다.

고진 후보생은 그것이 자기를 두고 하는 소린 줄 짐작했다.

세바스키 소장이 고개를 좌우로 저으면 스미스 중령은 웃으면서 똑같이 고개를 좌우로 저었다. 그것은 무엇인지 사령관이 안 된다는 것을 스미스 중령은 상관없다고 하는 것같이 느껴졌다.

그때 전화벨이 울렸다. 사령관이 수화기를 들었다.

"……뭐라구요? 벌써 떠났다구요? 저쪽 금성호가?"

사령관은 몹시 놀란 빛을 보였다.

사령관은 수화기를 놓고 다시 스미스 중령을 자기 곁으로 불렀다. 그리고 귓속말로 뭐라고 수군거렸다.

아마도 하와이 우주 공항에서 금성호가 떠났다는 말 같다.

때때로 큰 소리를 지르면서 명령을 내리는 듯한 말귀가 나올 때마다 스미스 중령은 차렷 자세를 취했다.

사령관이 뭐라고 꽥 소리를 지르자 스미스 중령도 같이 꽥 소리를 지르면서 손을 들어 경례를 하고는, 고진 후보생을 이끌고 사령관의 방을 나왔다. 그들은 차에 올라탔다. 차가 움직인다.

차 안에서 스미스 중령은 몹시 불쾌한 듯이 혼자서 투덜거렸다.

"자네 때문에 사령관에게 욕만 얻어먹었네."

스미스 중령은 고진 후보생에게까지 화풀이를 하였다.

"나 때문에요? 왜 나 때문이에요?"

"고 군이 사령관 앞에서 하도 불순하게 구니까 고 군을 우주선에 태우지 말라는 거야."

"허, 거 잘됐군요."

고진 군은 정말 잘됐다고 생각했다.

"그렇지만 염려 마, 내가 고 군이 필요하다구 우겼으니까. 고 군도 알지만 원자력 우주선은 자동 조종을 하는 구식 우주선과는 달라서 사람이 계속 조종을 해야 하니까 교대가 필요하잖나."

"그렇지만 누가 소련 우주선을 탄댔어요?"

고진 후보생이 버티었다.

그러는 동안에 두 사람이 탄 차는 다시 그 금성 탐험 우주선이 있는 발사대까지 다다랐다.

"자, 어서 우주복으로 갈아입세. 시간이 없어."

스미스 중령이 우주복을 갈아입는 방으로 고진 후보생을 끌고 들어갔다.

"난 안 입어요!"

입으라거니 안 입는다거니 마침내 여기서 또다시 고진 후보생은 스미스 중령과 격투를 벌였다.

소련 우주 병사들이 달려왔다. 그들은 고진 후보생의 손발을 붙들고 꼼짝을 못하게 한 뒤 강제로 수면제를 먹였다. 그리고 그를 우주선에 태웠다.

잠시 뒤 C.C.C.P. 우주선 금성호는 고진을 태운 채 하늘 높이 솟아오르고 있었다.

# 3. 우주로 올라간 사건

주조종사이며 미국 금성 탐험호의 선장이 된 윌리엄 중령은 맨 앞자리에 앉았다.

통신원 최미옥 양은 그 옆에 앉았다.

부조종사인 하와이 출신 박철 후보생은 윌리엄 중령 뒤에 앉았다.

박철 후보생의 뒤에는, 의사이며 생물학 교수인 애덤스 박사가 앉고, 그 옆에는 지질학 박사인 모리스 교수가 앉았다.

우주복에 중무장한 다섯 명의 탐험대원이 탄 금성 탐험호는 하와이 우주 공항을 떠나자, 일로 금성을 향하여 대기권을 뚫기 위하여 가속도를 내고 있었다.

대원들은 저마다 눈을 지그시 감고 입을 꽉 다물고, 무거운 중력을 용케들 견디어 냈다.

우주선을 타던 사람은 그리 힘들어하지 않았지만, 지상 훈련만 받고 우주선을 처음 타 보는 애덤스 박사와 모리스 교수는 아직 50세 미만의 그리 늙지 않은 사람들인데도 중력을 견디기가 워낙 벅찬 것 같았다.

그들은 때때로 얼굴을 찌푸리고, 이를 악물어야 했다. 천근만근이나 되는 돌이 자기 온몸을 짓누르는 것 같았다.

매초 200미터의 가속도를 내며 대기권을 뚫고 올라가는 동안은 지구 위보다 몇 배나 몸이 무거워지는 것이다.

눈알은 납덩이같고, 몸은 쇠처럼 느껴졌다.

그러나 약 2분이 지나자, 이번에는 몸이 허공에 뜨는 것 같았다. 납과 쇳덩이로 만든 몸이 이번에는 부풀어 오른 솜처럼 가벼워지는 것 같다.

지금까지 의자를 짓누르던 몸이, 어느덧 의자에서 떠 있는 것 같다.

대원들의 기분도 이제는 회복되었다.

"휴— 이제야 산 것 같군……."

턱 밑에 수염을 짧게 기른 애덤스 박사가 우주모 속으로, 옆에 앉은 모리스 교수를 바라보며 손을 내밀었다.

"난 내 수염이 지구까지 빠져나가는 줄 알았지 뭐야."

모리스 교수가 웃으며 한 손으로 애덤스 박사의 손을 잡아 흔들었다. 그리고 한 손으로 소중한 듯이 짧게 깎은 히틀러식 콧수염을 만지려다가, 플라스틱으로 만든 둥근 우주모의 투명한 테에 부딪쳤다.

"쳇, 또 우주모를 쓴 것을 잊었군."

모리스 교수가 싱겁게 웃었다.

그러나 윌리엄 대장과 박철 후보생과 미옥 양은, 아무 일 없었던 것처럼 익숙한 솜씨로 자기 앞의 계기판을 지켜보며 조종하였다. 그들의 주위에는 미터기가 달린 기계 장치들이 가득 차 있다.

"대기권 탈출!"

박철 후보생이 고도계를 지켜보다가 소리쳤다. 지구를 떠난 지 30분이 지난 뒤였다.

"우주모를 이제는 벗어도 좋습니다."

윌리엄 대장이 자기도 우주모를 벗어 벽에 걸며, 새로 탄 탐험대원을 위하여 일러 주었다.

애덤스 박사가 먼저 우주모를 벗다가, 그만 헬멧을 놓치고 말았다. 헬멧이 공중에 떠서 날아가는 것이다.

"엇!"

애덤스 박사가 두 손을 내저으며 모자를 잡으려고 일어서다가 자기 몸을 묶은 가죽 띠에 잡히어, 다시 주저앉았다. 헬멧도 아주 날아가 버리는 줄 알았더니, 헬멧에 딸린 노끈에 잡혀 공중에 몇었다.

"아직 이렇게 서툴다니까."

애덤스 박사는 수염을 실룩이며, 노끈으로 우주모를 당겨서 벽에 걸고, 멋쩍게 웃었다.

"창문을 열까요?"

박철 후보생이 대장에게 물었다.

"좋겠지."

대장의 대답에 박철은 단추를 눌렀다. 우주선 앞의 금속판이 양옆으로 미끄러지며 특수 플라스틱 창문이 열리자, 캄캄한 하늘이 한꺼번에 비치었다. 별들은 지구에서 볼 때처럼 깜박일 줄을 모르고, 검은 비단에 깔린 보석처럼 조용히 빛난다.

지구가 바로 눈 아래 둥근 몸집을 드러냈다. 애덤스 박사와 모리스 교수로선 처음 보는 둥근 지구였다. 구름이 지구를 덮어서 마치 눈이 온 것같이 군데군데 지도를 그렸고, 그 사이로 바다와 대륙들이 엿보였다. 그때 미옥 양이 외쳤다.

"하와이 통제 본부에서 연락입니다."

최미옥 통신원이 까만 눈동자를 빛내며 스피커의 스위치를 넣었다.

"여기는 하와이 통제 본부, 지금 금성 탐험호의 항행 상태는 양호하다. 라저."

윌리엄 대장이 마이크를 들었다.

"금성 탐험호의 기능은 정상적으로 움직인다. 전원 무사. 방금 중력권 탈출. 라저."

지구와의 연락이 끝나자, 탐험대원들은 훨씬 홀가분한 기분이 되어, 애덤스 박사는 콧노래까지 불렀다.

"엔진을 끌까요?"

박철 후보생이 고도계가 500킬로미터 위로 오르는 것을 확인하자 대장에게 물었다.

"좋겠지."

윌리엄 중령이 앞에 붙은 고도계를 보며 대답한다.

박철 후보생이 원자력 엔진을 멈추는 스위치를 눌렀다. 아직도 세차게 분사를 계속하던 요란한 엔진 소리가 멎었다. 그러나 우주선에 쓸 동력만은 그대로 켜져서 모든 장치를 움직이고 실내의 전등을 밝혀 주었다.

이제부터 우주선은 엔진 없이도 관성의 힘만으로 줄곧 달리는 것이다. 캄캄한 우주 공간만이 눈앞을 가리고, 세찬 햇빛만이 우주선의 한쪽을 내리쪼였다. 우주선은 쇠판이 달아서 우주선 표면을 재는 온도계의 안전선이 넘은 것을 알려 주었다.

"우주선을 돌립시다."

박철 후보생이 제의했다.

"좋겠지."

윌리엄 대장이 동의했다.

박철 후보생은 우주선의 위치를 거꾸로 돌리는, 작은 로켓 분사기의 단추를 눌렀다. 유도탄처럼 생긴 몸집에 태양 에네르기를 저축하는 거울과 둥근 레이더 안테나를 내민 우주선은 햇빛이 아주 반대쪽에 쪼이도록 한 바퀴 돌았다. 그래도 우주선은 앞서와 같은 속력으로 달리는 것이다.

이렇게 정기적으로 우주선의 위치를 바꾸며 항행을 계속하자, 탐험대원들은 차차 지루해지기 시작했다.

"라디오라도 좀 틀어 주시지……."

모리스 교수가 노트를 뒤적이며 말했다.

라디오의 스위치를 넣자, 경음악이 흘러나왔다. 「켄터키의 옛집」이란 노래와 「즐거운 나의 집」이 나왔다. 그것은 탐험대원들에게는 좋지 않았다.

두 과학자와 윌리엄 중령은 두고 온 가족을 생각하였다. 박철 후보생은 어머니를 생각하였다. 그러나 최미옥 양은 고진 후보생을 생각하였다.

미옥 양은 와이키키 해변에서 헤어진 뒤, 한 번도 고진 후보생을 만나 보지 못하고 우주선을 탄 것이다.

'고진은 어떻게 됐을까?'

미옥 양은 마음이 괴로웠다. 이렇게 외로운 길을 떠나고 보니, 더 보고 싶어졌다. 박철 후보생도 자기와 동기생이기는 하지만 하와이 출신의 중국인 어머니를 가진 한국인 2세였다. 그러나 고진 후보생은 처음부터 한국에서 같이 와서 한 학교에 입학한 사이고 보니, 자연 박철보다는 더 가깝게 지낼밖에 없었다.

미옥 양이 이렇게 와이키키 해변을 그리워하고 있는데, 뒤에서 갑자기 누가 소리를 질렀다.

"앗, 운석이닷!"

텔레비전 스크린을 들여다보던 박철 후보생이다.

윌리엄 중령이 창밖을 내다보았다. 지금 막, 우주선보다 더 큰 돌덩이가 우주선을 향하여 돌진해 오고 있지 않은가.

하나, 둘, 셋…… 그 운석은 셀 수조차 없이 많았다.

윌리엄 중령은 급히 로켓 분사기를 써서 방향을 이리저리 바꾸었다.

방향 조종 분사통에서 가스가 쏟아져 나오며, 우주선을 이리저리 세차게 흔들었다.

그러자 소리도 없이 작은 운석들이 우주선 몸집을 후려갈기며 지나갔다. 금성 탐험호는 간신히 큰 운석을 피해 빠져나온 것이다.

"휴―."

윌리엄 대장은 숨을 몰아쉬었다.

미옥 양은 눈알이 동그래졌고, 학자님들은 얼굴이 파랗게 질렸다.

"난 여기서 천당으로 곧장 가는 줄 알았지 뭐유."

모리스 교수가 콧수염을 어루만졌다. 마음이 조급한 때가 지나면 으레 하는 버릇이었다.

그때 미옥 양 앞의 초단파 통신기의 불이 켜졌다. 미옥 양이 스위치를 넣었다.

"여기는 하와이 통제 본부. 긴급 소식. 또 한 척의 우주선이 항행 중. 감시하라! 자세한 것은 아는 대로 전하겠다. 라저."

이 소식을 들은 탐험대원들의 얼굴엔 이상한 긴장이 감돌았다.

"여기는 금성 탐험호. 하와이 통제 본부를 부른다. 통제 본부 나와 주시오."

윌리엄 중령이 마이크를 잡고 소리쳤다. 하와이 통제 본부가 나왔다.

"하와이 본부요? 지금 얘기를 좀 더 자세히 들려주시오. 그게 무슨 말이죠?"

윌리엄 대장이 외쳤다.

"아는 것은 앞서 알린 것뿐이오. 우리 전파 추적기에 또 한 척의 우주선이 잡혔는데, 그 우주선은 아마도 금성으로 향하는 듯싶은 코스를 달리고 있소. 새 뉴스가 생기는 대로 알리겠소. 라저."

스피커가 끊어졌다.

"도대체 무슨 소리야? 우리와 같이 금성으로 가는 우주선이 또 있단 말야?"

윌리엄 대장이 마이크를 잡은 채 고개를 저었다. 그가 알기에는 금성으로 떠난 우주선은 미국 것뿐이라고 믿고 있었다.

"미옥 양, 레이더 전파를 사방으로 내보내 주오!"

윌리엄 중령이 성급히 소리쳤다.

미옥 양이 스위치를 눌렀다. 그러자 레이더 스크린에는 우주 공간을 나는 운석들이 비치었다.

"무엇이 안 보이나?"

"운석뿐인데요……."

"더 자세히 살펴봐요!"

대장이 초조한 목소리로 외쳤다.


우주선 금성 탐험호가 지축을 흔들며 떠나는 것을 사령관실 창밖으로 내다보던 홉킨스 소장은, 길게 한숨을 내쉬었다. 그는 담배를 빨지 않고, 질근질근 깨물며 방을 오고 갔다.

그의 얼굴에는 분명히 불안한 빛이 떠돌았다. 도대체 뭐가 어찌 되었는지 알 수 없다고 생각했다.

방금 전에 자기 방을 나간 고진 후보생이 없어지고, 금성호를 타야 할 스미스 중령이 간 곳 없이 사라지고 아무 소식도 없으니 수수께끼는 더욱 복잡해질밖에 없다.

그 위에 그가 받은 전화들은 더욱 그의 불안한 마음에 불을 질러 놓았다.

고진 후보생이 해변으로 차를 타고 가더라는 부관의 전화와 정체불명의 원자력 잠수함이 나타났다는 해군 항만 사령부의 보고를 어떻게 연결시켜야 좋을지 몰랐다.

그러나 이와 같은 사건은 미국을 극단으로 긴장시키고 말았다. 전국의 비밀 정보기관이 총동원되어, 고진 후보생과 스미스 중령을 찾기에 전력을 기울였다.

미국으로서도 금성 탐험호의 발사 계획은 국가 기밀에 속하는 중대한 일이니, 탐험대원이 자취를 감춘 것은 그대로 내버려 둘 수 없는 큰 사건이었다.

미국 연방 수사본부에까지 두 사람의 행방을 찾아 줄 것을 의뢰하게 되자 수사본부에서는 고진 후보생과 스미스 중령의 사진과 지문을 전송해 줄 것을 요청해 왔다.

사진과 지문을 즉시 전송했다.

그러자 며칠 뒤에 또 무전이 날아왔다.

스미스 중령의 지문은 엄지손이 아니라, 둘째손가락 뒷등으로 찍은 것 같다는 것이다. 그러니 현지 수사 기관에 부탁하여, 스미스 중령이 쓰던 일용품에서 다시 지문을 떠서 보내 달라고 부탁하였다.

즉시 스미스 중령이 쓰던 책과 책상 서랍에서 지문을 여러 개 떠서 전송했다. 그러자 다음 날 무선 전화가 걸려 왔다.

"스미스 중령의 정체를 알았습니다."

수사본부장이 직접 마이크에 나타나 홉킨스 소장에게 말했다.

"정체를 알다뇨? 그가 무슨 잘못이라도?"

홉킨스 소장이 물었다.

"그는 소련인이며 과거에 공산당에 가입한 일이 있는 사람입
니다."

"설마 그가?"

홉킨스 소장은 얼굴색이 변했다. 그는 수사본부장의 말을 그대
로 믿기 어려웠다. 그가 가장 믿던 사람이 공산당원이라니, 그것은
청천에 벽력이 아닐 수 없었다.

"나는 못 믿겠소. 하여튼 그를 찾아 주시오. 내가 본인에게 직접
물어야겠소. 1만 불의 현상금을 걸어 주시오!"

홉킨스 소장은 떨리는 목소리로 외쳤다.

*

V.P.호는 초속 30킬로미터의 쾌속으로 줄곧 금성을 향하여 달
리고 있다.

V.P.호의 대원들도 이젠 무중력 상태에 익숙해지기 시작했다.

처음에는 좀처럼 거꾸로 천장 위를 걷기를 꺼려하던 모리스 교
수도, 이제는 제법 물고기처럼 공기 속을 헤엄치며 망원경으로 지
구와 달과 별들을 관측하기도 하고 사진을 찍기도 했다.

"아직 안 보여?"

윌리엄 대장이 최미옥 통신원 곁에 와서 묻는다. 자세히 보니 그
의 발도 바닥에 붙은 게 아니라 공중에 떠 있다.

"아무것도 안 보이는데요."

미옥 통신원은 여러 시간 레이더 스크린만 지켜보기에 지친 듯이 기지개를 켜며 의자에서 일어났다. 그리고 운동을 할 양으로 공중 헤엄을 치며, 둥근 방 안을 몇 차례 돌고 돌아와 앉는다.

"이제 레이더 지키는 거 그만하지요."

박철 부조종사가 미옥 양을 보기가 딱했던지 거꾸로 선 채 윌리엄 중령에게 말했다.

"좀 더 지켜봐야지."

윌리엄 중령은 지구에서 그렇게도 온화하던 성격이 어디 갔는지 딴사람이 된 것 같다.

애덤스 박사는 이런 광경을 웃는 낯으로 바라보다가, 자기가 하던 계산을 다시 시작하였다. 박사는 둥근 벽에 달린 책상 위에 노트를 펴 놓고, 한 손으로 노트를 잡은 채 대원들을 위한 식사 칼로리 계산을 하고 있었다. 자세히 보니 박사의 뒤에는 의자가 없다. 의자 없이 공기 중에 태연히 앉아서 일을 하고 있는 것이다.

"박사님, 식사 준비할까요?"

박철 후보생이 물었다. 역시 젊은 사람이 제일 배가 고픈 모양이었다.

"오오케이, 메뉴가 다 됐네."

애덤스 박사의 말에 박철 후보생은 맨 먼저 자기 의자 곁에 달린 단추를 눌렀다. 그러자 의자가 돌며 조그마한 플라스틱 판이 의자 옆에서 가운데로 나와 상처럼 퍼졌다.

다른 대원들도 모두 단추를 누르자 다섯 개의 의자에서 내민 플라스틱 판이 합하여 둥근 식탁이 되었다.

애덤스 박사도 자리에 와 앉으며 식단표를 소개했다.

"오늘은 박철 후보생의 생일이니 특별히 성찬을 베풀기로 했지. 닭고기에 딸기 파이가 나오구, 슈크림에 오렌지 주스가 있어요."

"우아아—."

대원들은 즐거운 비명을 질렀다.

애덤스 박사가 단추를 누르자 천장에서 운반용 파이프가 식탁 위로 내려오더니 공기 압력으로 통조림이 차례로 식탁 위에 떨어졌다.

대원들은 그것을 받아서 차례로 자기 앞에 갖다 놓기도 하고, 익숙해진 사람은 공중에 띄워 놓은 채 먹기 시작한다.

물론 그 통조림에는 주둥이가 달려 있고 그 주둥이를 입에 넣고 누르면 통 안의 압력 때문에, 입 속으로 잘 들어가게 마련이다.

대원들은 닭고기 맛에 입맛을 다셨지만, 그 닭고기도 거의 완전히 소화되도록 특수 처리한 것들이고, 물 대신 마시는 주스에도 여러 가지 약품이 들어 있다. 양으로는 불과 얼마 안 되지만 우주인들의 건강을 유지할 칼로리는 충분한 음식들이다.

그러나 먹고 나면 포장지라든가 여러 가지 버려야 할 물건이 생기는데, 이런 것은 모조리 통 안에 넣어서 전기 처리실로 보내면,

여기서 태워 재를 우주선 밖으로 내보낸다. 그 재는 얼마 되지는 않지만, 우주선이 다른 별에 가 닿을 때까지는 줄곧 우주선 꽁무니에 붙어 다닌다.

대원들은 식사를 끝내자 제멋대로 우주선 안에서 할 수 있는 공중 헤엄치기 운동을 하다가 제자리로 돌아왔다. 최미옥 통신원도 레이더 앞으로 돌아와 앉았다.

또 따분한 일을 시작한다고 생각하며 스크린을 들여다보던 미옥 양의 눈은, 얼어붙은 듯이 스크린에 빨려 들어갔다.

"이게 뭘까?"

미옥 양은 흰 점을 지켜보았다.

"뭐가 보여?"

윌리엄 중령이 다가왔다.

"스크린에 흰 점이 나타났어요."

"속도와 거리를 계산해 봐요."

"초속 30킬로미터에 거리는 8만 킬로미터 떨어졌군요."

미옥 양이 잠시 뒤에 계산한 숫자를 알려 주었다.

"우리 배의 속도와 같군."

"그럼 그게 우주선인가요?"

"그런가 봐."

"불러 볼까요?"

"어서 불러 봐요."

미옥 양은 리시버를 끼고 초단파 통신기의 스위치를 넣었다. 그 때였다. 이쪽에서 송신하기 전에 수신기의 불이 먼저 켜졌다.

"V.P.호를 부릅니다. V.P.호 나와 주시오."

"아니, 고진 후보생 목소리 같아요."

미옥 양의 얼굴이 빨개지며 윌리엄 중령을 쳐다본다.

"어서 이쪽 콜 사인을 불러요."

"여기는 V.P.호, V.P.호 나왔어요. 누구시죠? 라저."

"나는 고진이오. 당신은?"

그 목소리는 도중에서 끊어지고 말았다.

"고진 씨? 저 미옥이에요. 고진 씨? 고진 씨? …… 여보세요."

미옥 양은 옆에 윌리엄 중령이 서 있는 것도 잊고 외쳤으나 통신은 거기서 끊어지고 말았다.

# 4. 쫓겨난 고진

고진 후보생은 긴 잠에서 깨어났다.

고진 후보생은 눈을 비비려고 눈으로 손을 가져가다가, 자기가 어느새 우주모를 쓴 것을 깨달았다. 그뿐만 아니라 그가 입던 은빛 우주복이 아니고 붉은빛이 도는 우주복을 입고 있는 것을 보고 깜짝 놀랐다.

고진 후보생은 사방을 두리번거렸다.

그는 비로소 자기가 우주선을 타고 있다는 것을 깨달았다. 고진 후보생은 자기 앞에서 우주선을 조종하고 있는 니콜라이 중령을 보았다. 그리고 중령의 옆에 앉은 여자 통신원을 보자, 모든 기억이 되살아났다.

'저 여자가 니콜라이 중령이 말하던 한국계 소련 처녀로구나.'

고진 후보생은 블라디보스토크 우주 공항에서, 니콜라이 중령이 하던 말이 생각났다.

처녀가 방긋이 웃으며 고진 후보생을 돌아보았다. 그때에야 니콜라이 중령도 고진 후보생을 돌아다보았다.

"오, 고진 군. 이제야 깼나."

니콜라이 중령이 아무 일 없었던 것처럼 태연스레 말했다.

"종시* 나를 태웠군요."

고진 후보생이 뇌까렸다.

"왜, 나와 같이 가는 것이 싫은가?"

"지금 어디까지 왔죠?"

고진 후보생이 옆의 고도계를 보며 물었다.

"방금 대기권을 벗어났어. 이제야 좀 마음이 놓이는걸."

니콜라이 중령이 긴 한숨을 내쉬었다.

"마음은 못 놓을걸요."

고진 후보생이 경고하듯이 말했다.

"왜, 자네가 우리 우주선이라도 폭파할 셈인가? 그럼 자네 목숨도 없어지네. 그리구—."

"그리구 또 뭡니까?"

---

● 종시 끝내.

고진이 다그쳐 물었다.

"그 결과는 우주 전쟁이 될지도 모르지."

"하하…… 우주 전쟁요?"

고진 후보생이 어이없어서 한바탕 웃었다.

"왜 웃나? 지금 금성이 우주 경쟁에 있어서 얼마나 중요한지 아나? 소련은 기어이 미국보다 먼저 금성의 좋은 기지를 점령하고야 말 걸세. 우리가 이 우주선을 만들기 위하여 얼마나 많은 돈과 희생을 치렀는지 아나? 소련은 금성의 원자력 자원이 필요해. 그것을 미국에 넘겨줄 수는 없어."

니콜라이 중령이 열을 올렸다.

"그렇지만 미국은 당신들이 금성을 차지하라고 가만있어요?"

"허, 별수 없지. 그 금성 탐험호는 머지않아 폭파되고 말 걸세."

"무엇이오? 금성호가 폭파되다니 그게 정말이오?"

"여기를 봐. 우리는 그 금성 탐험호를 추격하고 있어."

니콜라이 중령은 레이더 스크린에 비친 한 점을 가리켰다.

"그게 바루?"

"이게 바루 미국의 금성 탐험호야……. 우리보다 세 시간 앞섰지. 그 세 시간을 못 쫓아갈 줄 아나. 우리 우주선에는 그들이 못 가진 장치가 있어. 무엇인지 아나?"

니콜라이 중령은 통쾌하게 웃었다.

고진 후보생은 무엇인가 중대한 일이 눈앞에 다가오는 것을 직감으로 느꼈다.

만일 금성 탐험호에 무슨 일이 생기면 어쩌나 걱정이 들었다. 한편으로는 그 우주선에 미옥 양이 탔는지 궁금하기도 했다. 어서 그 우주선으로 바꿔 탔으면 하는 생각도 간절했다.

그러자면 그 우주선에 접근해야 한다. 그러나 접근할 때까지, 이 소련 우주선을 내버려 두면 미국 우주선이 위험할 것이다. 고진 후보생은 두 가지 길에서 망설였다.

'내가 죽고 이 우주선을 폭파해 버리느냐? 안 그러면 이 우주선의 비밀을 알아서 좋은 방법을 생각하느냐?'

고진 후보생이 망설이고 있는데, 여자 통신원이 니콜라이 중령을 불렀다.

"블라디보스토크 통제 본부에서 연락이 왔습니다."

나타샤 통신원이 대장에게 자리를 내준다.

"나요. 세바스키 소장이야. 아직 미국 우주선을 못 쫓았군. 웬일이지? 당의 명령에 충실해야 할 게 아닌가?"

"네, 네, 지금 추격 중에 있습니다."

"그게 언제지? 이번 일에 실패하면 니콜라이 중령이 책임을 져야 해."

"네, 네. 최선을 다하고 있습니다."

"좋아. 라저."

"라저."

세바스키 소장의 이야기가 끊어지자, 니콜라이 중령은 길게 한숨을 내쉬었다.

"고진 군, 들었지. 만일 실패하면 책임은 내가 져야 해. 고진 군, 그래서 자네를 데려온 것이야. 그러니 나를 좀 도와주게. 나는 자네를 사랑해 왔지 않나."

니콜라이 중령은 달래고 간청했다.

"무엇을 도와 달라는 것입니까?"

고진 후보생이 물었다.

"우선 나와 좀 교대를 해 줘야겠어. 나는 지쳤어. 지네는 여태까지 잤지만, 나는 어제 아침부터 계속 근무야."

"좋아요. 바꿔 드리죠."

고진 후보생이 무슨 생각을 했는지 시원스레 대답했다.

"고마워, 그럼 자리를 바꾸세. 그리구 말해 두지만 세바스키 소장은 아무것도 모르고 호령만 하는 녀석이야. 만일 연락이 오거든 나타샤에게 맡겨 두고, 자네 할 일만 하면 그만이야. 우리가 가는 코스는 미국 우주선보다 지름길로 가고 있어. 그러니 얼마 안 가서 우리가 앞설 수 있을 거야. 속도를 더 내기 위해서 무리를 할 필요는 없단 말야. 알았나? 그럼 부탁하네."

니콜라이 중령은 기술상의 얘기만 하고, 고진 후보생과 자리를 바꾸었다.

고진 후보생이 주조종석에 앉았다.

나타샤 양이 고진 후보생을 존경하는 눈치로 지켜보는 것을, 고진 후보생은 그녀의 눈에서 느꼈다.

"나, 나타샤예요."

나타샤가 유창한 영어로 자기소개를 하였다.

"그런데 언제 영어를 배웠죠?"

"호호…… 우린 초등학교 때부터 영어를 배우는걸요. 그리구 저는 또 특별 훈련을 받을 때 좀 더 배웠죠."

고진 후보생은 천만다행이라고 생각했다. 뒤에 앉은 두 늙은 학자는 말을 안 해서 무슨 생각을 하고 있는지, 전연 알 길이 없었다. 과학자인지 두 사람을 감시하는 사람인지조차 알 수가 없었다.

'하여튼 내가 조급히 서둘지 않길 잘했다.'

고진 후보생은 이렇게 생각하며, 자기가 훈련받을 때와 꼭 같은 소련의 우주선 조종간을 잡았다.

'이제 이 우주선의 생사는 내 손에 달렸다.'

고진 후보생의 조종으로 C.C.C.P. 우주선은 쾌속으로 금성을 향하여 달린다.

니콜라이 중령은 아직도 곤히 잠이 들었다.

그는 몹시 피곤해서 처음에는 고진 후보생의 의자에 기댄 채 그대로 쓰러졌는데, 어느새 지금은 벽에 걸린 그물 속에 들어가 코를 골며 자고 있다.

그의 두드러진 광대뼈와 우묵 팬 눈자위를 보자, 고진 후보생은 발길로 차 주고 싶은 충동을 느꼈다.

미워하는 사람끼리 한 배에 타는 것처럼 괴로운 일이 없으나, 배가 목적지에 가 닿기까지는 참을 수밖에 없다.

C.C.C.P.호에 탄 학자들도 제멋대로 공중을 떠다니며 잠이 들었다. 밤과 낮이 없는 우주에서는 자는 시간이 밤이요, 깬 시간이 낮이다. 처음에는 규칙 생활도 했지만, 차차 마음이 풀리자, 식사 시간 외에는 자유로이 행동할 수밖에 없었다.

때때로 태양의 뜨거운 열을 피하기 위하여 우주선의 몸집을 반대쪽으로 돌리는데, 이런 때면 우주선 안에는 약간의 인력이 생겨서, 공중에 떠서 자던 사람들은 제멋대로 굴러다니며 이리 부딪치고 저리 닿아 몸이 마구 떠다니는 것이다.

이렇게 모두 잠이 들고 보니 고진 후보생과 나타샤 양이 당번 근무가 된 셈이다.

고진 후보생과 나타샤는 공중에 떠다니며 잠이 든 사람들을 둘러보다가, 서로 빙그레 웃고 말았다.

웃음이란 묘한 약이어서 일단 웃고 나면, 마음에 도사리고 있던 어떤 장벽도 쉬 무너지게 마련이다.

고진 후보생과 나타샤는 서로 고향 이야기를 하고 자라난 환경 이야기도 하다가 문득 상대방의 실력을 떠보고 싶은 생각이 났다.

"우리 한번 궤도 계산을 해 보면 어때요? 내가 정한 궤도에 잘못이 있으면 사고니까……."

고진 후보생이 제안했다.

"호호…… 좋아요."

나타샤가 쾌히 승낙했다.

두 사람은 지금 달리는 우주선을 태양과 별에 겨누어, 그 궤도를
종이 위에 계산해서 맞춰 보았다.

그러자 그 답은 신통하게 들어맞았다. 두 사람은 또 한 번 같이
웃었다.

"이 배도 금성에 갈 수 있을 것 같군요."

"요행히 우주의 한끝으로 흘러가지 않아도 되나 보죠."

"그렇지만 그동안에도 세 번이나 엔진을 걸어서 궤도를 고쳤답
니다."

"알고 있어요."

고진 후보생은 나타샤의 입에서 이런 말을 듣자 이들 대원도 당
번 근무를 할 정도로 훈련을 받은 것을 깨달았다. 고진 후보생은
비로소 니콜라이 중령이 모든 기계 장치를 맡기고 태연히 잘 수
있는 까닭을 알았다.

그러나 감시의 눈이 나타샤뿐이 되자, 고진의 마음은 설레기 시
작했다. 고진은 그 설레는 마음을 참으며 오히려 조용히 나타샤를
불렀다.

"나타샤 양, 조종석 좀 봐 줘요."

"왜요?"

"나 좀 갔다 오겠어요."

"어디에요? ……아, 네……."

나타샤는 고진의 눈을 보자 이내 눈치를 채고 웃으며 고개를 끄떡여 보였다.

고진 후보생은 화장실을 다녀왔다.

"나타샤 양은 안 가겠어요?"

"호호…… 저두 좀 갔다 와야겠어요."

나타샤 양이 마침내 자리에서 일어났다.

옆 사람이 하품을 하면 자기도 따라 하고 싶어지는 심리와 같은 것이다. 고진 후보생은 그것을 알고 있었다.

나타샤가 자리를 뜨자 고진 후보생은 다시없는 이 기회를 놓칠세라 초단파 통신기의 스위치를 넣었다. 다른 사람이 못 듣도록 마이크를 두 손으로 감싸고 속삭였다.

"V.P.호를 부릅니다. V.P.호 나와 주시오."

그러자 V.P.호에서 여자의 목소리가 들려왔다.

"여기는 V.P.호, V.P.호 나왔어요. 누구시죠?"

고진은 가슴이 뛰는 것을 꾹 참으며 속삭였다.

"나는 고진이오. 당신은?"

그때 어느새 돌아왔는지 나타샤가 옆에서 스위치를 꺼 버리고 말았다. 그리고 솔개처럼 독기 찬 눈으로 고진 후보생을 노려본다.

"지금 뭘 했죠?"

칼날 같은 목소리다.

"아무것도 아뇨. 기계를 살펴보았지…….."

고진이 태연스럽게 대답했다.

"흥, 기계를 살펴요? 지금 뭐라고 말했냔 말예요? 어디에다 통신 연락을 했어요?"

"아니래두요. 여기서 어디에 연락합니까."

고진은 일부러 얼빠진 목소리를 냈다.

그러나 사실은 드러나고야 말았다.

"고진 씨! 고진 씨! 저 미옥이에요. 고진 씨, 고진 씨! 대답해 주세요. 여기는 V.P.호…… 여기는 V.P.호, 대답해 주세요. 라저."

이런 낯선 목소리가 리시버를 낀 나타샤의 귀에 들리자 나타샤는 얼굴이 귀밑까지 빨개지며 뇌까렸다.

"미옥이가 누구죠? 젊은 여자 목소린데?"

"오, 그럼 역시…….."

하다가 고진 후보생은 말끝을 입 안에서 삼켰다.

"역시 뭐예요?"

나타샤가 따졌다.

"아니, 아무것도 아뇨."

"아무것도 아니라구요? 그럼 니콜라이 중령을 깨워도 좋아요?"

"이것 봐요. 나타샤 양, 입장을 좀 바꿔 생각해 봐요. 만일 나타샤 양이 나같이 된 경우라면 어떡하겠어요. 자기가 어디에 있는지

쯤 알리고 싶지 않겠어요?"

"당신이 어디 있다는 것을 알리면, 우리가 어디 있는 것을 알리는 거나 다름이 없잖아요. 그건 안 돼요."

"하하…… 저쪽에선 당신들의 우주선이 어디에 있는지 모를 것 같소? 그리구 나는 이 우주선의 위치를 알리지도 못했어요. 그때 나타샤 양이 들어오지 않았어요!"

"그걸 누가 믿어요."

"왜 못 믿어요. 지금도 저쪽 통신을 듣지 않았소. 미옥 양은 이쪽이 누군지 몰라서 자꾸 부르고 있지 않아요."

나타샤는 한참 고진의 얼굴을 바라보다가 기분을 좀 풀었다.

"그럼 이번만은 참겠어요. 그렇지만 이것만은 알아 두세요. 통신기를 가지고 어떤 잘못을 저지르면 그 책임은 내가 져야 한다는 것을요."

얼마 뒤 니콜라이 중령이 깨어난 뒤에도 나타샤와 고진 후보생은 서로 무뚝뚝한 표정으로 앉아 있었다.

"왜, 무슨 일이 있었나?"

니콜라이 중령이 두 사람을 번갈아 보았다.

"아뇨."

나타샤가 말했다.

"무슨 일이 있었군……. 그렇지 않고야 그런 표정을 하고 있을 리 있나. 무슨 일이지?"

"별일 없었어요."

"나타샤는 고진 군을 감싸 주는군……. 정말 끝까지 책임을 지겠나?"

니콜라이 중령이 따지자 나타샤의 손이 가늘게 떨렸다.

"우주선을 파괴하려구 했나?"

"아뇨."

"도망가려구 했나? 설마 우주에서 달아날 수야 없을 테고……."

"아네요."

"그럼 누구와 연락을 했군?"

이 말에는 나타샤도 대답을 못 했다.

"나도 그 점을 염려했다. 설마 우리 우주선을 파괴하진 못하겠지만, 저쪽에 비밀 연락을 할 순 있다고 생각했어……. 그러나 나타샤가 있어서 안심하고 있었는데……. 자리를 비웠었군?"

"저는 화장실에 갔댔어요."

마침내 여자의 약한 마음이 사실을 털어놓고야 말았다.

"그래서 저쪽에서두 이쪽 위치를 알고 있나? 고진 군이 여기 탄 것두?"

니콜라이 중령은 움푹 팬 눈을 무섭게 굴리며 두 사람을 노려보았다.

"……."

나타샤는 대답을 못 했다.

"알지 못합니다."

고진 후보생이 말했다.

"알지 못해? 우리가 아는데 그들이 몰라? 허나 이젠 잘됐다. 이왕 알려진 바엔 정면 공격이다."

"정말 모르고 있습니다."

"닥쳐!"

니콜라이 중령은 원자력 엔진을 걸었다. 엔진이 걸리자 분사 장치에서 세차게 가스를 내뿜으며 우주선은 속도를 더하기 시작했다.

"초속 35킬로미터……."

"초속 40킬로미터……."

"위험합니다."

고진 군이 외쳤다.

"허허…… 위험해? 우주 경쟁은 처음부터 위험한 짓이다. 이기느냐 죽느냐, 두 길밖에 없어……. 스포츠가 아니야."

니콜라이 중령은 다시 초속 50킬로미터까지 올렸다. 자던 사람들이 가속도로 생긴 인력 때문에 벽들을 떠받고 모두 깨어났다.

"웬일이오?"

학자들이 놀라서 물었다.

"아무것도 아니오. V.P.호를 따라가 잡으려는 것뿐이야."

C.C.C.P.호는 한도량을 넘는 속력으로 V.P.호를 추격하기 시작하였다.

지금 C.C.C.P.호는 V.P.호를 육안으로 볼 수 있는 거리까지 육박했다. 그동안에 대원들의 반대에도 불구하고 니콜라이 중령은 기어이 V.P.호를 쫓아오고야 말았다.

"자, 이제야 보이나? 저게 바로 우리가 쫓아오던 V.P.호야……. 그러나 우주선도 조종사가 없는 한 마지막이야……. 이게 뭔지 아나, 고진 군. 훗훗……."

니콜라이 중령은 자기 주머니에서 열쇠 한 개를 꺼내 들었다.

"그게 뭐죠?"

고진이 불길한 예감이 들어 그 열쇠를 지켜보며 물었다.

"이게 바루 자네들이 알고 싶어 하는 비밀 무기야……. 자, 이젠 알아도 상관없어, 목적은 금성에 가는 것이니까."

니콜라이 중령은 재빨리 자기 의자 밑에 엎드려 작은 함에 열쇠를 맞추어 열었다. 그 속에서 단파 송신기 같은 것이 나타났다.

니콜라이 중령이 그 앞에 엎드려 다이얼을 맞추고 스위치를 넣었다. 그러자 상당히 센 전류가 흐르는 모양으로 우주선 전체가 몹시 흔들리기 시작했다.

고진 후보생은 그것을 보자 본능적으로 그것이 공격용 전파라고 느꼈다.

고진은 재빨리 니콜라이 중령의 목덜미를 뒤로 잡아 젖히며 스위치를 끄려고 손을 뻗었다. 이것을 본 니콜라이 중령이 고진의 손을 내리치며 발로 고진의 가슴을 쳤다. 고진이 다시 니콜라이 중령의 손을 뿌리치며 스위치를 끄려다가 다이얼만 돌리고, 스위치엔 손이 미치지 못했다.

니콜라이 중령은 다이얼을 다시 맞추려고 했으나 고진이 뒤로 덮치는 바람에 손에 쥐었던 열쇠만 떨어뜨리고 말았다.

두 사람은 물속에서 얼싸안고 격투를 하듯이 좁은 우주선 안의 벽을 이리 받고 저리 부딪치며 옥신각신하던 끝에 고진 군이 열쇠를 쥔 채 격투는 끝났다.

"그건 안 돼, 고진 군…… 그 열쇠를 이리 주게."

니콜라이 중령이 씨근거리며 외쳤다.

"그럼 나와 약속해 주시겠어요?"

"약속하지. 무엇이든지 약속을 할 테니 그것을 이리 주게."

"그럼 우선 그 스위치를 꺼 주세요."

니콜라이 중령은 비밀 장치의 스위치를 껐다.

"좋아요. 그럼 이 열쇠는 금성에 가서 돌려 드리겠어요."

"그건 안 돼, 지금 내주게."

"당신은 믿을 수가 없으니 제가 맡아 두겠어요."

고진 후보생이 끝내 열쇠를 돌려주지 않는 것을 보자, 니콜라이 중령은 화가 나서 서랍에서 재빨리 권총을 꺼내 들었다.

"어서 내놔, 안 내면 사정없다."

니콜라이 중령이 고진 앞으로 다가왔다.

고진 후보생은 방구석까지 몰려 완충실 문까지 쫓겨 갔다.

그때 고진 후보생은 벽에 걸린 우주모를 보고 벽에서 그것을 벗겨 들었다.

"뭘 하려는 거야?"

니콜라이 중령이 등이 달아• 외쳤다.

"열쇠를 안전한 곳에 맡겨야겠습니다."

고진 후보생은 우주선 바깥문의 손잡이를 잡았다.

"뭣이 어째, 그 열쇠를 이리 못 내놔?"

니콜라이 중령은 날쌔게 고진의 손목을 잡아당겼다. 그 순간 고진은 다른 손으로 문을 열고, 열쇠를 우주선 밖으로 내던졌다.

"아니, 네가 미쳤냐?"

니콜라이 중령은 어쩔 줄을 몰라, 그 열쇠를 던진 문으로 달려간다.

"하하…… 하하…….."

고진이 통쾌하다는 듯이 웃었다.

"왜 웃어?"

니콜라이 중령이 씨근거리며 고진을 노려보았다.

"열쇠는 안전합니다."

"열쇠가 안전하다구?"

니콜라이 중령이 어리벙벙한 낯으로 고진을 바라보았다.

---

• 등이 달다 마음대로 되지 아니하여 몹시 안타까워하다.

"무중력 상태의 이 우주에서는 우주선이 이끄는 인력 때문에 열쇠가 어디엔가 달라붙을 게 아닙니까?"

"응? 옳아, 하기야 그럴 수도 있겠지. 하지만 그건 안 돼."

"뭐가 안 돼요, 금성에 내리기 전에 찾으시구려."

"열쇠는 지금 있어야 해."

니콜라이 중령은 우주모를 쓰고 우주선 밖으로 나갔다. 고진 후보생도 그 뒤를 쫓아 나갔다. 캄캄한 우주의 하늘은 먹칠을 한 것처럼 펼쳐져 있다. 그러나 우주선의 한쪽을 쪼이는 강렬한 햇빛은 뜨거운 열을 사정없이 우주선 한쪽에 퍼붓고 있다.

니콜라이 중령은 그 뜨거운 우주선을 더듬으며 열쇠를 찾아다녔다.

"열쇠가 어디 갔어? 우주선의 인력으로 열쇠가 우주선에 붙은 것은 틀림없을 텐데."

니콜라이 중령은 푸념을 하듯이 중얼거리며 우주선 위를 기어다녔다. 그러나 작은 배만큼이나 큰 몸집을 한 우주선 위에서, 새끼손가락보다도 작은 열쇠를 찾기란 그리 쉬운 일이 아니었다. 니콜라이 중령은 우주 밖으로 떨어질까 봐 처음에는 벌벌 기어 다니다가, 이제는 일어나서 우주선 위를 위로 거꾸로 편리한 대로 걸어 다니며 열쇠를 찾았다.

"이봐, 열쇠를 어디쯤 던졌지?"

니콜라이 중령은 열쇠가 눈에 안 뜨이자 짜증이 난 듯이 고진에게 물었다.

"우주선 뒤쪽이 될 겁니다. 열쇠가 다시 배에 다가붙을 때는 배가 앞으로 달리고 있었으니까요."

"왜 그따위 짓을 했지?"

니콜라이 중령은 아직도 분한 듯이 투덜거리며 우주선의 끝머리로 갔다.

그동안에 고진은 방금 니콜라이 중령이 찾던 근처에서 지남석을 꺼내서 열쇠를 찾아 주머니에 넣었다. 그리고 시치미를 떼고 니콜라이 중령 쪽으로 갔다. 그런 줄도 모르고 니콜라이 중령은 가스를 분사하는 끝까지 가서 몇 바퀴나 우주선을 돌았으나 열쇠는 못 찾았다.

"없는걸."

니콜라이 중령이 빈손으로 돌아오며 투덜거렸다.

"있을 텐데요, 우주선의 중력이라면 열쇠 하나쯤은 틀림없이 끌어당겨 붙였을 겁니다."

"그렇지만 없단 말야."

"다시 찾아봅시다."

"그만해, 난 못 찾겠어."

니콜라이 중령은 고진을 한참 동안 노려보다가 다시 입을 열었다.

"이렇게 하는 수밖에 없다. 자네가 그 열쇠를 찾아내야 해……. 만일 못 찾으면 우주선 안에는 들여놓지 않을 테니까, 알았지? 자기가 한 일에 대해선 책임을 져야 해."

　니콜라이 중령은 분풀이를 하듯이 우주선 안으로 들어가 문을
잠가 버리고 말았다.

# 5. 불시 착륙

하와이 우주 공항 통제 본부는 높은 고층 빌딩에 마련되었다.

전파 망원경이며 레이더며 추적용 카메라며 초단파 송수신기들이 장치되고, 실내에는 수많은 전자뇌 계산기들이 가득 차 있다.

홉킨스 우주 공항 사령관은 오늘도 통제 본부에 나와서 우주선의 진행 상태를 살피고 있었다. 지금까지는 수사 기관에서 니콜라이 중령을 체포해 줄 줄 알았으나 의외에도 니콜라이 중령이 우주선을 탔다는 이야기를 듣자, 홉킨스 사령관은 몹시 흥분하였다.

그가 믿던 사람에게 배신을 당했으니 흥분하지 않을 수 없다. 그뿐만 아니라 그 우주선 안에는 어쩌면 고진 후보생이 탔을지도 모른다는 수사 기관의 조사 보고를 듣자 사령관은 거의 울 지경이 되었다.

그가 가장 믿던 사람에게 배신당하고, 그가 가장 사랑하는 제자를 잃고 보니 밥맛이 없었다.

그래서 매일같이 통제탑에 나와서 허공을 바라보고 무슨 뉴스가 들리기를 기다렸다.

그런데 저녁 시간이 되어 집으로 돌아가려고 준비를 하는데 통신원이 사령관에게 와서 아뢰었다.

"우주선 V.P.호에서 연락이 왔습니다."

"뭐라구?"

"미옥 양이 고진 후보생 비슷한 사람과 통신 연락을 했답니다."

"그게 정말인가? 그래서 어찌 됐나?"

"이야기는 도중에 끊어져서 확인을 할 수가 없었답니다."

"왜, 다시 연락을 안 해?"

홉킨스 소장이 성가신 듯이 송신기 앞으로 왔다.

"나 좀 얘기하게 해 줘요."

통신원이 V.P.호를 불렀다.

"나요, 홉킨스야, 미옥 양? 그런데 고진 군이 어디 있다구? 라저."

사령관은 초조하게 대답을 기다렸다.

"모릅니다. 확실한 것은 아무것도 모릅니다."

미옥 통신원의 목소리가 들려왔다.

"모르다니……. 그럼 지금까지 고진 군과 이야기했다는 것은 무슨 소리야?"

"목소리만 듣고 어디 있는지 확인하지 못했습니다."

"왜, 못 해, 그것이 중요하지……."

홉킨스 소장은 눈썹을 추켜올리며 짜증 난 소리를 냈다.

"그 뒤에도 계속 불러 보았으나 워낙 태양 전파의 방해가 심해서 통신이 안 됐습니다."

"다시 알아보도록 해……. 그리구 계속해서……."

"앗, 저게 뭐예요? 저것……."

미옥 양의 목소리가 웬일인지 도중에서 사령관의 말을 막으며 끊어졌다.

"미옥 양, 웬일이야? 무슨 일이 났어? 미옥 양!"

사령관이 등 달아서 외쳤으나 미옥 통신원의 목소리는 다시 들리지 않았다.

최미옥 양은 하와이 통제 본부와 통신을 하다가, 텔레비전의 스크린을 보고 놀라서 소리친 것이었다.

V.P.호와 쌍둥이 같은 우주선의 몸집이 또렷이 텔레비전의 화면에 나타난 것이다. 그와 동시에 우주선 안에는 요란한 경종이 울렸다. 사람들의 시선이 하와이 통제 본부의 말이 들리던 스피커에서, 일제히 계기판 쪽으로 쏠렸다. 우주선 조종사의 계기판 가운데 있는 두 개의 안전등에 빨간불이 켜져 있다. 이것을 본 윌리엄 중령이 당황하여 조종석으로 돌아왔다.

"어디가 고장이야?"

그런데 윌리엄 중령이 계기판을 들여다보자 빨간불은 꺼지고 말았다.

"또 좋아졌나?"

윌리엄 중령은 알 수 없다는 듯이 푸념을 하며 기계실로 들어갔다.

빨간불이 켜졌던 곳은 자기 조종석에 잇달린 조종간과 산소 공급 장치에 연결되어 있다.

"이거 큰일 날 뻔했군."

윌리엄 중령은 등골에서 소름이 끼치는 것을 느꼈다. 만일 산소 공급이 중단되면 자기는 그대로 죽는 수밖에 없으니 말이다. 그러나 지금 산소 공급 장치에는 이상이 없다. 다음에는 조종간에 연결된 배선을 차례로 더듬었다. 복잡한 배선을 일일이 손으로 살필 수는 없으므로 설계도를 보고 조종간에 연결된 진공관만 조사했다.

'진공관 번호, V. X. 1,303.'

그 진공관이 빨갛게 달아 있다.

"이 녀석은 또 왜 이렇게 달아 있담."

중령은 진공관을 빼 보았다.

"아 따따……."

윌리엄 중령은 그 진공관을 내동댕이쳤다. 몹시 뜨거웠기 때문이다.

"헤, 요놈이 말썽을 부렸군."

윌리엄 중령은 장갑을 끼고 다시 진공관을 잡아서 살펴보았다.

"응? 이건 또 뭐야? 이런 것이 있었나?"

윌리엄 중령은 진공관 발부리에 달린 작은 혹을 보고 중얼거렸다. 그 혹은 역시 정밀하게 작용하는 진공관의 일종이 아닌가 싶었다.

"식혀서 꽂아 보는 수밖에……."

윌리엄 중령이 진공관이 식기를 기다리고 있는데, 최미옥 양이 부르는 소리가 들렸다.

"왜 그러지?"

윌리엄 중령이 미옥 양 곁으로 왔다.

"이것 보세요."

미옥 양이 텔레비전의 스크린을 가리켰다. 거기에는 검은 하늘을 등지고 우주선의 모습이 또렷이 보이고, 그 우주선 위로 두 사람의 그림자가 움직이는 것이 어렴풋이 보인다.

"우주선 위로 걷고 있는 것은 사람이 아니오?"

윌리엄 중령이 물었다.

"사람 같아요."

미옥 양이 대답했다.

"웬일일까, 그 배도 무슨 기계 고장인가?"

"기계 고장이면 안에서 고치지 왜 밖으로 나옵니까?"

"그럼 무슨 일이야, 조난을 당했으면 우리가 가서 도와줘야지."

"조난당한 배가 어떻게 조난당한 배를 도와요. 이것 보세요. 지금 우리 배는 방향을 잘못 잡고 있습니다."

박철 후보생이 방향계를 가리켰다.

"응? 15도나 어긋나다니 웬일이야? 우리 배는 자동 조종 장치로 가고 있었지 않나?"

"자동 조종 장치가 고장이 났나 봅니다."

"그럼 어떡하지?"

윌리엄 중령의 얼굴빛이 흙빛으로 바뀔 때였다.

몇 개의 운석이 우주선에 부딪쳤다.

"이런 곳에 운석이 있다니 이상한걸? 여기가 어디야, 도대체?"

모두들 긴장한 낯으로 창밖을 내다보았다. 그런데 그 창밖에는 마치 지구의 달과 같은 작은 천체가 빛나고 있지 않은가. 그것도 몹시 가까운 거리에 다가온 것이다.

"이런 곳에 저런 천체가 있을 수 있습니까, 모리스 교수님?"

윌리엄 중령이 뜻밖이란 듯이 천문학에 조예가 깊은 모리스 교수를 돌아보았다.

"윌리엄 중령님, 천체가 우리 곁을 지나는 것이 아니라 우리 우주선이 그 천체로 떨어지고 있습니다!"

박철 후보생은 고도계를 보다가 얼굴빛이 파랗게 질려서 외쳤다.

"뭐라고?"

윌리엄 중령이 고도계를 들여다보았다. 운석들이 차차 더 많이 우주선 옆으로 몰려오는 것이 보인다.

"모를 일이야, 이런 곳에 천체가 있다니. 아직 금성까지는 3분의 1이나 남았으니 설마 금성의 달일 수도 없고……."

모리스 교수가 다가오는 천체를 지켜보며 외쳤다.

"이러고 있을 때가 아니오. 우주선을 돌려 불시 착륙을 해야 한다!"

윌리엄 중령이 고장 난 핸들을 이리저리 잡아당겨 본다.

"불시 착륙?"

"불시 착륙요? 저 떠돌이별에요?"

대원들의 얼굴은 굳어졌다.

"빨리 선체를 돌리고 착륙 준비를 하라니까!"

윌리엄 중령이 박철 후보생에게 소리 질렀다. 박철 후보생이 우주선을 거꾸로 돌리고 분사 장치를 눌렀다. 우주선 끝에서 세찬 가스가 흘러나왔다. 그러자 우주선은 천천히 그 미지의 천체로 내려가기 시작했다.

"생각보다 인력이 없군요."

박철 후보생이 중얼댄다.

"응, 생각보다 작은 천체야."

윌리엄 중령이 착륙할 자리를 찾으며 말했다.

"호수나 평지가 있으면 좋겠는데요."

박철 후보생이 산들이 삐죽삐죽 봉우리를 내민 천체를 불안한 눈으로 굽어보며 웃었다.

"호수나 평지가?"

모리스 교수가 있을 수 없다는 듯이 어깨를 으스대며 두 손을 편다.

"이 별이 아직 인간에게 알려지지 않은 별일까요?"

박철이 물었다.

"내 생각에는 아직 알려지지 않은 별 같아요. 태양계 안에는 우리가 아는 아홉 개의 떠돌이별 외에도 작은 별들이 약 2,000개가량이나 흩어져 있는 것으로 짐작되고 있으니까."

"그럼, 우리가 새로운 별을 발견한 셈이 아닙니까?"

미옥 양의 말에 모두들 한바탕 웃었다.

"뜻하지 않은 곳에서 뜻하지 않은 공훈을 세우게 됐군그래."

애덤스 박사도 웃었다. 이젠 대원들의 기분도 어느 정도 홀가분해졌다. 모리스 교수는 기회를 놓칠세라 분주히 카메라의 셔터를 누르고 있었다.

"이건 왼통 곰보 아냐? 마치 달의 표면 같군요."

박철이 외쳤다.

"달보다 더 거칠잖아, 운석이 더 많은 모양이야."

애덤스 박사가 분화구를 굽어보며 동의를 구하듯이 모리스 교수를 마주 본다. 아닌 게 아니라 그 작은 천체의 표면은 굴곡이 지고 매우 거칠다. 그 사이에 다소 반반한 평지가 나타났다.

"내릴 곳은 저곳뿐이다!"

윌리엄 중령은 고장 난 조종간 대신 분사 장치를 교묘하게 구사하여, 세찬 가스를 내뿜으며 이 미지의 천체에 착륙을 감행하기 시작하였다.

"이제부터 할 일이 뭡니까?"

V.P.호 우주선이 낯선 별에 착륙하자, 박철 후보생이 물었다.

"이왕 이런 새 천체를 발견했으니 나가서 탐험해 보는 것이 어떻겠습니까?"

콧수염의 모리스 교수가 의견이라기보다 청하듯이 말했다. 모리스 교수는 지구와는 색달리 돌덩이 같은 바깥 풍경을 보고 지질학자다운 호기심이 끓어오른 것이다. 그러나 윌리엄 중령은 굳은 표정을 지었다.

"우리는 본분을 잊어서는 안 됩니다. 우리의 목적은 금성을 탐험하는 것이니 이런 작은 별에 머물러 있을 수는 없습니다."

"그렇지만 이런 기회를 다시 얻을 수 있을까요?"

"그렇지만이 아닙니다. 지금 우리 뒤에는 소련 우주선이 달려오고 있지 않소. 그들이 우리를 앞질러 금성으로 먼저 가면 무슨 창피요."

"허지만 그 대신 우리는 새로운 별의 발견자가 되고 개척자가 되는 것이 아닙니까?"

모리스 교수도 지지 않았다. 학자다운 고집과 새로운 별에 대한 호기심이 그를 앞서의 성격과는 딴사람같이 만들었다.

"허지만이 아니래두요. 우리는 우주선을 고치는 대로 떠나야 하오. 우리는 정부의 우주 개발 계획을 고쳐서까지 탐험을 할 필요는 없어요. 우리의 목적은 어디까지나 금성 탐험입니다."

"우주 개발의 목적이 무엇입니까? 만일 우주 개발 계획이 우주의 신비를 벗겨서 인류 생활에 보탬을 주는 것이라면 금성보다 가까이 있는 별을 작다고 저버릴 수는 없지 않소?"

"모리스 교수는 대장인 내 의견을 무시할 참이오?"

윌리엄 중령이 얼굴을 붉히며, 못마땅한 듯이 모리스 교수를 노려본다.

"자, 자, 이럴 필요는 없지 않소, 모두 일리 있는 이야기들인데."

애덤스 박사가 듣다못해 말참견을 하였다.

"……이렇게 하면 어떻겠소. 어차피 이 우주선은 고쳐야 할 테니까 그동안만 우주선 밖에 나가서 자료를 수집해 오도록."

애덤스 박사가 절충안을 내놓았다.

"그럼 누가 나갑니까?"

박철 후보생이 자기가 어느 쪽인지 알고 싶다는 듯이 말 틈에 끼어들었다.

"그야 물론 박 군은 우주선에 남아야지. 대장을 도와서 기계를 고쳐야 할 테니까. 우리는 있어 봐야 기계는 모르니까 소용없겠고……."

"그럼 모리스 교수님과 애덤스 박사님이 나가시겠군요. 전 어떡
하죠?"

최미옥 양이 물었다.

"허허…… 미옥 양도 남아야 할걸……. 통신 책임을 졌으니
까……."

미옥은 이 말을 듣자 시무룩해지고 말았다. 이상한 창밖의 풍경
은 미옥의 마음을 끌었다. 그러나 바깥에 못 나가게 된 박철은 미
옥 양이 남는다니 슬그머니 기뻐했다. 윌리엄 중령도 이치에 닿는
애덤스 박사의 절충안에는 반대하지 않았다.

"그럼 좋아요. 허지만 두 시간 안에 돌아와야 합니다. 우리는 속
히 궤도로 돌아가야 할 테니까."

"이왕이면 시간을 세 시간만 주시죠?"

애덤스 박사가 턱수염을 실룩이며 윌리엄 중령의 기분을 엿보
았다.

"그건 안 됩니다. 정확히 두 시간 안에 돌아와야 합니다. 만일 그
이상 시간이 지체되면 우리만이라도 떠나야 합니다. 아시다시피
덧없이 궤도에서 벗어난 코스를 달릴 순 없지 않소? 우리 원자력
에도 한도가 있고요."

윌리엄 중령이 은근히 협박하였다.

"알았습니다. 그럼 두 시간 안으로 꼭 돌아오리다."

애덤스 박사와 모리스 교수는 약속하고 탐험 기구가 든 망태를 손에 들었다.

"만일의 경우엔 급히 무전 연락을 하시오."

"알았습니다."

두 학자는 벌써 금성에나 와 닿은 것처럼 흥분을 가라앉히지 못한 채 우주선의 문을 열고 사다리를 내려놓았다.

"자, 먼저 내리시오."

애덤스 박사가 모리스 교수에게 말했다.

"애덤스 박사가 먼저 내리시죠."

"아니, 모리스 교수가 먼저 내리시오."

두 사람은 서로 미지의 새 별에 첫발을 내디디는 영광을 사양하였다.

"그럼 이럭헙시다. 우리 꼭 같이 한 발씩 내디뎌요."

"허허…… 그거 좋은 생각이오."

두 사람은 웃으며 한 발씩을 보랏빛 도는 별 땅에 내디뎠다.


한편, 우주선 밖으로 쫓겨난 고진 후보생은 어떻게 할 것인지 한참 동안 생각에 잠겨 있었다.

'열쇠를 내주자니 V.P.호가 결딴날 것 같고, 열쇠를 안 내주면 나는 우주선 밖에서 죽고 말 것이다.'

고진 후보생은 내리쬐이는 햇빛을 받았다. 그 햇빛 속에는 지구보다 몇 갑절이나 센 자외선과 적외선이 들어 있는 것이다. 또 해가 쪼이지 않는 자기 몸의 다른 쪽은 그와 반대로 말할 수 없이 온도가 내려간다. 공기가 없는 우주에서는 추위와 더위를 가릴 아무것도 없는 것이다. 햇빛이 쪼이는 곳은 아주 뜨겁고, 햇빛이 안 쪼이는 곳은 아주 차갑다. 그뿐만 아니라 그가 멘 산소통의 양도 한도가 있으니 어차피 몇 시간은 견딜 수가 없는 것이다.

'항복이냐, 죽음이냐?'

고진 후보생은 진퇴양난의 갈래길에서 망설였다. 그는 빛나는 별들을 바라보다가 혹시 V.P.호가 안 보이나 살피고 있는데, 갑자기 수많은 돌덩이들이 날아오는 것을 보고 그것을 피하여 우주선 뒤로 숨었다.

그러자 또 한 떼의 운석들이 몰려와서 우주선을 마구 후려갈겼다.

"운석이다!"

고진이 외쳤을 때는 이미 늦었다. 우주선에는 두 군데나 구멍이 빼꼼하게 뚫렸다. 우주선 안에서 아우성치는 소리가 들렸다. 누가 우주선을 뚫고 들어간 돌에 맞고 쓰러진 모양이었다. 우주선 안의 산소가 구멍으로 새어 나왔다.

고진 후보생은 재빨리 자기 몸으로 구멍을 막고 외쳤다.

"용접 기구를 내주오. 철판과 레이저 용접기를 빨리!"

고진이 소리 지르자 나타샤가 용접 기구를 내주었다.

"우주선을 태양 쪽으로 돌려!"

고진이 다시 외치자 나타샤가 우주선을 회전시켰다. 고진은 서둘러 구멍에 철판을 대고 땜질을 시작하였다.

고진은 차례로 두 구멍을 때우고, 우주선 안으로 들어갔다. 그때 우주선 안에서는 이상한 광경이 벌어지고 있었다. 모두 죽은 사람처럼 쓰러져 있는 것이 아닌가.

"어찌 된 일인가?"

고진도 영문을 몰라 한참 두리번거렸다. 그러나 잠시 뒤에는 암모니아 냄새가 코를 찔러 머리가 핑 도는 것을 깨달았다. 금성에 가서 필요한 냉각용 암모니아 탱크가 터진 것이다. 그뿐만 아니라 뚫린 구멍으로는 방 안의 산소가 빠져나가서 대원들은 정신을 잃은 것이다. 고진 후보생은 재빨리 산소 탱크에서 산소가 최대한으로 나오도록 미터를 올려놓고 암모니아 탱크에 땜질을 시작했다.

고진이 암모니아 탱크를 때우고 나자, 자기 자신도 쓰러졌다. 고약한 암모니아 냄새를 맡은 위에 긴장마저 풀린 탓이리라. 그리고 얼마가 지났는지 모른다. 누가 고진을 자꾸만 흔들어서 깨웠다.

"고진 군, 고진 군, 큰일 났다."

니콜라이 중령이었다. 고진이 눈을 뜨자 니콜라이 중령은 긴장한 얼굴로 고진을 지켜본다.

"고진 군! 고맙네, 감사는 나중에 하고 우선 착륙을 도와줘야겠어."

"착륙이라뇨?"

고진은 말귀를 못 알아들었다.

"지금 우리 우주선은 미지의 천체로 떨어지고 있어."

"미지의 천체라뇨?"

"저기를 봐."

니콜라이 중령이 앞을 가리켰다.

"아니, 여기가 어딥니까?"

고진이 자기 앞으로 다가오는 천체를 보고 소리 질렀다.

"모를 일이야. 우리 배는 궤도를 빗나갔어. 그뿐만 아니라 추락하고 있어. 어서 착륙을 도와주게."

고진은 그제야 심상치 않은 일이 벌어지고 있는 것을 깨달았다. 고진 후보생은 머리를 흔들고 정신을 가다듬었다. 니콜라이 중령이 하는 짓은 밉지만 우선 우주선을 구해야겠다고 생각하고 급히 우주선을 거꾸로 돌리고 가스를 분사시켰다. 그러자 C.C.C.P. 우주선도 그 미지의 별을 향하여 천천히 떨어져 갔다.

"앗! 사, 산! 산을 받겠어요!"

나타샤 양은 C.C.C.P. 우주선이 산허리를 들이받는 줄 알고 소리쳤다. 다른 늙은 과학자들도 어찌나 급했던지 저마다 의자며 계기판의 손잡이를 쥐고 매달렸다. 그러나 우주선은 너무 세차게 흔들렸으므로, 늙은 과학자들은 그대로 지탱할 수가 없었다. 어떤 이는 천장을 떠받고, 어떤 이는 바닥에 뒹굴었다. 고진 후보생은 벽을 들이받고, 다시 나타샤 양과 정면으로 이마를 맞부딪쳤다. 이런 동안에도 용케 견뎌 배긴 사람은 니콜라이 중령이었다. 그는 핸들을 잡고 운전을 하고 있었기 때문에 우주선과 몸이 거의 같이 흔들렸다.

C.C.C.P. 우주선은 간신히 산과 충돌하는 것은 면했으나, 선체를 바로잡지 못하고 옆으로 기울어진 채, 산허리에 불시착을 하고 말았다.

"휴—."

니콜라이 중령도 몹시 당황했던지 붉은 얼굴에 땀방울을 흘리며 한숨을 몰아쉬었다.

다른 사람들은 아직도 우주선이 착륙할 때의 흥분이 가라앉지 않았던지, 아무도 입을 여는 사람이 없다.

우주선이 발사될 때와는 또 달리, 기분이 몹시 얼떨떨하였다. 우주선이 발사될 때는 창자가 발끝 밑으로 까마득히 처지는 것 같았는데, 이번에는 그와 반대로 가슴이 하늘로 둥둥 떠 올라가는 기분이었다. 그것은 빨리 내려가는 엘리베이터를 탄 것보다도 몇 갑절이나 가슴이 울렁거리고 구역질이 나는 기분이었다. 이런 괴로움을 참던 뒤고 보니, 아무도 발을 뗄 생각도 입을 열 기분도 나지 않았다. 마침내 나타샤 양이 먼저 말문을 열었다.

"인제 지옥 길은 면했나 부죠?"

나타샤 양은 고진 후보생과 부딪친 이마를 비비며 뇌까렸다. 늙은 과학자들도 그제야 몸을 일으키며 니콜라이 중령을 마주 보았다.

"이런 곳에 이런 천체가 있는 덕분에 살아났소. 그런데 세바스키 박사, 이 천체가 어떤 종류죠?"

니콜라이 중령이 늙은 천문학자를 보고 물었다.

"나도 모르겠소이다. 이런 곳에 이런 별이 있다는 것은 깡그리 몰랐으니까요."

세바스키란 백발의 노학자는 정말 얄궂다는 듯이 우주선 너머로 창밖의 진기한 풍경을 바라보았다.

"이것도 역시 일종의 떠돌이별임엔 틀림없죠?"

고진 후보생도 호기심에 찬 눈으로 질문을 던졌다.

"물론 떠돌이별이겠죠. 글쎄 위성은 아닐 테고 어쩌면 아주 큰 운석일는지도 모르지만 작은 떠돌이별이라고 보는 것이 좋을 성싶소. 허지만 우주선 밖에 나가서 관측해 보기 전에는 뭐라고 말할 수 없소."

세바스키 박사는 어디까지나 과학자다운 대답을 하였다.

"이러나저러나 이처럼 기울어진 우주선을 어떻게 바로잡지요?"

니콜라이 중령이 기울어진 우주선의 꼬리 끝 쪽에서, 착륙할 때 내뿜은 가스로 먼지가 자욱하게 일어난 것을 내다보며 푸념을 하였다.

"우리가 도와서 우주선부터 바로 일으켜 놓읍시다."

다른 한 명의 늙은 과학자가 말했다.

"흥, 치올코프 교수가 어떻게 도와주겠소. 어서 늙은 학자님들은 나가서 별 구경이나 하다 오시오. 두 분이 우주선을 탄 목적도 그게 아니오."

니콜라이 중령이 말하자 두 늙은 과학자는 얼굴을 붉히며 기분이 상한 듯이 대들었다.

"그게 무슨 말이오? 우리가 도울 수 있는 데까지 도와 보겠다는데 뭐가 잘못됐소?"

세바스키 박사가 치올코프를 대신하여 말했다.

"하, 늙은 양반들도 마음은 살아 있었군. 허지만 당신들이 기울어진 우주선을 어떻게 바로잡는단 말요. 어서 나가서 별 구경이나 하다 돌아오시오."

"그게 본심이오?"

세바스키 박사가 그를 의심하듯이 니콜라이 중령을 마주 보았다.

"명령이오. 우주선을 바로 세우는 동안 이 천체를 조사하고 돌아오시오. 만일의 경우엔 이 별의 탐험이 우리 공로가 될 것이오."

"그럼 진심이구려. 왜 같은 말을 그런 식으로 명령하오. 실은 나도 천체를 조사하고 싶었소."

"어서 다녀오시오. 시간은 얼마나 필요하오?"

"최소한도 다섯 시간은 있어야지."

"허허…… 다섯 시간이면 이 우주선은 이곳을 떠난 뒤요. 한 시간 안에 돌아와요."

"한 시간 안에요?"

세바스키 박사는 한참 생각한 끝에 그대로 수락하고 치올코프 교수와 같이 우주선 밖으로 나왔다.

두 늙은 과학자는 우주선 밖에 나오자, 한참 동안 무엇이나 지구 것과는 다른 광경에 넋을 팔다가, 한 시간 동안에 행동할 방법을 의논하였다.

"한 시간이라면 저 고지에 올라가서 이 천체를 굽어 살피는 길 밖엔 별도리가 없지 않아요?"

치올코프 교수의 제안에 따라 두 학자는 결국 고지에 오르기로 하였다.

두 명의 소련 과학자는 산마루턱을 향하여 전진하기 시작하였다.

# 6. 다시 금성으로 나란히

V.P.호 안이다.

"역시 이 진공관이 말썽인가 보군."

윌리엄 중령이 테스터로 혹 달린 진공관의 성능을 재어 보며 뇌까렸다.

"다른 곳엔 별 이상이 없습니다."

자기가 맡은 부조종석과 관련된 계기들을 면밀히 살피던 박철 후보생과, 통신 장치를 살피던 최미옥 양이 같은 말을 하였다.

"그럴 거야. 역시 이 진공관이 말썽인가 봐. 그러나 이런 혹이 어떻게 진공관에 붙어 있는지 아직도 모를 일이야."

"니콜라이 중령의 장난이 아닐까요?"

박철이 말했다.

"글쎄, 그 사람이 설마 그럴 줄은 몰랐는데, 그렇게 일에 열성을 다하던 사람이 말이야. 그러나 무엇 때문에 이런 혹을 달았지?"

윌리엄 중령은 상식적으로 판단하기 어렵다는 듯이 고개를 저었다.

"그 혹을 떼 보면 어떨까요?"

박철이 물었다.

"그러다가 필요한 장치라면 어떡하지?"

윌리엄 중령이 망설였다.

"테스터로 재어서 별로 차이가 없으면 떼 버려도 무방할 것입니다."

"있어도 없어도 무방한 것이라면 본래 있던 대로 달아 두는 것이 안전하지 않을까?"

윌리엄 중령은 문득 사람의 맹장에 달린 볼록 나온 혹을 생각한 것이었다. 전에는 그것이 전연 필요 없는 군것이라고 얘기해 온 의학자들도 이제는 그 혹 속에 사람에게 유익한 항생물질(박테리아 종류)이 살고 있다고 하는 말을 들었기 때문이다.

윌리엄 중령은 혹을 단 채 진공관을 다시 끼우고 엔진을 걸어 보았다. 조금도 이상이 없다.

"이만하면 만점이야. 아무 이상이 없어."

"이런 상태라면 곧 출발할 수 있겠어. 지금이 몇 시지?"

"14시 58분입니다."

최미옥 양이 우주선 안의 원자시계와 자기 시계를 맞춰 보며 말했다.

"그럼 이 사람들이 돌아와야 할 시간이 아냐?"

윌리엄 중령이 걱정을 하였다. 최미옥 양이 창가로 가서 애덤스 박사와 모리스 교수가 사라진 곳을 살펴보았으나 두 사람 같은 그림자는 나타나지 않았다.

"안 보이는데요."

미옥 양이 말했다.

"어디 통신 연락을 해 봐요."

윌리엄 중령이 15시가 다 된 시곗바늘을 보며 소리쳤다.

미옥 양은 급히 전파를 발사했다.

"여기는 V.P.호. 애덤스 박사와 모리스 교수를 부릅니다. 이 통신을 받는 대로 소재를 알려 주십시오."

이런 무전 연락을 계속 내보냈으나 두 사람에게서는 아무런 대답이 없다.

"어떡하죠?"

미옥 양이 걱정스레 묻는다.

"그대로 연락해 줘. 그리구 박철 군. 헬리콥터를 좀 내려 주게."

로켓 엔진으로 나는 헬리콥터가 우주선엔 달려 있었다.

"네? 헬리콥터요? 찾아가 보시게요?"

"그럼 어떡하겠나. 두 사람을 이런 곳에 내버려 두고 갈 수는 없지 않나?"

"가야 한다면 제가 가겠습니다."

"하여튼 헬리콥터를 내려놔요. 누가 가든지."

박철이 스위치를 눌러 우주선 몸집에 붙은 문을 열고 헬리콥터가 날 수 있도록 준비했다. 그때 미옥 양이 외쳤다.

"네? 뭐, 뭐라구요? 애덤스 박사님, 크게 말하세요. 잘 안 들려요."

"미옥 양! 연락이 됐소?"

윌리엄 중령이 등이 달아서 묻는다.

"떨리는 목소리로 뭐라고 하지만 잘 안 들려요. 무슨 고지라고 하나 보던데요."

"고지?"

윌리엄 중령이 헬리콥터로 달려가려 하자, 박철이 막아섰다.

"제가 가겠습니다. 대장님은 우주선을 지키셔야 합니다."

박철은 말하기가 바쁘게 헬리콥터에 올라타고 엔진을 걸었다. 고지 위에 이르자 박철은 갑자기 커지는 천둥 같은 소리에 놀라 그 소리 나는 쪽을 보니 그곳에서는 언덕이 막 무너지고 있었다. 박철은 헬리콥터를 그쪽으로 몰았다.

애덤스 박사와 모리스 교수는 그 언덕 위에 있다가 산이 무너지는 바람에 어쩔 줄을 몰라 쩔쩔매다가 헬리콥터를 보고 환성을 질렀다.

"여기요, 여기—."

모리스 교수가 거슬리는 목소리로 외쳤다.

애덤스 박사는 수건을 꺼내어 흔들어 보였다. 그러나 박철은 그들을 못 보았다.

그들이 기진맥진한 뒤에야 헬리콥터는 그들이 있는 곳으로 돌아와 고도를 낮추었다.

박철 후보생은 헬리콥터를 두 사람이 있는 위에 멈추고 두 줄의 구명 로프를 떨어뜨렸다.


C.C.C.P.호에는 니콜라이 중령, 고진 후보생, 나타샤 양이 우주선을 정비하노라고 애쓰고 있었다.

그때 갑자기 한 발의 총성이 울리고 뒤이어 천둥 같은 소리가 들려왔다. 우주용 리시버를 통해 들려온 것이다.

"이게 무슨 소리요?"

니콜라이 중령은 기계 만지던 손을 멈추고 나타샤 양을 돌아보았다.

"이런 작은 별에도 비가 내리는 모양이죠. 천둥소리가 나잖아요?"

나타샤 양은 흡사 천둥소리같이 울리는 소리를 듣자 종알거렸다.

"천만에요. 저것은 천둥소리는 아닙니다. 하늘이 저렇게 검은 빛으로 맑은데 천둥소리가 어디서 납니까……."

고진 후보생이 말했다.

"그럼 그게 무슨 소리죠?"

"글쎄, 내 생각 같아서는 저 소리는 산이 허물어지는 소리 같은데……."

"산이 허물어져요? 설마……."

나타샤 양은 뜻밖이란 듯이 뇌까렸다.

"그 울리는 소리가 산이 무너지는 소리라면 앞서 들린 그 총소리는 뭐지? 설마 영감들이 이런 데 와서 사냥을 하고 있지는 않겠지. 헌데 돌아올 시간이 되지 않았소?"

니콜라이 중령이 시계를 들여다보았다.

"어떤 일이 일어난 것만 같군요. 혹시 허락해 주신다면 제가 헬리콥터를 타고 가 보고 올까요?"

"뭐라구? 그건 안 돼. 출발 시간이 다 됐는데 지금 가긴 어딜 가, 언제 돌아오려구?"

"하지만 치올코프 교수와 세바스키 박사를 버리고 떠날 순 없지 않습니까?"

"누가 버리고 떠난댔나……."

"그럼 무슨 방법을 생각해야잖을까요? 시간이 됐는데 돌아오지 않고 총소리가 나고 산울림이 들리니 무슨 일이 생긴 것 같습니다만."

"미친 녀석들 같으니, 왜 빨리 안 돌아와……."

니콜라이 중령은 등이 달았을 때 하는 버릇처럼 주먹을 불끈 쥐고 흔들며 한숨을 연거푸 내쉬었다.

"고얀 영감들 같으니. 어째서 아직 안 돌아온담. 내가 그렇게 시간을 지키라고 타일렀는데."

"어떡하실 거죠?"

고진 후보생이 따졌다.

"글쎄⋯⋯."

니콜라이 중령은 고진 후보생을 내보내는 결정을 내리지 못하고 망설였다.

"앉아서 기다리는 것보다 나가서 찾아보는 것이 빠르지 않을까요⋯⋯. 만일에 사고 난 경우를 생각해서라도⋯⋯."

"그건 그렇지⋯⋯."

"허락하시는 겁니까?"

"30분 안에 돌아올 수 있겠나? 기계 수리도 끝났으니 금성으로 떠날 시간은 그 이상 지체할 수는 없어."

"시간 안에 돌아오도록 해 보죠."

"좋아, 빨리 다녀오게."

고진 후보생은 명령이 내리자 헬리콥터를 끌어서 소리 난 쪽을 향하여 날아갔다. 길은 어차피 언덕으로 가는 길 하나밖에 없다.

그러나 고진 후보생이 날아간 코스는 박철 후보생이 난 코스와 비교하면 정반대 쪽이었다. C.C.C.P.호는 서쪽에 착륙하고 V.P.호는 동쪽에 착륙하였기 때문이다.

고진 후보생은 여러 가지 생각에 잠기며 바위 언덕 위를 날았다.

'이런 곳에 만일 V.P.호가 착륙했다면 얼마나 좋을까? 탈주하기에는 다시없이 좋은 기회가 아닌가……'

이런 생각을 하니 고진 후보생의 마음은 공연히 설레기 시작했다. 그러나 다음 순간, 그런 생각은 한낱 망상이라고 생각했다.

'지구 위라면 몰라도 이렇게 인간과는 동떨어진 낯선 천체에서 도망쳐 봤자 부질없는 노릇이 아닌가……. 죽거나 살거나 나는 지금 소련 우주선과 운명을 같이할 수밖에 없는 것이다.'

고진 후보생은 이렇게 마음을 고쳐먹고 언덕 밑을 굽어보았으나 야릇한 그의 운명을 생각하면 탄식이 저절로 새어 나왔다.

'그렇지만 사람의 생명을 구해 주는 것은 나쁜 일은 아니다. 비록 적일지라도.'

고진 후보생은 하와이 우주 항공 학교에서 니콜라이 중령이 역설하던 말이 문득 머리에 떠올라 혼자서 쓴웃음을 지었다. 거짓 충성도 그만했으면 대단한 사람이라고 생각했다.

고진 후보생의 헬리콥터가 언덕 위에 이르렀을 때였다.

난데없이 헬리콥터에 진동을 느꼈다. 고진은 몇 군데의 멧부리가 무너지는 것을 목격했다. 고진은 우주 리시버로 그 소리를 들으며 온몸에 소름이 끼치는 것을 느꼈다. 굉장한 사태다.

언덕 위에는 세바스키 박사가 헬리콥터를 향하여 열심히 손을 흔들고 있는 것이 보였다.

고진 후보생은 그곳에 헬리콥터를 착륙시켰다.

"아니, 자넨 고진 군이 아닌가?"

세바스키 박사는 뜻밖이란 듯이 고진 후보생을 마주 보았다.

"박사께선 어디 다친 데 없어요?"

"난 괜찮아……."

세바스키 박사가 반가운 듯이 고진 후보생의 손을 잡고 말을 이었다.

"하지만 치올코프 교수가 그만 바위가 구르는 통에 부상을 입었어……."

하며 세바스키 박사는 치올코프 교수가 누워 있는 골짜기로 내려갔다. 치올코프 교수는 거친 바위에 찢겨 온몸이 피투성이가 되어 정신을 잃고 누워 있다.

고진 후보생과 세바스키 박사는 치올코프 교수를 헬리콥터에 싣고 C.C.C.P.호로 돌아가려고 헬리콥터에 엔진을 걸었다. 그런데 그 엔진 소리에 뒤섞여 또 하나의 요란한 소리가 들려왔다.

"저게 무슨 소리요?"

세바스키 박사가 놀라서 고진 후보생을 바라보았다.

"언덕이 무너지나 보군요."

"아냐, 언덕이 무너지는 소리보다는 날카롭지 않아. 우주선 떠나는 소리처럼……."

"네? 우주선 떠나는 소리라구요?"

우주선이란 말에 고진 후보생은 얼굴빛이 파랗게 질렸다.

'설마?'

마음 한 귀퉁이에서는 그렇게 부인도 해 보았지만 니콜라이 중령이라면 약속 시간을 어긴 이상 세 사람을 버리고 떠날 수 있을는지도 모른다고 생각했다.

헬리콥터는 처음같이 원활히 날지 않아 애를 먹였으나 고진 후보생의 능숙한 솜씨로 이럭저럭 날아갔다.

고진 후보생은 C.C.C.P. 우주선이 떠난 줄만 알고 초조한 마음으로 돌아와 보니 우주선은 아직 떠나지 않았다.

그러나 니콜라이 중령의 얼굴을 본 순간 그가 얼마나 화를 내고 있는지 쉬 짐작할 수 있었다. 니콜라이 중령의 두 볼은 연신 실룩거리고 두 눈썹은 잠시도 쉴 새 없이 오르내렸다.

"미안합니다. 늦어서……."

고진 후보생이 미리 사과를 했다.

"……."

니콜라이 중령은 미처 말을 못 했다. 고진 후보생은 세바스키 박사와 같이 치올코프 교수를 별실로 옮기고 헬리콥터를 우주선에 달았다. 그제야 니콜라이 중령이 외쳤다.

"지금이 몇 시야?"

니콜라이 중령은 안절부절못하며 그들을 기다리던 심정을 억제

하는 것이 갑갑스러웠다.

"미안합니다. 늦은 덕분에 죽을 사람을 한 사람 구해 냈습니다."

세바스키 박사가 고진 후보생을 변호해 주었다.

"듣기 싫소. 조금 전에 어떤 일이 있었는지 아오? V.P.호가 이 별에 내렸다가 우리를 앞질러 떠났단 말요."

"네? 그럼 그게 V.P.호 소리였군요."

고진 후보생의 얼굴빛이 붉게 물들었다. 그러자 니콜라이 중령은 이내 그의 마음을 뚫어 본 듯이 넘겨짚었다.

"왜, V.P.호가 이 별 위에 내렸다는 것을 미리 알았더면 좋았을 걸, 안됐군……."

"하지만 지나간 일입니다."

고진 후보생은 이런 대답을 해 놓고는 자기도 모르게 재치 있는 말을 했다고 만족히 생각했다.

"고 군도 꾀가 어지간히 늘었군……. 고 군 말대로 그것은 이미 지나간 일이야. V.P.호는 벌써 우리를 앞질러 떠났어. 하지만 우리는 다시 그놈을 쫓아야 해. 만일 못 쫓으면 그 책임이 누구에게 있는지 알겠지. 우리가 성공하면 영웅 훈장이 기다리고 패하면 개죽음이 기다린다는 걸 알아 둬야 해."

니콜라이 중령이 울부짖으며 엔진을 걸었다.

"그게 나와 무슨 아랑곳입니까?"

고진 후보생은 니콜라이 중령이 들으라 외쳤으나 그 말소리는 로켓 분사음에 지워져 버리고 말았다.

니콜라이 중령은 무슨 생각을 했는지 혼자서 빙긋이 웃으며 출발 단추를 눌렀다. 그러자 우주선 C.C.C.P.호는 다시 검은빛 하늘로 솟아오르기 시작했다.

*

요행으로 V.P.호는 C.C.C.P.호보다 한 걸음 앞서 떠날 수 있었다. V.P.호는 박철 후보생의 헬리콥터가 돌아오기가 바쁘게 다시 금성으로 향하는 궤도 위에 올랐다. 윌리엄 중령은 예상하지 않았던 불시 착륙 때문에 입은 손해를 메꾸기 위하여 될 수 있는 대로 빨리 달렸다. 그리고 우주선이 완전히 궤도 위에 오른 것을 확인한 뒤에야 조종간을 자동 조종 장치로 바꾸었다.

윌리엄 중령은 자동 조종 장치가 완전히 움직이는 것을 확인한 뒤에 별실로 들어섰다.

별실은 다른 방에 비해 복잡한 기계 장치가 눈에 뜨이지 않는 것만으로도 훨씬 마음의 부담을 덜어 주는 것 같았다.

조용한 방에 그물 침대가 두 개 걸려 있고, 그 위에 박철이 구출해 온 애덤스 박사와 모리스 교수가 누웠다.

봇짐이 바꾸어진다는 말이 있거니와, 지금 그들의 신세가 그러하였다. 의사인 애덤스 박사와 지질학자인 모리스 교수가 누워 있고 통신원인 최미옥 양과 우주 비행사인 박철 후보생이 그들을 교대로 간호하게 된 것이다. 거기에 윌리엄 중령이 들어섰다.

"좀 어떻소?"

윌리엄 중령이 물었다.

"미안하오. 대장."

애덤스 박사가 아직 열기 있는 소리로 사과했다.

"정말이지 나는 금성으로 떠날 시간을 놓칠까 봐 마음을 조였답니다."

"미안해요."

모리스 교수도 돌아누우려다가 그물 침대만 흔들어 놓고 신음하는 소리를 냈다.

"어서 몸이나 잘 돌봐야 합니다. 금성에 가기까지 몸이 완쾌해야 좋겠는데……."

"고맙소. 정말 우리를 버리고 떠났어도 할 말이 없었을 거요."

애덤스 박사와 모리스 교수는 진심으로 감사하였다.

"두 분의 모험심이 그렇게 강한 줄은 몰랐군요."

"대장도 당해 보면 알 것입니다. 역시 호기심이란 죽음보다도 강한 모양이죠."

윌리엄 중령에게 정한 시간을 넘긴 것을 변명이라도 하듯이 모리스 교수가 말했다.

"호기심과 탐구심은 역시 통하는가 보군요. 그 점에 대해서는 저도 동감이에요. 하지만 호기심이 목적보다도 위라고 생각하세요?"

윌리엄 중령이 은근히 말투를 바꾸었으나 두 사람은 미처 그것을 깨닫지 못했다.

"그게 무슨 뜻이죠?"

모리스 교수가 물었다.

"아뇨, 호기심이 목적보다 위가 될 수 있을까구 물은 거요."

윌리엄 중령이 되풀이하였다. 모리스 교수는 그제야 말뜻을 알아듣고 얼굴을 붉혔다.

"대장 같으면 그런 경우에 쉽사리 돌아설 수 있었겠어요?"

"물론 돌아서죠. 우리의 목적은 불시 착륙했던 하잘것없는 별을 탐구하는 것이 아니라 금성이 아닙니까……."

"그건 잘 알고 있지만 우리가 얻은 성과도 작은 것은 아닙니다."

애덤스 박사가 은근히 그들의 모험이 헛되지 않았다는 것을 자랑하였다.

"그 성과가 뭐요?"

"우리는 인간에게 알려지지 않은 별을 실지로 보고 그것을 사진으로 찍었습니다."

"그것은 두 분의 명예가 될 수는 있을지 모르지만 우리가 막대한 돈을 들여 경쟁을 해 가며 금성 탐험을 떠난 목적과는 아무런 상관이 없지 않을까요?"

윌리엄 중령이 끝내 참지 못하고 마음에 품었던 말을 뱉고야 말왔다.

"나는 그 생각은 이해할 수가 없어요. 다시 찾아오기도 힘든 곳에 왔다가 조사 자료를 모아서 인간이 우주로 가는 발판을 디디는 데 도움을 주는 일은 결코 우주 개척 목적과 어긋나지 않는다고 보는데요."

모리스 교수도 아픈 것을 잊고 자기주장을 내세웠다. 이렇게 말다툼이 벌어지자 우주선 밖으로 나갈 때의 논쟁이 되풀이되었다.

"정 그렇게 자기 고집만 내세우려거든 당신들이 대장이 되시오. 나는 대장의 권한을 양도하겠소."

윌리엄 중령이 마침내 성을 내고 말았다.

"대장님, 너무 흥분하지 마세요. 앞으로 명령에 잘 순종하면 되잖아요."

최미옥 양이 보다 못해 말참견을 들었다.

"싫소. 난 대장 노릇 못 하겠어. 금성에 가서도 이런 식으로 의견이 안 맞으면 도저히 대장 노릇을 해낼 자신이 없어요."

윌리엄 중령은 마지막 말을 남기고 별실을 나와 버리고 말았다.

그러나 이러는 동안에도 V.P.호는 C.C.C.P.호와 마찬가지로 줄곧 금성을 향하여 까만 우주를 달려갔다.

# 7. 드디어 금성으로

보이는 것은 별뿐.

가도 가도 끝없는 공간.

우주선에 몸을 실은 지도 어언 수개월이 지났다. V.P.호 대원들은 단조롭고 고독한 우주여행에 그만 지쳐 버리고 말았다. 이름 모를 별에 불시 착륙할 만한 사건조차 없었다면 그들은 미치거나 정신이 돌았을는지도 모른다. 차라리 그만한 사건이라도 있어 줬으면 싶었다.

자고 깨고 먹고 앉아 있는 것이 대부분의 일이었다. 새까만 하늘과 깜박거리지도 않는 별들을 보다 지치면 음악을 틀고 그것도 지치면 금성에 가야 할 장비를 조사하였다. 그러고는 다시 가까워 오는 금성을 멀거니 바라보았다. 이러한 단조로운 생활은 확실히 번화한 도시 생활 속에서 자란 V.P.호 탐험대원들에게는 견딜 수 없는 고역이었다.

그러나 드디어 그 지루함도 끝날 때가 왔다. 지구를 떠났을 때는 금성은 한 개의 빛나는 별로밖에 안 보이던 것이 이제는 반대로 지구가 반짝이는 별로 보이고 금성은 둥근 모습을 그대로 드러냈다. 그러자 대원들은 망원경을 꺼내 들고 분주히 금성을 관찰하고 기록하기에 바빴다.

"난 흰 구름에 싸인 줄 알았더니 구름 빛이 좀 이상하군……."

박철 후보생이 중얼거렸다.

"역시 수증기로 된 구름은 아닌 모양이지."

대장 윌리엄 중령이 실망한 빛을 감추지 못한다. 대장은 바랄 수 없는 일이기는 했으나 행여 수증기의 구름이 떠 주었으면 하고 은근히 바랐던 것이었다. 그 희망은 붉은 기가 도는 구름을 보는 순간 깨어지고 말았다.

"저런 빛을 본 일이 있어요."

누군가가 혼잣말처럼 중얼거렸다. 최미옥 여자 통신원이다.

"저런 빛을 지구에서?"

박철 후보생이 미옥 양을 마주 본다.

"네, 내가 어렸을 때 제주도 바닷가에 가 본 일이 있어요. 무더운 여름날이었는데, 정말 그때 혼났어요."

미옥 양은 어린 시절을 회상하며 그녀가 겪은 일을 이야기한다.

"내가 어렸을 때 부모님을 따라 제주도에 관광 여행을 간 일이 있어요. 우리는 그날 짐을 풀고 저녁 전에 제주시 앞바다의 기다란 방파제에 소풍을 나갔는데, 웬일인지 갑자기 뜨거운 바람이 불어오지 않겠어요. 정말 뜨거운 바람이었어요. 숨을 쉴 수가 없었어요. 나는 울면서 그 기다란 방파제를 달리며 야단을 친 일이 어제 일같이 생각나요."

"그때 저런 빛이 보였다구요?"

"네, 그때 그 뜨거운 바람이 비구름을 몰고 왔는데 저렇게 붉은 빛이 났어요. 보통 저녁노을처럼 밝은 핑크색이 아니고 음산하게 검붉더군요."

대원들은 미옥 양의 회고담에 흥미를 느꼈다. 모리스 교수는 분광기로 구름에서 반사되어 오는 광선을 조사하기 시작했다.

"흥, 역시 다른데."

모리스 교수가 프리즘을 거쳐 나오는 빛을 살피다가 중얼거렸다. 그것이 만일 지구 위라면 우리가 언제나 보듯이 아름다운 일곱 가지 무지갯빛을 나타냈을 것이다.

그러나 지금 모리스 교수가 들여다보는 프리즘은 그런 아름다운 빛을 내보내지는 않았다. 무지개의 하늘색과 남색이 보랏빛에 가까운 색으로 바뀌었다. 아마도 붉은빛이 강하기 때문이리라. 그래서 그 밑의 색들도 조금씩 달라졌다.

"제발 독성 가스나 없어 줬으면 좋으련만."

애덤스 박사가 스펙트럼을 들여다보다가 중얼거렸다.

"그 위에 산소와 수증기까지 있구요."

미옥 양이 말하자 모두들 웃었다. 금성에서 독성 가스가 없기를 바라는 것은 지구에서 질소가 없기를 바라는 것이나 다름이 없다고 생각했기 때문이다. 그러면서도 대원들의 마음은 모두 그런 기적이 일어나기를 바랐다.

"하여튼 우리는 왔노라, 보았노라, 정복했노라."

박철 후보생이 지껄였다. 다시 웃었다.

"정복은 아직 이르다. 이제부터가 중요해."

윌리엄 대장이 대원들의 기분이 풀릴까고 경계하였다. V.P.호는 지금 타원형을 그리며 금성의 둘레를 돌기 시작했다.

"이제부터 할 일이 뭡니까?"

박철 후보생이 물었다.

"되도록 금성에 접근하여 착륙 장소를 찾아야지."

"뭐가 보여야죠. 이 구름을 헤칠 수 없는 한 금성의 표면을 우리 눈으로 보는 것은 단념할 수밖에 없겠어요."

"허지만 봐야 해. 보지 않고 어떻게 착륙하나?"

윌리엄 대장이 못마땅한 듯이 박철 후보생을 흘겨보았다.

"레이더가 있잖아요. 그리구 자동 유도 장치를 믿고 착륙해야지 어떡합니까. 무작정 이렇게 금성을 돌고만 있을 순 없잖아요."

박철 후보생이 성급히 착륙을 재촉했다.

"젊은 사람들은 이래서 탈이라니까. 레이더나 유도 장치만 믿을 순 없단 말야. 레이더가 우리가 기대했던 것과 다른 반응을 일으키면 어떡할 건가. 유도 장치가 어떤 저항에 부딪혀서 작용을 안 하면 그래도 금성에 돌입하여 자폭해 버릴 셈인가?"

"하여튼 레이더 전파를 발사해 봅시다."

"레이더의 전파가 구름에 부딪혀서 돌아와요!"

레이더를 보고 있던 최 양이 소리쳤다.

"그럴 리가?"

박철 후보생이 난처해진 듯이 미옥 양 곁으로 가서 레이더 스크린을 들여다보았다. 스크린 위에 보이는 것은 아무것도 없고 전면이 세차게 흔들리며 희게 비칠 뿐이다.

"초단파가 못 뚫고 나가는 물질이 구름 속에 끼어 있다고는 믿어지지 않는데?"

박철 후보생이 고개를 기웃거렸다.

"보게나. 하늘같이 믿던 우주선의 눈이 말을 안 들으니 어떻게 착륙하지?"

윌리엄 중령이 자기가 신중을 기하기를 잘했다는 듯이 말했다. 눈을 잃은 우주선에 탄 대원들은 당황하는 빛을 감추지 못했다. 금성에 착륙도 못 해 보고 돌아갈 수는 없다고 생각하였다.

"하여튼 전파를 계속해서 내보내요. 혹시 구름에 엷은 부분이 있거나 전파를 통해 줄 층이 있을지도 모르니."

애덤스 박사가 제의하였다.

"그게 좋겠소. 할 수 있으면 레이더를 내놓고 우주선의 불을 끕
시다. 그러면 우주선 밖을 더 잘 살필 수 있을 게 아닙니까?"

윌리엄 중령도 모리스 교수가 제안한 생각에 찬동하였다.

우주선은 불을 끄고 금성을 돌기 시작했다. 그러자 우주선 안에
서도 금성이 낮과 밤으로 바뀌는 모습이 보였다. 태양이 쪼이지 않
는 쪽으로 돌 때는 우주선 안에도 밤이 왔다. 또 태양이 쪼이는 쪽
으로 나오면 낮이 되었다.

이렇게 금성을 도는 동안에 한 가지 사실을 발견하였다. 금성에
는 역시 더운 지대와 그렇지 않은 비교적 온도가 낮은 지대가 있
으리라는 신념을 가지게 되었다.

"온도가 낮은 지대를 찾아서 착륙을 해야 해."

윌리엄 중령이 중얼거리며 연신 조종간을 잡았다.

"오, 전파가 통했어요!"

최미옥 통신원이 외쳤다.

"통했어?"

모두들 레이더 곁으로 모여들었다.

"아니, 그건 뭐요? 희뜩희뜩한 무늬들 말요."

애덤스 박사가 물었다.

"섬 아닐까요?"

모리스 교수가 말했다.

"왼통 바다고 섬들만 있단 말요? 그럼 그 세모진 점들은 뭐요? 왜 그게 까물거리오?"

애덤스 박사가 다시 묻는다.

"글쎄요. 구름의 탓이거나 혹시 먼지나 바람 탓인지도 모르죠."

미옥 양이 말했다.

"혹시 화산인지도 몰라."

"그럴까? 차라리 그렇다면 금성에는 비교적 사람이 견딜 만한 곳이 있을는지도 모르겠군."

윌리엄 중령이 말했다.

"착륙합시다."

"지나친 모험은 삼가야 해."

"그럼 뭣 때문에 이까지 왔습니까?"

"참아야 한다니까."

윌리엄 중령과 박철 후보생이 다시 입씨름을 벌였다.

그러는 동안에도 우주선은 차차 금성을 향하여 떨어지고 있었다. 타원형을 그리며 돌던 우주선이 금성과 가장 가까운 거리에 이르자 금성의 인력권 안에 들어선 것이다.

"우주선이 떨어집니다!"

고도계를 보고 있던 박철 후보생이 좋아란 듯이 외쳤다.

"뭐라구?"

윌리엄 중령이 놀라서 우주선의 보조 로켓을 발사하여 인력권을 벗어나려고 했다.

"부질없는 짓입니다. 구름을 뚫고 내려가는 길밖에 없습니다."

박철 후보생이 스위치를 누르려는 윌리엄 중령을 제지했다.

"무슨 짓을 하는 거야?"

윌리엄 중령이 노기 찬 소리를 질렀다.

"내려갑시다."

"안 돼."

"벌써 구름권 내에 들어왔습니다. 저것 보세요."

박철 후보생이 온도계를 가리켰다. 우주선 바깥 온도가 영하 수십 도에서 60도 위로 올랐다. 차차 방 안의 온도도 올랐다.

"휴—."

윌리엄 중령의 이마에도 진땀이 배었다. 우주선 양옆으로 금성의 구름이 갈라져 흐르는 광경이 보였다. 기름 같은 층도 있나 보다.

"우주모를 쓰고 낙하산 혁대를 매시오."

윌리엄 중령이 하는 수 없이 명령을 내렸다. 모두 명령대로 우주모와 낙하산 벨트를 매었다.

"70킬로미터."

우주선은 마침내 구름을 뚫고 내려왔다.

"60킬로미터."

우주선은 연신 강하를 계속한다. 그것은 금성 지름의 20분의

1에 해당하는 거리다. 역추진 로켓의 분사기에서 세찬 가스가 뿜어 나왔다.

"30킬로미터."

이제는 완전히 대기권 속에 들어섰다. 안개 같은 연기가 우주선 양옆으로 갈라졌다. 방 안의 온도가 올랐다. 섭씨 80도를 오르내리자 머리가 핑핑 돌고 땀이 비 오듯이 흘렀다. 레이더와 유도 장치를 볼 겨를도 없다.

그저 우주선은 금성 위로 떨어졌다. 뿌연 빛이 공중에 퍼지고 공기의 마찰로 우주선의 머리가 타 버릴 듯이 달아서 빨간불을 켰지만 대원들은 누구 하나 그것을 깨닫지 못했다.

얼마 뒤, "아이구 머리야." 외치며 박철 후보생이 먼저 눈을 떴다. 방 안을 두리번거렸다. 마치 한증을 하는 사람같이 온몸이 땀으로 젖어 있다.

"여기가 어디야?"

사방을 두리번거렸다. 우주선 안이다. 창밖으로 파도치는 물결이 보였다.

"금성에 바로 떨어졌나 보군."

박철 후보생은 벌름벌름 기어서 조종석으로 갔다. 실내 온도 표시기 밑에 빨간불이 켜 있을 뿐 모두 정상적이다.

우주선은 어느새 뜰배*가 나와서 마치 수상기처럼 떠 있다.

"유도 장치가 제구실을 했나 보군."

박철 후보생은 모든 것이 잘되어 천만다행이라고 생각했다. 그가 실내 냉방 장치를 살피려는 순간 그 옆에 있는 가이거 계수관*에 빨간불이 켜 있는 것을 발견했다. 벨이 가늘게 울리는 듯한 소리가 나고 있었지만 박철은 미처 그 소리를 못 들었다.

"방사능이 어디서 나오는군."

박철 후보생은 눈을 크게 뜨고 방 안을 두리번거리다가 원자력 엔진이 든 방의 벽이 깨진 것을 발견했다.

"응? 이거 큰일이다!"

박철은 여기저기 쓰러진 사람들을 돌아가며 깨웠다. 그리고 자기는 원자력 엔진실에 들어갈 때 입는, 방사능을 막는 고무 작업복을 덧입고 동력실로 들어갔다.

그제야 다른 대원들도 신음하며 일어났다.

"아직 죽지 않았었군. 난 죽은 줄 알았는데."

애덤스 박사가 싱거운 소리를 하는 바람에 또 한 번 모두 웃음보를 터뜨렸다.

"그런데 우리는 어디 있지요?"

모리스 교수가 전망 창으로 밖을 내다보다가 깜짝 놀란 듯이 소

----

- **뜰배** 플로트(float). 수상 비행기의 뜨고 내리는 기능을 담당하는 장치로, 물 위에서의 무게를 덜어 주고 뜰 때 잘 미끄러지게 하며 내릴 때 안전하게 내리게 해 준다.
- **가이거 계수관** 가이거 계수기. 방사능 검출기의 일종.

리쳤다.

"바다다. 우리는 바다 위에 떠 있소."

하도 신기하다는 듯이 그는 파도치는 바닷물을 굽어보았다.

대원들은 마치 흔들리는 배 위를 걷듯이 비틀걸음으로 전망 창구 앞에 모였다.

"아니, 이건 무슨 물이야?"

연한 자줏빛에 가까운 물빛을 보고 애덤스 박사가 이맛살을 찌푸렸다. 별로 기분 좋은 물빛은 아니었다. 어쩌면 사람의 피가 흘러내린 것 같은 불길한 생각마저 들었다.

"저 하늘 좀 보세요."

최 양이 하늘을 쳐다보며 뇌까렸다. 하늘빛은 연한 보랏빛으로 물들어, 마치 라일락꽃이 하늘을 하나 가득 덮은 것 같다.

"괴상한 별에 다 왔군. 이게 우리가 지구에서 시와 노래로 부르던 샛별이란 말요?"

모리스 교수가 푸념을 한다.

"하여튼 살아서 금성에 와 닿은 것만도 하늘이 도운 기적입니다."

윌리엄 대장이 정말 감사하다는 듯이 두 손을 모았다.

박철 후보생이 전기 용접기로 깨어진 동력실의 벽을 때우고 돌아왔다.

"하마터면 큰일 날 뻔했어요. 우주선이 낙하할 때 동력실 벽에 금이 갔지 뭡니까."

박철 후보생은 땀방울을 문지르며 동력실의 벽을 때우고 돌아온 이야기를 하였다.

"수고했소."

윌리엄 중령이 치하해 주고 나서,

"자 이제부터 어떡허지요?"

의견을 물었다.

"우리가 바다 위에 있을 순 없잖아요. 우선 육지를 찾아 상륙을 하도록 합시다."

"그것보다는 여기서 할 수 있는 기초 조사는 해 가지고 나가는 것이 안전하지 않아요?"

애덤스 박사가 박철 후보생의 젊은 마음을 억제하듯이 말했다.

"역시 조사 기구는 여기서 써야 할 테니까."

결국 물과 공기 등의 분석은 우주선 안에서 하기로 되었다.

우주선 자체가 가라앉을 염려는 없다. 우주선의 빈 공간이 물 위에 뜨는 구실을 해 줄 뿐 아니라, 자동적으로 물 위에 내릴 때 뜰배들이 사방으로 나와서 우주선을 가볍게 만들었다.

"우선 미옥 양은 지구에 우리가 무사히 도착했다는 연락을 해 주고 그리고 애덤스 박사와 모리스 교수는 물과 공기의 분석을 해 주시고 박철 후보생은 나와 같이 육지로 갈 보트를 준비합시다."

각자의 맡은 일이 시작되었다.

지구와 초단파로 통신 연락을 하던 최미옥 양이 먼저 울상이 되어서 윌리엄 대장을 불렀다.

"대장님, 암만해도 지구와의 연락이 안 됩니다."

"안 되다니?"

"역시 구름 때문인가 봐요."

"음, 그건 큰일인데. 우리가 금성에 도착한 일만은 알려 줘야겠는데, 무슨 일이 있더라도."

"구름 위로 올라간다면 몰라도 여기서는 어렵겠어요."

이런 첫째의 난관에 부딪쳤을 때 또 하나의 반갑지도 않은 보고가 애덤스 박사에게서 들어왔다.

"산소 탱크를 넉넉히 준비해야겠소."

"공기가 그렇게 나빠요?"

"예측했던 대로 탄산가스가 많습니다."

"산소는?"

"산소가 조금 있지만 아주 적습니다. 그뿐만 아니라 그 밖의 해로운 가스들도 검출되었습니다. 가령 암모니아나 메탄가스가 있습니다."

"음—."

윌리엄 중령이 머리를 숙이고 있을 때 이번에는 물의 성분을 분석하던 모리스 교수가 말했다.

"물도 시원찮습니다. 염분과 광물질이 수없이 많이 검출되었습니다."

"그러니까 아무리 목이 타도 마실 수 없단 말이지요?"

윌리엄 중령은 뻔한 대답이 나올 줄 알면서 한 번 더 확인하려는 듯이 물었다.

"기적이 있을 수 없습니다. 사람이 생리를 바꾸지 않는 한——."

"모두 절망적인 보고뿐이군요. 그럼 이제 무엇을 어떡하지요?"

윌리엄 중령도 지구에서 출발할 때와는 영 다른 기분이 되었다.

과학적인 자료만으로는 영 희망이 없는 별인 줄 알았지만 막상 가 보면 어떤 동화 같은 기적이 일어날 것만 같았다.

그러나 과학적인 사실은 냉엄한 선고를 내린 것이다.

"사람이 오래 있을 곳은 못 되는군. 그렇다면 육지에 기지를 만들 필요가 뭐요. 이대로 지구로 돌아가는 길밖에 없지 않아요? 사진이나 찍을 수 있는 대로 찍어 가지고 돌아갑시다."

윌리엄 중령이 모든 것을 체념한 사람처럼 힘없이 말했다.

"저는 싫습니다."

박철 후보생이 말했다.

"또 무작정 반대요? 뻔히 다 듣고서두?"

윌리엄 중령이 성가신 듯이 꾸짖었다.

"저는 고진 후보생 대신으로 이까지 왔습니다. 고 군이 못 한 몫까지 하고야 돌아가지 이대로 돌아갈 순 없습니다."

"허허…… 누가 박 군의 심정을 몰라서 그러오? 이런 곳에서 무엇을 어떻게 하겠소. 우리 산소 공급량에는 한도가 있지 않소?"

"그러면 저만 남겠습니다. 통신기와 성층권 로켓 비행기와 보트만 남겨 주십시오."

"그것을 가지고 어떡할 참이오?"

"육지까지 탐험을 하고 그러고 나서 구름 위로 올라가서 지구에 제가 본 것을 알리고, 그 뒤엔 우주의 이슬로 사라질 뿐입니다."

"자네의 어디에 그런 용기가 남아 있었나?"

윌리엄 중령은 탄복하였다.

그렇게까지 나오는 것을 보고는 반대할 수도 없었다.

대장은 마침내 한 가지 방법을 생각해 냈다.

"나는 이런 경우에서까지 내 고집을 세우고 싶지는 않습니다. 다수결로 우리 운명을 결정할 수밖에 없습니다."

윌리엄 대장은 종이쪽지를 찢어서 네 사람에게 나누어 주고 자기도 한 장을 가졌다.

"비밀 투표를 하겠습니다. 이름을 적을 필요는 없습니다. 지구로 돌아가야 한다는 분은 ○표를 해 주시고 육지로 나가서 탐험을 계속하겠다는 분은 ×표를 해 주십시오."

"대장! ○표와 ×표를 바꾸어 하는 것이 옳습니다."

"마찬가지 아니오? 자기 생각대로 적는 데야……."

"기분상으로 누구나 ○표를 하게 될 수도 있습니다."

박철 후보생이 고집하였다.

"허허……."

애덤스 박사와 모리스 교수도 웃었다.

"기분이 그렇다면 바꿔 주시구려, 젊은 사람은 역시 기분파니까."

애덤스 박사가 젊은 사람의 편을 들며 박철 후보생과 미옥 양을 번갈아 보았다.

"좋습니다. 그럼 지구로 돌아가야 한다는 분은 ×표를 하시고 육지로 나가서 탐험을 하겠다는 분은 ○표를 해 주십시오. 혼동을 마시도록……. 지구로 돌아가는 쪽이 ×표입니다."

윌리엄 대장이 다짐하였다.

"……."

"……."

"……."

"……."

"……."

잠시 무거운 침묵이 흘렀다.

대원들의 얼굴에는 엄숙한 빛이 스치고 지나갔다.

그들은 제각기 스스로의 마음과 싸우고 있었다.

'돌아가느냐, 죽어도 남느냐?'

'돌아가서 수치를 당하느냐, 죽어서 명예를 찾느냐?'

'그런 죽음이 과연 명예가 될 수 있을까? 돌아갔다가 다시 오는 것이 오히려 탐험대원답지 않으냐?'

각자의 마음은 제각기 엇갈려서 좀처럼 판단을 내리지 못했다.

"자, 어서 써 주시오."

윌리엄 대장이 재촉했다.

마지못한 듯이 한 사람 두 사람 쪽지에 표식을 그려서 접은 뒤에 대장에게 내맡겼다.

윌리엄 대장이 마침내 다 모인 쪽지를 펴기 시작했다.

"×표요."

"○표요."

"×표요."

지구로 돌아간다는 표가 두 장이나 나오자, 모두 얼굴이 긴장하여 나머지 두 장에 신경이 쏠렸다.

"○표."

"우아아……."

마침내 두 가지 표가 동수에 이르자 양쪽 편에서 모두 함성을 질렀다.

"나머지 한 장을 마저 펴시오!"

양쪽 편이 아연 긴장해서 외쳤다.

"가부가 안 났습니다."

윌리엄 대장이 말했다.

"그게 무슨 말이오, 어서 표를 마저 펴 주십시오!"

박철 후보생이 등이 달아 소리쳤다.

"나머지 한 표는 내 것이오. 나는 여러분의 의견을 따르려고 표를 안 했었소."

윌리엄 대장은 아무 표식도 없는 흰 쪽지를 들어 보였다.

"그것은 위법입니다."

박철 후보생이 외쳤다.

"물론 위법인 줄 압니다. 그러나 내 한 표로 여러분의 운명을 좌우하고 싶지는 않았습니다."

"그럼 다시 투표를 해야지."

애덤스 박사가 점잖게 말했다.

"그것은 무의미합니다. 결과는 뻔한 일입니다. 윌리엄 대장이 어느 편에 던지느냐에 따라 우리 운명이 좌우된다는 점에선 마찬가지가 아니겠어요? 또 누가 만일 처음과 다른 표를 던진다면 그는 비겁한 사람이구요."

최미옥 양이 여자답지 않게 당돌한 얘기를 하였다.

"그럼 어떡하지요?"

"저는 공개적으로—."

미옥 양이 그의 결심을 말하려고 할 때였다. 그들의 우주선 머리 위로 이상한 폭음이 울리며 한 줄기 빛이 우주선 창구로 그들의 얼굴을 비추었다.

"이게 무슨 빛이오?"

V.P.호에 탔던 사람들은 모조리 우주선의 창문 밖을 내다보았다.

그러자 그 빛은 순식간에 창문을 스치고 지나가 버렸다.

대원들은 약속이나 한 듯이 창문 쪽으로 몰렸다. 그러나 금성의 바다 위에 떠 있는 우주선 창구에는 자욱한 안개가 서리어, 사라진 빛줄기는 좀처럼 찾기 어려웠다.

윌리엄 대장은 급히 텔레비전으로 달려가고 박철 후보생과 최미옥 양은 레이더 통신기 쪽으로 쫓아갔다.

"보입니까?"

미옥 양이 레이더의 수신 장치를 조종하며 텔레비전 수상기를 들여다보는 윌리엄 대장에게 성급히 묻는다.

"안 보여……. 레이더엔 무엇이 안 잡히나?"

"안 되는데요."

"소리를 잡아 보지그래."

"소리는 녹음하고 있습니다."

"잘했어, 그 소리라도 분석해 봐야지."

"그런데 도대체 그 빛이 무엇일까요?"

그것은 대원 모두가 알고 싶은 수수께끼였다.

"모르지, 어떤 비행체 아닐까?"

윌리엄 대장이 텔레비전에서 돌아오며 말한다.

"바다와 원시림 같은 자연이 뒤덮인 금성에 그렇게 빠른 비행물이 있을까요?"

다른 대원들도 다시 제자리로 돌아와 앉으며 말한다.

"글쎄 말요. 만일 그게 정말 어떤 종류의 비행기라면 대단히 과학이 발달한 두뇌를 가진 어떤 종류의 인간이 이 금성에 살고 있다는 이야기가 되는데. 안 그래요, 애덤스 박사님?"

윌리엄 대장이 생물학을 전공한 애덤스 박사를 바라보며 그의 동의를 구한다.

"물론 그렇죠. 안개 속을 뚫고 초음속으로 달릴 만한 비행기를 가졌다면 우리 인간보다 머리가 발달했는지도 모릅니다."

"그럼 우리도 만일에 대비해서 전투태세로 들어가야겠소. 모두 레이저 광파 무기를 휴대해 주시오."

윌리엄 대장이 이렇게 말하자 한층 긴장한 얼굴로 제각기 총구가 기다란 권총들을 허리에 찼다.

"이런 경우에 주저하고 있을 순 없으니 우선 우리 대원들의 의견을 통일하는 것이 좋을 것 같은데요."

앞서 비밀 투표의 결과 찬반이 반반으로 갈라진 것을 상기시키며 미옥 양이 말했다.

의견이 꼭 같은 비율로 갈라져 있는 것은 좋지 않은 현상임에 틀림없다.

그런 상태로는 언젠가는 대립되고 폭발하며 안에서 분열이 일어날 것이 예측되기 때문이다.

"그럼 회의를 급히 끝냅시다. 아까 말하던 미옥 양이 이야기를 계속해 주시오."

미옥 양이 다시 이야기를 꺼냈다.

"길게 이야기할 시간이 없으니 간단히 이야기하겠습니다. 모험에는 희생이 따르는 법입니다. 저는 지구를 떠날 때 살아 돌아갈 생각은 꿈에도 한 일이 없습니다. 그러나 요행히 우리는 금성에 와 닿았습니다. 우리는 벌써 제1단계의 과업을 성공리에 끝낸 것입니다. 저는 지금 죽어도 조금도 후회하지는 않겠습니다. 다음에 올 우주선에 남은 일을 맡기는 것보다는 이미 와 있는 우리가 그 일을 해야 할 줄로 압니다."

"그게 아냐, 우리는 이미 얻은 자료를 지구로 가져가야 할 임무가 있어, 다음 우주선을 위해서 말야."

윌리엄 대장이 미옥 양의 말을 중단하였다.

"결국 이야기는 처음으로 되돌아갔군요."

모리스 교수가 오랜만에 입을 열었다.

"그럼 다시 투표합시다."

애덤스 박사가 말했다.

"공개 투표요? 비밀 투표요?"

"공개로 합시다."

"비밀이 좋소."

미옥 양과 모리스 교수의 의견이 대립되었다.

"그러면 투표 방법부터 투표합시다."

박철 후보생이 말했다.

"그거 좋은 생각이군."

윌리엄 대장은 박철 군의 의견을 채택하였다.

"그럼 투표 방법의 투표는 공개 투표입니까, 비밀 투표입니까?"

미옥 양이 다시 따졌다.

이렇게 되자 다시 윌리엄 대장은 당황한 듯이 대원들의 얼굴을 둘러보았다. 지구에 있을 때 국회나 유엔 총회에서, 투표 방법이나 회의 순서를 가지고 격심한 논쟁을 벌이던 일을 멸시해 오던 윌리엄 대장도 투표 방법이 얼마나 중요한 것인지를 새삼 깨달았다.

"이런 문제를 가지고 시간을 낭비할 순 없잖소. 그러니 투표 방법은 거수로 정합시다."

애덤스 박사가 의젓하게 말했다.

"그러면 사회자는 어느 편에 손을 들어요?"

미옥 양이 따졌다. 결국 처음과 마찬가지로 윌리엄 대장의 한 표가 문제가 된다.

"이러지 말고 투표 방법은 대장에게 맡깁시다."

애덤스 박사가 자기 의견을 다시 수정하였다.

이 안에는 아무도 반대하지 않았다.

"좋소. 그럼 투표 방법은 무기명 투표로 하겠소. 물론 이번엔 나도 여러분과 같이 투표하겠소."

윌리엄 대장이 종이를 돌렸다. 각자는 별로 길게 생각지 않고 자기 생각대로 적어서 윌리엄 대장에게 내놓았다.

표를 셈하자 1 대 4로 무기명 투표로 하자는 쪽이 절대다수를 차지하였다. 개표 결과를 듣자 미옥 양의 귀밑이 빨갛게 물들었다.

"그럼 무기명 투표로, 지구로 돌아가는 안과 금성에 남아서 탐험을 계속하는 안을 표결에 부치겠소. 방법은 앞서와 같이 지구로 돌아가는 표에 ×표를 하고 남아서 탐험을 계속하겠다는 표에 ○표를 해 주십시오."

대장이 다시 종이 표를 돌리자 이번에는 대원들이 별로 깊이 생각하는 기색도 없이 제각기 적어서 대장에게 내었다.

개표가 시작되었다.

미옥 양은 기운 없이 고개를 숙이고 개표 결과를 듣고 있다.

"○표요."

"○표요."

"또 ○표요."

셋째 번 개표를 듣자 미옥 양은 놀란 듯이 고개를 쳐들었다.

"우아아―!"

다른 대원들도 흥분을 가라앉히지 못하고 함성을 질렀다.

"조용하시오. 개표는 아직 끝나지 않았소."

윌리엄 대장은 다시 표를 펼쳐서 높이 쳐들며 소리쳤다.

"또 ○표!"

"우아아―!"

다시 함성이 일어났다.

"다음도 ○표!"

윌리엄 대장은 마지막 표를 펴 들고는 벌떡 일어나서 외쳤다.

"우아아!"

모두들 달려가서 대원들끼리 얼싸안고 기뻐서 어쩔 줄을 몰라 했다. 이 광경을 본 미옥 양의 볼에는 두 줄기 눈물이 빛나고 있었다.

"우리 마음은 하나였어!"

미옥 양은 중얼거렸다.

# 8. 금성의 첫날

투표를 해 보고 V.P.호 대원들의 마음이 통일된 것을 알자, 대원들의 마음은 용기백배했다. 어떤 난관도 뚫고 나갈 듯한 힘이 솟았다.

"자, 그럼 우선 우주선을 육지 가까이 정박시킵시다."

윌리엄 중령의 말에 이제는 아무도 반대하지 않았다.

박철 후보생이 윌리엄 중령을 도와서 우주선이 물 위에 뜬 잠수함처럼 달리게 했다. 특수 플라스틱으로 된 가스가 든 뜰배가 우주선의 양옆과 위에 달려서, 우주선을 물속에 가라앉지 않게 하였다.

그러나 지금 우주선은 로켓의 분사와 프로펠러를 같이 쓰고 있기 때문에 한 시간에 100킬로미터나 달릴 수 있다.

이런 속력으로 우주선 V.P.호는 금성의 바다 위를 날듯이 미끄러져서 육지로 향했다.

우주선이 육지 가까이 와 닿자 일행은 될 수 있는 한 배 안에서 탐험에 필요한 기초 자료를 정리해 가지고 육지로 나가기로 하였다.

그래서 우선 행동반을 2조로 나누어, 우주선 조종에 책임을 진 윌리엄 대장과 박철 부조종사가 교대로 남되, 애덤스 박사와 모리스 교수가 양쪽 분반(分班)에 붙고, 미옥 양은 통신을 위하여 되도록 우주선에 남게 하였다.

이런 분반 조직이 끝나자 우주선 안에 있는 기구를 동원하여 기초 조사가 시작되었다.

우선 금성의 공기가 우주선 밖으로 내민 파이프를 통하여 우주선 안에 도입되었다.

이 공기를 분석해 본 결과, 금성에 내리기 전에 스펙트럼을 분석하여 조사한 것과 대동소이한 결과가 나타났다.

그러니까 금성의 공기는 지구의 공기 성분과 비율이 크게 달랐다. 즉 산소가 극히 적은 데 비하여, 탄산가스가 엄청나게 많이 포함되어 있는 것이다. 그 밖에 질소와 소량의 아르곤, 네온 등이 포함되었지만, 문제는 탄산가스의 포함량이다.

"탄산가스가 15퍼센트나 들어 있군요."

윌리엄 중령이 놀라서 애덤스 박사를 바라보았다.

"지구의 탄산가스는 얼마죠?"

박철 후보생이 물었다.

"0.03퍼센트밖에 안 돼요."

"그럼 500배가 더 되는군요. 사람이 그런 공기 속에서 얼마나 견딜 수 있을까요?"

"최대 20분 내외겠지."

애덤스 박사의 말이었다.

대원들의 얼굴엔 어두운 그림자가 스치고 지나갔다.

"만일 우주복이 고장이 나거나 산소 공급이 끊어지면 우리 목숨은 20분 안에 끝장을 보는군요."

박철 후보생이 말했다.

그러나 실망적인 사실은 그것뿐이 아니었다.

우선 기후가 무덥고 뜨겁다. 마치 화산이 터지는 주변에 있는 기분이다.

아니, 실제로 여기저기서는 아직도 화산들이 연기와 불을 내뿜으며 천둥소리와 함께 하늘을 덮었다.

또 어떤 곳에서는 바닷속에서도 연기가 나고, 물기둥이 하늘 높이 솟아오르는 것이 보였다.

이런 곳에 우주선이 지나간다면 그대로 공중에서 안개로 사라질 것만 같다.

"이게 지구로 따지면 얼마나 오래된 거요?"

윌리엄 중령이 전망 창에 이마를 대고 밖을 내다보는 모리스 교수를 바라보았다.

"글쎄요. 몇만 년 전에 해당할 테죠."

"지구에도 이런 때가 있었소?"

"있었다고 믿고 있죠."

"이렇게 탄산가스가 많이 있었다구요?"

"그렇게 생각하고 있어요. 지구에도 원래는 탄산가스가 많았지 만 식물들이 자꾸 무성하면서 탄산가스를 빨아 먹고 산소를 내뱉 기 때문에 점차로 산소가 많아지고 탄산가스가 적어졌다고 생각 하고 있어요."

"그럼, 사람의 힘으로 그런 과정을 빠르게 할 수 있다면 금성도 제2의 지구가 될 게 아닙니까?"

박철 후보생이 미래의 금성에 지구 사람들이 와 사는 광경을 상 상하며 물었다.

"그야 물론 가능한 얘기죠. 가령 탄산가스를 분해해서 다른 용 도에 쓸 수 있는 대규모의 화학 공장 같은 것이 마련되면……."

모리스 교수가 말했다.

"그런 일보다 당면 문제부터 생각합시다. 어디 우리가 좀 더 오 래 견딜 만한 곳으로 이동해야 하지 않겠어요?"

애덤스 박사가 대원들의 건강이 염려된다는 듯이 말했다.

"보다 기온이 낮고, 화산이나 바람이 적은 지대를 찾아야겠죠."

애덤스 박사가 말을 이었다.

"그런 곳이 이 금성 위에 있을까요?"

윌리엄 대장이 묻는다.

"어떻소?"

애덤스 박사가 모리스 교수를 마주 본다.

"있을 것 같습니다. 가령 높은 산이 있어서 뜨거운 바람이나 화산의 연기를 막고 또 바닷속에서 화산이 터지지 않는 곳이 있음 직합니다만—."

"그런 곳이 있다면 당장에 찾아봅시다."

윌리엄 대장은 결심한 듯이 우주선의 조종간을 잡고 외쳤다.

이리하여 V.P.호는 다시 이동하기 시작하였다. 자줏빛 바닷물에 둘린 섬을 누비며 높은 산이 둘린 온도가 낮은 정박지를 찾아 물결을 헤치며 전진하였다.

그들이 해안선을 따라 조심스레 물속의 온도를 재며 전진하다가 어느 절벽을 돌자, 갑자기 깎아 세운 듯한 높은 산이 불쑥 그들의 앞을 가로막았다.

"저것 봐!"

모두 일시에 탄성을 지르며 그 산을 쳐다보았다.

단풍처럼 붉게 물든 숲이 산을 두르고 마치 그들을 오라는 듯이 잎들을 나부끼고 있지 않은가.

"여기 멈춥시다."

박철이 위용 있는 그 산에 반한 듯이 외쳤다.

바로 그때,

"앗! 저게 뭐야?"

최미옥 양이 망원경으로 해면을 굽어보다가 소리쳤다.

"왜 그래?"

윌리엄 중령이 성급히 외치며 망원경을 그쪽으로 돌린다.

"아니? 어서 우주선을 돌려!"

윌리엄 중령은 얼김에 망원경을 손에서 떨어뜨리고 박철 후보생에게서 조종간을 빼앗아 급히 커브를 꺾는다. 그러나 때는 이미 늦었다.

지금 그들을 향해 돌진해 오는 괴물 그것은 물속에 사는 거대한 용이었다.

긴 목을 빼고 간간이 눈에서 불을 뿜으며, 붉은 용이 혀를 내밀고, 우주선을 향하여 맹렬히 습격해 오고 있는 것이다.

"총을! 총을 쏴!"

윌리엄 대장이 소리쳤다.

뒤늦게 광파 무기에서 불빛을 발사했을 때는 거룡(巨龍)이 바로 눈앞에 다가온 뒤였다.

거룡이 광선에 얻어맞자 더욱 세차게 포효하며 붉은 입을 벌리고, 고구마처럼 생긴 우주선의 뜰배를 물고 늘어졌다.

우주선이 한쪽으로 기울었다.

대원들은 얼굴이 창백해서 한쪽으로 몰려서 무작정 광파 피스

톨을 발사하였다.

거룡은 그래도 피를 토하며 뜰배를 놓으려 하지 않는다. 마침내 뜰배에 구멍이 뚫리고 수소가 새어 나갔다. 우주선이 차차 거룡이 물고 늘어진 쪽으로 더 기울어지며 파도가 우주선의 창문을 후려 갈겼다.

이것을 보고 미옥 양이 재빨리 보조 날개에 달린 로켓 분사기의 스위치를 눌렀다.

쏴— 소리와 함께 세찬 가스가 물속을 뚫고 거룡의 몸집을 향하여 분사되었다.

그제야 거룡은 천지를 진동하는 울부짖음과 함께 물속으로 가라앉았다.

"휴—."

대원들의 이마에서는 모두 식은땀이 흐르고 있었다. V.P.호가 뜰배의 구멍을 때우고 다시 가스를 넣어 가지고 그 자리를 뜬 것은 거룡이 완전히 바닷속으로 가라앉은 지 한참 뒤였다.

V.P.호는 예정했던 정박지를 잃고는, 기가 죽어서 두리번두리번 해면을 살피기에 바빠 좀처럼 속력을 내지 못했다.

"참 좋은 곳이었는데."

모두들 입맛을 다셨다.

"그 거룡만 없었다면 말이지요."

박철 후보생이 땀방울을 씻으며 푸념을 했다.

"그놈의 몸집은 우리 우주선만큼이나 큰 것 같던걸."

애덤스 박사가 억지웃음을 하였다. 그들이 다시 몇 개의 굴곡이
진 해안을 지나자, 아마도 앞서 본 산의 옆인 듯한 곳이 바라보였다.

"여기도 괜찮군그래."

윌리엄 중령이 웅장하게 솟은 산 모습과 우거진 나무들을 보며
말했다.

"이것은 마치 지구의 좋은 항구나 마찬가지군요. 삼면이 산에
가렸고, 앞에는 작은 섬이 있어서 파도를 막아 주니 이런 안성맞춤
인 항구가 어디 있소."

윌리엄 중령이 마음에 든 듯이 말을 이었다.

"또 그 거룡이 나타나지 않을까요?"

미옥 양이 모든 사람의 마음을 넘겨짚듯이 묻는다.

"글쎄, 잘 살펴봅시다. 어디 물속에서 쑥 그 녀석이 대가리를 내
밀면 큰일이니까."

대원들은 망원경으로 두루 해면을 살폈다.

그러나 요행히 아무것도 눈에 띄지 않는다.

"아직 안 보이지요?"

서로 얼굴을 마주 본다.

그때 레이더로 물속을 탐지하고 있던 미옥 양이 말했다.

"배 밑에서 이상한 소리가 납니다."

대원들은 다시 긴장하였다.

모두 광선 무기를 손에 들고 괴물이 나타나기를 대기했다. 그러나 아무리 기다려도 앞서와 같은 괴물은 나타나지 않는다.

"어찌 된 거요? 아직도 소리가 들려요?"

"네, 그런데 이건 한 놈이 아니라 여러 놈 같은데요?"

"여러 놈?"

미옥 양의 말에 모두 앵무새처럼 되받으며 이맛살을 찌푸렸다.

"여러 놈이면 마지막이야!"

애덤스 박사는 절망한 듯이 외쳤다.

"여러 놈이라면 혹시 작은 동물인지도 모르죠."

모리스 교수가 말했다.

"가만 계세요. 제가 한 놈 잡아 보겠어요."

박철 후보생이 용기를 낸다.

"위험한 짓은 그만둬요."

애덤스 박사가 말렸다.

그러나 박철 후보생은 듣지 않고 우주선 밖으로 로프를 들고 나가서 밑으로 늘어뜨렸다.

그러자 마치 낚시에 고기가 물리듯이 밧줄에 무거운 무엇이 매달리는 것을 느꼈다.

박철 후보생은 밧줄을 힘껏 잡아당겼다. 무겁다. 잘 끌려 올라오지 않는다. 그보다도 오히려 자기 편이 힘이 모자라서 끌려 내려갈 지경이 되었다.

이것을 창문으로 내다보던 모리스 교수가 나와서, 둘이서 같이 밧줄을 끌어 올렸다.

만일의 경우에 총을 쏘려고 겨누고 있던 두 사람은, 뜻밖에도 커다란 게가 걸려 올라오는 것을 보고 어처구니가 없다는 듯이 웃었다. 그 게는 사람의 곱이 됨 직하게 큰 것이다.

그런 게들이 한 놈도 아니고 두세 놈이 밧줄에 매달려 올라오지 않는가.

"제기, 이런 것까지 사람을 골리는군요."

박철 후보생이 중얼거리며 우주선 안으로 들어오려고 그 밧줄을 거두려 하자, 밧줄이 도중에서 끊어지고 말았다. 게가 물어서 끊어 버린 것이다.

"쳇."

박철 후보생은 끊어진 밧줄을 사려 가지고 우주선 안으로 돌아왔다.

"그게 뭐지?"

윌리엄 중령이 묻는다.

"겝니다."

"게?"

"네, 사람 몸집의 배나 되는 게들이 이 우주선 밑에 득실거리고 있어요."

"그럼 안 되지. 또 떠나야겠군."

윌리엄 중령이 서둘렀다.

"아니, 금성에 와서 게가 무서워서야 무슨 일을 해 보겠어요?"

박철이 대수롭지도 않다는 듯이 중얼거렸다.

"허지만 없느니만 못하지 않아."

윌리엄 대장이 말한다.

"이제는 좀 쉬는 것이 좋겠어요. 게는 우리 저녁 요리에 반찬이 될 게고, 오죽 좋아요. 여기 있으면 식량 걱정은 저절로 해결됩니다."

박철 후보생이 신 나는 듯이 지껄이는 통에 모두 한바탕 웃었다.

"여러분이 좋다면 여기 머뭅시다. 모두 찬성이오?"

별로 반대하는 사람이 없다. 모두 피곤한 것이다.

V.P.호는 드디어 그곳에 닻을 내리고 머물게 되었다.

윌리엄 대장은 이 첫 기항지를 개척항이라고 이름 지었다.

이 개척항에서 V.P.호는 첫날 밤을 지나게 되었다.

대원들은 저마다 피곤한 몸을 가다듬고 지금까지 보고 느낀 것들을 일기에다 적고 잠을 이루려고 가지고 온 레코드를 틀었다.

음악이 흐르자 지구에 대한 향수는 한층 새로웠다.

저마다 그물 침대에 들어가 눕기는 했지만 좀처럼 잠을 이루지 못해 몸을 이리저리 뒤챈다.

그럴 때마다 침대가 요람처럼 흔들리고, 그러면 사랑하는 가족들과 정다운 벗들의 얼굴이 대원들의 눈앞에 아른거렸다.

최미옥 양은 어디 수학여행을 간 첫날 저녁 같은 기분으로 말똥말똥 천장을 쳐다보며, 지나온 일들을 다시금 되새겨 보았다.

'고진 씨는 지금쯤 어디 있을까?'

문득 이런 생각이 떠오르자 걷잡을 수 없이 고진이 그리워지는 마음을 억제할 수 없었다.

'보고 싶어! 보고 싶어! 그렇지만 이제는 다시 못 만나게 되는 게 아닐까?'

이런 생각을 하니 왜 그런지 하염없이 울고만 싶어지고 마음이 호젓해지는 것을 억제하기 어려웠다.

'만일 박철 씨 대신 고진 씨가 우주선에 탔다면 얼마나 즐거운 여행을 했을까?'

혼자서 이런 공상에 잠기다가 그만 자기도 모르게 눈이 감겨 잠이 들고 말았다.

박철 후보생도 다른 대원들처럼 지금은 곤히 잠들었다.

화산이 터지는 소리도, 거센 파도도, 모진 바람 소리도, 뜨거운 기온도 아랑곳없이 우주선은 오직 고요 속에 잠겼다.

삐삐 — 삐삐 —.

이때 그 고요를 뚫고 어디선지 무전기 움직이는 소리가 들려왔다.

미옥 양은 그리운 고진 후보생을 생각하다가 꿈에서 깨어난 사람처럼 통신기 앞으로 다가갔다.

따따, 따따…… 또또…… 따따…….

무전기의 신호가 어찌 된 일인지 잇달아 들어오지 않고 사이사이 무질서하게 자꾸만 끊어진다.

미옥 양은 고개를 갸우뚱거리며 리시버를 귀에 낀 채 한 손으로 연필을 들고 신호를 받아쓰기 시작했다. 그러다가 미옥 양은 금세 짜증 난 사람처럼 이맛살을 찌푸리며 연필을 던져 버렸다.

"이 금성…… 없나?"

무전 통신은 이런 식으로 끊어지기도 하고 어떤 때는,

"대답…… 있소?"

하기도 했고 그런가 하면,

"1981년 ……월 2……일……."

하기도 했다.

"쳇, 이게 도대체 무슨 말이야?"

미옥 양은 애써서 적어 놓은 종이쪽지를 물끄러미 들여다보다가 화가 나는 듯이 그 종이쪽지를 갈기갈기 찢어서 내던지고 말았다. 그리고 그 찢어져 흩어진 종이쪽지를 바라보다가 무엇을 생각했는지 다시 그 쪽지들을 주워 모았다.

윌리엄 대장도 박철 후보생도, 애덤스 박사와 모리스 교수도 지금은 곤히 잠이 들었다. 그들은 모두 오랫동안 방황하다가 어느 주막집에 들른 나그네처럼 그지없이 단 꿈나라를 헤매는 것 같았다.

미옥 양의 초조한 기분 같아서는 누가 깨어나기를 바랐으나 일부러 깨울 수는 없다고 생각했다. 그래서 토막토막 끊어져서 들어오는 통신을 그대로 적어 놓기 시작했다. 그러나 막상 결심하고 적기 시작하자 그 통신마저 끊어지고 말았다.

미옥 양은 붉게 충혈된 눈을 비비며 그대로 한두 시간을 버텨 보았으나 마침내 몰려드는 잠 귀신을 막을 길이 없었다. 미옥 양은 통신기 앞에 엎드린 채 잠이 들고 말았다.

# 9. 금성의 올빼미

이튿날 아침.

아침이라야 지구에서처럼 해가 동쪽에서 떠오르고 새들이 지저귀는 그런 아침은 아니다.

금성에서는 하루가 얼마나 긴지는 잘 몰랐지만 그들이 일어난 지금은 여전히 밤이었다.

대원들은 일어나자 이내 창가로 가서 밖을 내다보았다. 금성에서는 해가 서쪽에서 뜨는 것이지만 그 서쪽 하늘은 밝아 오는 대신 번개만이 번득였다. 그 뒤를 따르는 천둥소리와 화산이 터지는 소리가 한데 어울려 그야말로 처참하기 그지없었다.

"이게 10년을 두고 벼르고 별러서 찾아온 금성의 아침이로군."

모리스 교수가 중얼거렸다. 그러자 모두 얼굴을 마주 보고 어깨들만 으쓱해 보인다. 모두 기가 차서 말이 안 나오는 모양이다.

"가만있자, 우리가 이럴 때 인공 아침을 만들 수 있지 않나."

애덤스 박사가 생각난 듯이 벽에 가서 아침이라고 쓴 단추를 눌렀다.

그러자 둥근 천장의 동쪽이 마치 해가 솟아오르는 모양 불그레 물들며 아침 하늘빛으로 바뀌었다.

"으아……."

이것을 본 대원들은 모두 손뼉을 치며 좋아했다. 그들에게는 지구의 아침이 그토록 그리웠던 것이다. 아침이 없는 금성에서는 열흘도 못 살 것같이 느껴졌다.

그러나 좋건 싫건 금성이 지구로 돌아가기에 알맞은 위치까지 와 줘야 금성을 떠나게 마련이니 아직도 몇 달을 머물러 있어야만 한다.

이런 실망을 조금이라도 덜어 주기 위하여 인공으로 지구와 같은 아침을 만드는 전기 장치가 되어 있는 것이다.

인공 아침은 확실히 대원들의 원기를 돋워 주었다. 어떤 이는 지구에서 하던 버릇처럼 아침 체조까지 하였다.

대원들은 금성에 와 보고 비로소 날마다 값없이 찾아오던 상쾌한 아침이 얼마나 고마운가를 깨달았다.

"내가 지구에 돌아가면 말입니다. 애덤스 박사……."

모리스 교수가 체조를 하다가 입을 열었다.

"……?"

애덤스 박사는 양치질을 하면서 모리스 교수를 마주 본다. 어서 말을 계속하라는 표정이었다.

"내가 지구에 돌아가면 꼭 해야 할 일이 한 가지 있어요."

"그게 뭔데요?"

이번에는 세수를 하던 윌리엄 중령이 묻는다.

"유서요."

"뭐라구요?"

윌리엄 대장이 전기 면도를 얼굴에 대려다가 모리스 교수를 돌아보았다.

"유서를 써야겠어요."

모리스 교수가 그대로 시치미를 떼고 말을 계속했다.

"예끼 이 사람, 아직 한창 살 나이에 유서가 다 뭔가."

애덤스 박사가 못마땅한 소리를 한다는 듯이 꾸짖었다.

사실 이런 위험한 탐험대원 생활에서는 되도록 불길한 이야기는 하지 않는 것이 예의였다.

그러나 모리스 교수는 태연하게 이야기를 계속했다.

"이건 불길한 얘기는 아니니까 안심하고 들어도 좋아요."

"그런 방정맞은 소리가 불길하지 않다구?"

애덤스 박사가 여전히 못마땅한 표정을 지었다.

"글쎄, 들어 보세요. 나는 인류에게 물려줄 근사한 유산을 발견했다니까요."

"유산이라니?"

"난, 지구의 아침을 인류에게 돌려주기로 했죠."

모리스 교수가 시치미를 떼고 말한다.

"훗훗……."

심각하게 듣던 대원들도 모리스 교수의 뜻하지 않은 조크에 한바탕 웃음보를 터뜨렸다.

"찬란한 햇살, 상쾌한 공기, 우짖는 새소리, 해죽이는 꽃과 이슬들…… 이런 아침보다 인류에게 물려줄 더 좋은 유산이 어디 있어요."

모리스 교수가 무슨 큰 발견이라도 한 듯이 아침을 찬양한다.

"이미 인류는 그 유산을 받고 있잖소?"

윌리엄 중령이 말했다.

"그렇지만 인류는 그 고마움을 모르고 있잖아요."

"정말이지 지구는 그 아침 한 가지만으로도 인류에게 다시없는 낙원이야."

애덤스 박사가 새삼스럽게 지구의 아침을 그리듯이 지구 쪽을 바라보며 중얼거렸다.

그러자 대원들은 금세 지구에 대한 홈식*에 걸리고 말았다.

이런 홈식은 그렇잖아도 고독한 그들에게 어쩌면 정신 분열증을 일으킬지도 모른다. 그것이 또 어떤 시기에 가서는 발광할 수도 있다는 것을 미옥 양은 우주인의 체험기에서 읽었다.

미옥 양은 이런 우울해진 분위기를 깨뜨리기 위하여 간밤의 무전 이야기를 꺼냈다.

"아니, 그 얘기를 왜 지금에야 하나?"

윌리엄 대장은 미옥 양에게서 무전 이야기를 듣자 당황하여 소리쳤다.

대원들도 서로 심상치 않은 얼굴로 마주 보았다.

대원들은 의견을 종합해 본 끝에 결국은 높은 산 위에 올라가서 지구에 연락을 해 보는 수밖에 없다는 결론을 내렸다. 그러지 않으면 금성에 누가 먼저 왔느냐를 두고 반드시 지구에서는 싸움이 벌어질 것이 예상되었기 때문이다.

대원들은 즉시 행동을 개시하였다. 목표는 우주선이 머물러 있는 곳에서 가장 가까운 높은 산정으로 정했다. 가야 할 대원은 앞서 떠돌이별에서 우주선 밖에 나가지 못했던 세 사람으로 결정됐다. 가는 방법은 헬리콥터를 쓰되 될 수 있는 한 많은 물자를 운반하여 제2의 캠프를 산정에 만들기로 했다.

이리하여 준비를 끝낸 윌리엄 대장과 박철, 최미옥 양, 세 사람은 헬리콥터에 올랐다.

....................................................

● **홈식** homesickness. 향수병. 고향을 몹시 그리워하는 마음을 병에 비유하여 이르는 말.

요행히 헬리콥터가 뜰 때에는 날이 밝았다. 그것이 아침인지는 모르지만 하늘에 덮인 구름이 높이 뜨고 비바람도 적어졌다. 바다의 물결도 비교적 잔잔했다. 헬리콥터는 순조롭게 떴다.

"우린 우주복을 언제 벗어 보죠?"

미옥 양이 헬리콥터 위에서도 우주복을 입고 있는 것이 귀찮은 듯이 종알거렸다.

"고지에 가서는 어쩌면 우주복을 벗을 수 있을지도 모르지, 산소마스크만 하고 말야."

박철 후보생이 말했다. 그러나 그것은 어디까지나 그들의 희망에 지나지 않았다.

헬리콥터는 차차 고도를 높였다.

500미터.

700미터.

1,000미터.

1,000미터를 넘어서자 여기저기 흩어져 있는 바다 위의 섬들이 한눈에 내려다보였다. 그 섬들이 대개는 연기를 뿜고 있거나 자욱한 먼지에 덮여 있는 것이다.

고도가 1,200~1,500미터를 넘어서자 이번에는 작은 산들 위에서 돌물*이 녹아서 흘러내리는 것이 보였다. 그런 뻘건 흙탕물 같은

---

• **돌물** 마그마.

것이 골짜기를 흐르고 냇물에 모이고 바다로 흐르면서 처절한 소리를 울려 펴고 있다. 이런 소리는 헬리콥터에 방음 장치가 되어 있는데도 상당히 요란하게 울려왔다. 그 위에 때때로 번개가 헬리콥터 앞뒤에서 쭉쭉 뻗고 보니 대원들은 살러 가는 기분보다는 염라대왕이 불러서 지옥으로 직행하고 있는 것이나 아닌가 싶었다.

하여튼 헬리콥터는 절벽을 감돌고 흩어진 숲 속을 스치며 굽이굽이 해발 3,000미터를 넘는 산정을 향하여 올라갔다.

그들이 고도 2,000미터를 넘자 차차 하늘을 덮었던 구름이 밑으로 깔리기 시작했다. 고도 2,500을 넘었을 때는 또 한 겹의 구름이 벗겨지고 하늘이 보다 밝아졌다.

"이 정도라면 통신이 되는지도 모르겠군."

윌리엄 중령이 기뻐서 중얼거린다.

그때였다.

"저게 뭡니까?"

핸들을 잡고 있던 박철 후보생이 눈앞에 다가오는 숲을 가리키며 외쳤다. 그 숲은 지구의 임야처럼 그리 높지 않은 초목들이 우거졌는데 그 위에서 무엇인지 구름 조각 같은 것이 헬리콥터를 향하여 날아오고 있는 것이다.

사람들은 그 이상한 구름 조각을 눈여겨 지켰다. 그런데 차차 그 구름 조각과 헬리콥터의 거리가 가까워지자 그것은 구름이 아니라 날고 있는 곤충 떼란 것을 알았다.

"벌 떼예요!"

미옥 양이 놀라서 소리쳤다.

정말 무엇에 놀랐는지 벌 떼가 숲 속에서 날아온 것이다. 나비만큼씩이나 큰 벌들이 성난 듯이 헬리콥터를 향하여 돌진해 오고 있다.

벌 떼는 순식간에 헬리콥터를 포위하고 집중 공격을 가해 왔다.

벌 떼가 헬리콥터의 스크루에 부딪치는 소리가 차차 요란하게 들렸다.

조금 뒤에는 스크루에서 삐걱거리며 이상한 소리가 나기 시작했다.

"스크루가 멎었습니다!"

핸들을 잡고 있던 박철 후보생이 당황하여 외쳤다.

"고도가 떨어져요!"

미옥 양이 외쳤다.

"큰일 났군, 어서 비키게!"

윌리엄 중령이 등 달아서 외치며 박철 후보생과 조종석을 바꿨다.

윌리엄 중령은 스크루를 되도록 빨리 돌려 보기 위하여 속력을 올렸다. 그러나 그럴수록 벌 떼는 더 스크루에 감겨들었다.

지금은 눈 아래 숲이 다가왔다. 그렇다고 총을 쏠 수도 없다. 어느 놈을 쏘아 본댔자 소용없는 일이고 또 너무 가까워서 겨눌 수도 없다.

이제는 그저 숲 위로 떨어지기를 기다리는 도리밖에 없다.

이런 고비에 미옥 양이 한 꾀를 내놓았다.

"벌이라면 연기에는 약하대요."

미옥 양이 말했다.

미옥 양은 양봉가들이 연기로 벌을 유순하게 만든다는 이야기를 하였다.

"될까?"

윌리엄 중령은 별로 신통한 방법이라고는 믿지 않았으나 막다른 길이니 해 보는 수밖에 없다.

먼저 기름을 숲 위에 뿌리고 그 위에 광파 무기를 쏘아서 불을 붙였다.

숲 위에서는 삽시간에 불이 붙으며 검붉은 연기가 솟아올랐다.

윌리엄 중령은 미옥 양이 하라는 대로 일부러 헬리콥터를 그 연기 속에 머물게 했다.

그러자 생각보다도 빨리 벌 떼는 헬리콥터에서 떨어져서 뿔뿔이 달아나고 말았다.

"보세요."

미옥 양이 말했다.

"휴—."

윌리엄 대장도 의외의 방법이 성공한 것을 알자 벌 떼가 달아난 틈을 타서 연기 속을 빠져나왔다.

헬리콥터는 3,000미터나 되는 산봉우리에 와서 내렸다. 이런 높은 고지에 화산이 터진 듯한 구멍이 있고, 물이 고여 있는 것을 보고는 크게 기뻐하였다.

"어서 연락해 봐!"

윌리엄 대장은 헬리콥터가 멎기 바쁘게 미옥 양에게 말했다.

미옥 양은 초단파 통신기로 지구를 불렀다.

"여기는 금성, 여기는 금성에 온 V.P.호, 하와이 기지 나와 주십시오."

미옥 양은 연거푸 전파를 발사했다. 그러나 지구에서는 아무런 대답도 돌아오지 않았다.

"우주선의 레이더 통신으로도 안 되는데, 이런 작은 무선 장치로 되겠어요?"

미옥 양은 몇 차례의 전파에도 회신이 없는 것을 보자 실망한 빛을 감추지 못했다.

"다시 계속해 봐, 금성에서 지구에 통신하는 것이 얼마나 힘이 든다는 것을 알고 있지 않아."

윌리엄 중령은 아직도 한 줄기 희망을 버리지 않았다.

원래 이렇듯 태양이 가까운 금성에서는 태양에서 나오는 에네르기의 발사 때문에 잡음이 심하고, 전파가 방해를 받기 때문에 좀처럼 통신이 어려운 것이다.

미옥 양은 줄곧 지구를 부르다가 이제는 지친 듯이 리시버를 귀에서 떼고 의자에 몸을 기대고 말았다.

"저리 비켜, 내가 해 보지."

윌리엄 중령이 미옥 양의 자리에 앉았다.

윌리엄 중령은 최대한으로 전파 출력을 올려서 지구를 불렀다. 잡음이 한층 요란하다.

"쳇!"

윌리엄 중령은 귀가 따가운 듯이 리시버를 떼려다가 다시 잡았다. 잡음 속에 어떤 신호가 끼어 들어오는 것같이 느꼈다. 윌리엄 중령의 전 신경은 리시버에 쏠렸다.

"여기는 하와이 기지…… V.P.호 신호 접수…… V.P.호, V.P.호……."

"오! 하와이다. 하와이가 나왔어! 미옥 양, 어서 무전을 쳐!"

윌리엄 중령이 자리를 비키며 외쳤다.

"자, 어서 내가 부르는 대로 쳐요!"

윌리엄 중령은 미옥 양이 리시버를 끼기도 전에 다급히 외친다.

"V.P.호 대원 전원 무사히 금성에 착륙, 착륙 날짜 1981년…… 가만있자, 오늘이 며칠이지?"

윌리엄 중령은 날짜 때문에 말문이 막히고 말았다.

"원자시계 있지 않아요?"

박철 후보생이 말했다.

"아니, 날짜 말야…… 그렇지. 어제라고 해 두지. 그럼 지구에서

156

그들이 쓰는 날짜를 적을 게 아냐."

미옥 양은 그대로 무전을 쳤다.

"어제 14시 30분, 금성 도착!"

그러자 하와이에서는 다음과 같은 회신이 잡음 속에 끼어서 들려왔다.

"성공 축하, 계속 건투하라!"

윌리엄 중령은 그것이 홉킨스 소장의 말투라고 생각했다.

이런 연락이 끝나자 일동은 한 짐 던 것처럼 안도의 숨을 내쉬었다.

"자, 그럼 이 소식을 우주선에 남아 있는 동지들에게 알려야지."

윌리엄 중령이 말하며 마이크를 들었다.

"V.P.호, V.P.호, 기뻐해 주오, 나요."

윌리엄 중령이 말했으나 아무도 나오지 않았다.

"V.P.호, 들려요? 우리는 드디어 산정에 왔소. 지구에도 연락이 됐소. 우리는 이 산 이름을 승리산이라고 지으면 어떻겠소? 애덤스 박사, 들려요?"

역시 대답이 없다.

그제야 윌리엄 중령은 당황한 빛을 감추지 못했다.

"웬일일까? 이렇게 가까운 거리에서 연락이 안 되다니?"

윌리엄 중령과 미옥 양은 번갈아 V.P.호를 불렀으나 반응이 없다.

"수신기 고장은 아닐 텐데…… 자고들 있나? 그렇잖으면……?"

윌리엄 중령은 갑자기 불안해졌다.

"어서 돌아가세!"

윌리엄 중령이 말했다.

"이대로요?"

박철 후보생이 어리둥절한 모양이었다.

"가야지, 우주선에 무슨 일이 생기면 어떡하나?"

윌리엄 대장은 다시 개척항으로 돌아갈 준비를 지시했다.

미옥 양은 산 위에 기(旗)를 꽂고, 금성에 도착한 날짜와 그 밖의 기록을 적어 넣은 백금으로 만든 함을 바위틈에 끼워 놓는 임무를 맡았다. 윌리엄 중령과 박철 후보생은 캠프용으로 가져온 물품들을 헬리콥터에서 꺼내다가 연못가에 운반할 임무를 맡고 제각기 행동을 개시하였다.

미옥 양은 산 위에 있는 나무 쪽으로 기를 달려고 올라갔다. 그 뒤를 따라 윌리엄 중령과 박철 후보생은 캠프용 물자를 연못 있는 곳으로 나르기 시작했다.

백두산처럼 높은 산 위에 물이 고인 이 산상의 연못은 상당히 넓은 데다가 화산이 터질 때 녹은 돌들이 울퉁불퉁 덩어리져서 그 야말로 만물상을 이루었다.

기후는 산 밑에 비하면 뜨겁지 않은 편이고, 공기도 비교적 맑다고 느꼈다. 기압이 센 것은 여전하지만 산 밑보다는 나았다.

그보다도 그 짙은 구름이 산 밑으로 깔려 있으니 장마철 같은 기분이 한결 덜 느껴졌다.

그 위에 물이 있고 나무가 군데군데 자랐을뿐더러 연못가에는 굴 문이 있어서 우주인들의 기지에는 안성맞춤이라고 느꼈다.

"우선 저 굴 안에 넣어 두면 좋겠군요."

박철 후보생이 상자로 된 캠프용 물자들을 내려놓으며 윌리엄 중령에게 말했다.

"그거 좋아."

윌리엄 중령도 좋은 것을 발견했다는 듯이 그 굴 안에 짐을 날랐다.

두 사람은 세 차례나 이렇게 짐을 운반해다가 굴 안에 넣었다.

"휴— 아무리 바빠도 잠깐 쉬어야지 못살겠군."

윌리엄 중령이 그 굴 문 앞에 펄썩 주저앉아서 연못을 바라보았다.

박철 후보생도 윌리엄 중령 곁에 앉았다.

두 사람은 잠시 몸 안에 배는 땀을 식히기 위하여 우주복에 달린 냉온 장치의 스위치를 올리고는 두 팔을 쭉 뻗고 번듯이 뒤로 누워 버렸다.

그때였다.

갑자기 굴 문 안이 소란하며 무엇인지 달려 나오는 소리가 났다.

두 사람은 얼김에 일어나서 굴 문을 들여다보았다.

그러자 자동차 헤드라이트 같은 네 개의 불이 이쪽을 향하여 돌진해 오지 않는가.

윌리엄 중령과 박철 후보생은 달려오는 차를 피하려는 사람처럼 몸을 틀며 뒤로 물러나려고 했다.

"앗!"

바로 그때 두 사람은 거의 동시에 뒤로 쓰러지고 말았다. 무엇인지 세차게 우주모를 차며 온몸을 긁어쥔 것을 느꼈다.

"누구얏?"

윌리엄 중령이 놀라서 외쳤다.

총을 꺼내려 했으나 자기 손마저 무엇인가에 긁어쥐여 있지 않은가. 윌리엄 중령은 눈을 바로 뜨고 자기 적을 똑바로 보려 했다. 그러나 캄캄한 무엇이 자기 눈을 가로막고 있을 뿐이다. 윌리엄 중령은 눈을 옆으로 돌려 보았다. 그러자 그의 눈에는 자기를 움켜잡고 있는 무서운 발톱이 나타났다. 독수리 발톱보다 더 날카로운 발이다. 윌리엄 중령은 난생처음으로 온몸에 소름이 쭉 뻗는 것을 느꼈다.

'이게 도대체 뭘까?'

윌리엄 중령은 마음을 가라앉히고 자기를 움켜잡은 괴물의 얼굴을 더듬어 보았다. 그러나 보이는 것은 거친 털뿐, 얼굴이 나타나지 않는다.

윌리엄 중령은 힘껏 자기 두 팔의 힘을 모아 가지고 자기를 움켜잡은 괴물의 몸을 떠밀었다. 그리고 자기 머리로 괴물의 머리를 들이받았다. 그러자 괴물은 꽥 소리를 지르며 윌리엄 중령을 놓고 날았다가 다시 달려와서 중령의 우주모를 그 주둥이로 세차게 쪼아서 구멍을 뚫어 놓았다.

그때에야 비로소 윌리엄 중령은 괴물의 얼굴을 똑바로 보았다. 올빼미같이 둥근 두 개의 눈, 매부리코처럼 굽은 주둥이, 황소같이 위로 뻗은 뿔까지 달린 괴조(怪鳥)*의 얼굴이 한꺼번에 윌리엄 중령의 눈 속에 들어왔다. 그 괴조의 얼굴은 황소 같은 두 뿔과 낫 같은 발톱들과 매섭게 빛나는 두 개의 눈이 함께 범벅이 되어 윌리엄 중령의 눈 속에서 맴을 돌았다.

윌리엄 중령은 정신이 아찔해지는 것을 느꼈다. 괴조가 우주복 속으로 살까지 움켜잡고 구멍을 뚫어서 산소가 우주복에서 새어 나기 시작한 것이다.

그의 옆에서도 총소리가 났다. 박철 후보생이 괴조와 격투를 하고 있는 것이다. 윌리엄 중령은 괴조가 총소리에 놀라서 자기 몸을 긁어쥔 발톱을 푼 틈을 타서 허리에 찬 광파 무기를 꺼내 들었다.

괴조의 가슴을 향하여 한 방을 쏘았다. 광선이 뻗자 괴조는 굴이 울리는 비명을 지르고 윌리엄 중령을 놓았다. 그러나 다시 달려와서 연거푸 두 발로 중령의 가슴팍을 찼다. 윌리엄 중령은 비틀걸음을 하면서도 총 쏘기를 그치지 않았다.

........................................

● **괴조** 괴상하게 생긴 새. 괴금(怪禽).

그제야 괴조는 땅에 쓰러졌다. 윌리엄 중령도 땅에 쓰러진 채 새어 나오는 산소를 막기 위하여 우주모를 움켜잡았다. 옆에서는 아직도 박철 후보생이 괴조와 격투를 계속하고 있다.

　그때 산 위에서 여자의 비명이 들려왔다.

　"으아아…… 사람, 으, 살려요——."

　"미옥 양이로군."

　윌리엄 중령은 그 비명을 들으며 마치 남의 일처럼 중얼거리는 것이었다.

# 10. 첫 희생자

아직 발견되지 않은 것으로 알려진 어느 작은 떠돌이별에 착륙했던 C.C.C.P.호는 그 별을 떠나자, 필사적으로 앞을 달리는 V.P.호를 추적하기 시작했다.

니콜라이 중령은 아직 성이 가라앉지 않았다. 무슨 작은 일에라도 곧 화를 내고 우락부락 소리를 질렀다. 자기가 무모하게 달리고, V.P.호에 전파 공세를 취하고, 그런 일 때문에 불시 착륙하게 되고 또 그런 탓으로 V.P.호에 뒤진 것은 생각지 않고 모든 책임을 고진 후보생과 세바스키 박사에게만 돌리려고 했다.

"이것 보세요, 이렇게 빨리 달리다가는 무슨 일이 날 것만 같아요."

고진 후보생이 참다못해, 니콜라이 중령에게 말했다.

"알긴 아는군."

니콜라이 중령은 코웃음을 치며 고진 후보생을 노려본다.

"이것 보세요, 속도계에 빨간불이⋯⋯."

"닥쳐, 누가 몰라서 그래? 지금 V.P.호가 어디를 달리고 있는지 알어?"

"그러나 우주선의 안전은 우리 생명과—."

"너 같은 수작을 하는군. 너는 우리 우주선이 늦어지기를 원하지? 그래서 네가 일부러 불시착했던 별에서 늦게 돌아왔지?"

"천만에요, 그것은 세바스키 박사도 알고 있잖아요. 치올코프 교수의 목숨을 건지기 위해 할 수 없었다니까요."

"또 같은 얘기를 되풀이해? 너는 아직 사회주의라는 것을 경험하지 못해서 하는 소리야. 우리 사회에서는 개인보다는 전체를 위한 이익이 더 크단 말야. 만일 한 사람이 죽어서 전체에 이익이 된다면 한 개인은 기꺼이 죽어야 해."

"살 가망이 있을 때에두요?"

"치올코프가 살 가망이 있었냐?"

니콜라이 중령이 다시 소리를 질렀다.

"살 가망이 있으니까 구해 냈잖아요."

"아직 철부지 같은 수작 하는군."

그 영감을 구해 낸 때문에 지금부터 우주선은 어찌 되냔 말이다.

그 영감의 생명을 건지기 위해서 우리의 지상 과업인 금성 탐험이 어찌 되냔 말야.

니콜라이 중령은 홧김에 더 핸들을 잡아당겼다. 그러자 우주선 꼬리의 분사구에서는 가스가 터질 듯이 몰려나오고, 우주선은 미칠 듯이 속도를 더했다.

위험 신호인 빨간불이 이제는 줄곧 켜 있다. 그러나 니콜라이 중령은 아랑곳없다는 듯이 속도를 늦추려 하지 않았다.

다른 대원들은 말도 못 하고 창백한 얼굴로 이 일이 어찌 되는지 지켜본다. 바로 그때 가이거 계수관에 달린 벨이 요란하게 울렸다.

"방사능!"

누군가가 외쳤다.

"방사능 지대다!"

또 한 명이 외쳤다. 치올코프 교수였다. 아직 창백한 얼굴로 그물 침대에 누워 있던 치올코프 교수는 마치 무서운 맹수를 만난 것처럼 침대에서 내려와 의자에 앉았다.

고진 후보생이 가이거 계수관을 들여다보았다. 계수관에서는 잇달아 요란한 소리가 들리고 그에 따라 벨이 울렸다. 속도계의 빨간불도 켜 있는 그대로다.

"커브를 꺾읍시다!"

고진 후보생이 외쳤다.

"뚫고 나간다!"

니콜라이 중령이 우겼다.

"우리 생명이 위험합니다."

"상관이 뭐야, 죽을 놈은 죽어야지."

니콜라이 중령은 고집을 버리지 않는다.

"뭐라구? 이 야만인 같으니."

고진 후보생이 참다못해 니콜라이 중령에게서 핸들을 빼앗았다. 그리고 급작스레 커브를 꺾으려 하자 니콜라이 중령이 고진 후보생의 볼기를 후려갈기며 핸들을 도로 뺏었다.

"우리 모두를 죽음의 함정으로 몰아넣을 참이오? 이것은 치사량을 넘는 방사능이오. 우리 우주선에는 이런 방사능을 막을 길이 없소."

고진 후보생이 다시 니콜라이 중령에게 덤벼들었다.

"니콜라이 대장, 고진 후보생 말이 옳소. 방사능을 피해야 하오."

치올코프 교수가 말했다.

"이 미친 영감이 무슨 수작이야, 그래 목숨을 건져 주니까 고작 하는 수작이 그따위야!"

"내 목숨을 건져 준 사람은 고진 군과 세바스키요. 허나 나는 그런 것을 따지는 것이 아니라, 우리 우주선의 안전을 염려하는 것이오."

"닥쳐, 우주선은 이 방사능대를 뚫고 나간다."

"우주선만이 방사능을 뚫고 나가도 사람이 없으면 무슨 소용이오."

세바스키 박사도 치올코프 교수를 편들었다.

"모두 미쳤군. 적에게 이로운 수작들만 하고 있어. 모두 미쳤어!"

니콜라이 중령은 마치 발악을 하듯이 또 한 번 속도를 내는 핸들을 잡아당겼다. 마침내 속도계에서도 경종이 울렸다. 빨간불만 가지고 경고하던 속도계에서 마지막 한계선을 넘은 것을 알리는 비상벨이다.

"돈 것은 너다!"

세바스키 박사가 니콜라이 중령의 손을 비틀며 핸들을 뺏어 가지고 외로 틀었다.

그러자, 우주선에 무엇인지 부딪치며 구멍이 뚫리는 소리가 났다.

운석이 방을 뚫고 들어온 것이다.

니콜라이 중령은 어쩔 줄을 몰랐다.

가이거 계수관에서는 한층 더 요란한 벨 소리가 방 안을 울렸다.

"구멍을 막아야 해요! 구멍에서 방사선이 들어와요!"

토끼처럼 눈알이 올롱해진 나타샤가 통신석에 앉은 채 외쳤다.

고진 후보생이 재빨리 비상용 연판을 벽에서 떼서 그 구멍을 막았다.

"바깥 구멍도 막아야 해요!"

나타샤가 다시 소리쳤다.

"세바스키, 당신이 나가!"

니콜라이 중령이 의자에 기댔던 몸을 일으키며 험상궂은 눈으로 늙은 박사를 마주 보았다.

"……."

세바스키 박사는 미처 대답을 못 했다.

"나갈 테야, 안 나갈 테야?"

니콜라이 중령이 죄인을 책하듯이 따졌다. 그의 손에는 어느새 총이 쥐여 있었다.

세바스키 박사는 자리에서 일어났다. 그리고 벽 함에서 연장을 꺼내 들고, 지금까지 고락을 같이해 온 대원들을 일일이 마주 보며 인사를 하였다.

마치 돌아올 수 없는 길이나 떠나는 사람 같았다.

세바스키 박사가 기밀 문을 거쳐 밖으로 나온 지 얼마 안 될 무렵이었다. 힘없는 비명이 우주선 밖에서 났지만 우주선 안 사람들은 그 소리를 듣지 못했다.

30분이 지나도 세바스키 박사는 돌아오지 않았다. 그러나 그 즈음에는 우주선의 모든 기능이 정상적으로 움직이기 시작했다.

지금까지 빨간불이 켜 있고 요란스럽게 벨 소리가 울리던 가이거 계수관의 빨간불도 꺼지고 벨 소리도 멎은 것이다.

니콜라이 중령은 비로소 속도를 늦추는 조종간을 당기고 푹─ 한숨을 내쉬었다. 그제야 안심이 되는 모양이었다.

그러나 세바스키 박사에게서는 그때까지도 아무런 연락이 없었다.

나타샤가 이상히 여기며 밖으로 연락을 했다. 연락이 안 된다. 안 되는 것이 아니라 통신은 가지만 받는 사람의 대답이 안 들린다.

"이상한데요?"

나타샤 양이 혼잣말처럼 중얼거렸다.

"왜, 연락이 안 돼?"

니콜라이 중령이 무뚝뚝하게 물었다.

"안 돼요."

"다시 불러 봐!"

나타샤 양이 다시 연락해 본다. 그러나 아무리 되풀이 연락해 봐도 통신은 끊어지고 말았다.

"이상하군. 분명히 우주선은 수리된 것 같은데……. 우주선을 수리했다면 사람은 살아 있을 게 아닌가?"

니콜라이 중령의 의견이었다.

"그 방사능을 쪼이고 산다는 것이 기적입니다."

고진 후보생이 아직도 연판으로 운석에 뚫린 구멍을 막아선 채 중얼거렸다.

"그럼 자네가 나가 보고 와!"

니콜라이 중령이 잘됐다는 듯이 명령했다.

"좋아요. 하지만 이 구멍은 누가 막아서죠?"

"음—."

니콜라이 중령은 신음하듯이 방 안을 둘러보았지만 쓸 만한 사람이 한 사람도 안 보인다. 치올코프 교수는 병든 몸이고, 나타샤는 여자고. 고진은 구멍을 막으셨고, 자기는 조종을 해야 하니 구멍을 막을 사람이 없다.

"내가 막을게요."

나타샤가 말했다.

"나타샤는 안 돼, 내가 막지."

니콜라이 중령이 하는 수 없이 고진 후보생이 막고 있던 연판을 막고 고진은 우주선 밖으로 나가는 옷차림으로 우주선을 나섰다.

"세바스키 박사님? 세바스키 박사님?"

고진 후보생은 우주선의 벽 구멍에 얼어붙은 듯이 다가붙은 세바스키 박사를 보자 소리 지르며, 그의 곁으로 다가갔다.

"세바스키 박사님!"

고진 후보생은 다시 부르며 세바스키 박사의 몸을 흔들어 보았으나 늙은 박사는 우주복에 감싸인 채 대답이 없다.

고진 후보생은 가슴이 울렁거리는 것을 가까스로 참으며 박사 가까이 가서 우주모 속으로 박사의 얼굴을 들여다보았다.

그러자 잠든 듯이 조용히 눈을 감은 박사의 얼굴은 너무도 창백하다고 느꼈다. 산소 탱크에 달린 산소의 소모량을 재는 미터를 들여다보았다. 미터가 돌지 않는다. 멎어 버렸다. 세바스키 박사의 숨이 끊어진 것이 틀림없다.

고진 후보생은 이상하게 가슴이 뭉클해지며 무엇인지 목구멍에서 치미는 것을 느꼈다. 무엇으로 형용하기 어렵도록 그 기분은 복잡했다.

비록 짧다면 짧은 시간을 같은 우주선으로 여행했지만 고진 후보생과 세바스키 박사는 블라디보스토크에서 C.C.C.P.호를 탄 이래 수억만 리를 같이 달려온 옛정이 얽혀 있다.

나라가 다르고 목적이 다르다고는 하지만 금성을 탐험하기 위하여 일생을 과학에 몸을 바친 한 늙은이와 젊은이의 마음은 서로 통하는 데가 있었다.

고진 후보생은 그가 블라디보스토크의 우주 항공 사령관인 세바스키 소장과는 사촌 형제간이면서도 정치에 관여하기가 싫어서 일생을 과학에 몸을 바쳐 오다가 우주선을 탈 때에도 당에 들지 않고 우주선을 탄 오직 한 사람이란 얘기를 들은 기억이 머리에 떠올랐다.

"과학자답게 일생을 마쳤다."

고진 후보생이 혼자서 중얼거렸다.

니콜라이 중령은 세바스키 박사가 죽었다는 이야기를 듣고도 별로 놀라지 않았다.

가장 슬퍼한 사람은 세바스키 박사와 같은 연배인 치올코프 교수였다.

치올코프 교수는 니콜라이 중령을 원망스러운 눈으로 마주 보왔다.

"나를 그런 눈으로 보지는 말아요. 내가 그를 죽인 것은 아니야."

아무도 말이 없다.

"또 설사 그가 죽었다고 해도 그것은 헛된 죽음이 아냐. 우리 모두를 건지기 위해서 죽은 것이니까."

"그렇습니다. 그는 우리를 구하기 위해서 자기를 바친 숭고한 사람입니다."

고진 후보생은 자기가 본 그대로를 말했다.

"흥, 우리가 산 것은 연판 때문이지."

니콜라이 중령은 세바스키 박사가 방사능을 막기 위하여 자기 몸을 구멍에 대고 있었다는 이야기를 듣자 이렇게 말했다.

"그렇다고 해도 박사가 방사능 때문에 죽은 것만은 사실이 아닙니까?"

"맞아요. 박사는 우리 대신 죽었소."

치올코프 교수는 울었다. 니콜라이 중령은 기분이 좋지 않아 뱉듯이 말했다.

"하여튼 장례를 치러야지……. 어서들 나가요."

니콜라이 중령이 나가자, 다른 대원들도 따라 나갔다.

고진 후보생도 기계를 모두 자동 장치로 고치고 뒤따라 우주선 밖으로 나갔다.

대원들은 세바스키 박사의 시체를 가운데 놓고 둘러섰다. 위아래가 없는 우주에서는 서 있는 밑이 아래가 되고 머리 있는 곳이 위라고 말할 수밖에 없다.

대원들은 이와 같이 세바스키 박사의 시체를 가운데 놓은 채 둘러서서, 아직도 살아 있는 듯한 모습에 죽은 사람이라는 생각을 잊고, 그저 굽어보기만 했다.

"자, 어서 장례를 치르지 뭣들 하고 있어."

우주선의 뚫린 구멍에 철판을 대고 용접을 하고 난 니콜라이 중령이 말했다.

그래도 다른 대원들은 멍청히 서고만 있는데, 치올코프 교수가 손수 박사의 우주복에 달린 노끈으로 박사의 몸을 감기 시작했다. 산소 탱크만 떼 내고, 우주복 위로 노끈을 감아서 마치 관 속에 들어갈 시체처럼, 손과 팔다리까지 기다란 노끈으로 동여매는 것이다.

이런 일이 끝나자 고진 후보생과 치올코프 교수가 박사의 시체를 부축했다.

"자, 그럼 어서 떠나보내도록 하지."

니콜라이 중령이 말했다.

그러나 두 사람은 손을 놓지 못했다.

누가 먼저 손을 놓으라는 눈치다.

고진 후보생과 치올코프 교수가 손을 놓고 노끈을 끊어 주기만 하면, 세바스키 박사의 시체는 한없는 저 우주의 피안으로 흘러갈 것이다. 그러다가 태양에 빨려 들면 태양의 불빛으로 타고 말 것이다.

흙도 물도 공기도 없는 우주에서는 이런 식으로 장례를 치르는 길밖에 별도리가 없는 것이다.

니콜라이 중령이 시체를 떠내려가게 하라는 말을 한 뒤에도, 눈시울을 적시고 있는 치올코프 교수와 고진 후보생은 좀처럼 손을 놓지 못했다.

"어서 놔요!"

니콜라이 중령이 소리쳤다.

두 사람은 그제야 정신이 든 듯이 서로 얼굴을 마주 보았다. 서로 먼저 손을 놓으라는 눈치다. 그럴수록 두 사람은 손을 놓지 못한다.

"아니, 언제까지 이러고 있을 테요?"

니콜라이 중령이 화가 난 듯이 박사의 시체에 매어 있는 노끈을 칼로 끊고 시체를 떠밀어 버렸다.

그러자 박사의 시체는 두 사람의 손을 떠나 우주 속 한끝으로 흘러가기 시작했다. 우주선은 달리고 시체는 자꾸만 더 떨어져 갔다.

그 끝이 어딘지 인간은 아무도 모른다. 그 시체가 어디까지 가서 멎을는지 모른다. 그저 시체는 흘러갔다.

자꾸만 검은 하늘 우주 끝 저 멀리로 흘러갔다.

고진 후보생은 흘러가는 박사의 시체 위에 눈을 얹고 마음속으로 그의 명복을 빌었다.

생각하면 가엾은 한 인간의 마지막이기도 했다. 그토록 인류를 위해 봉사의 생활을 해 온 사람도 적으련만, 그의 장례는 이토록 조촐한 것이었다. 누구 하나 명복을 빌어 주는 축복도 없이 그는 이 세상에 왔다가 이같이 가 버린 것이다.

네 사람의 대원들은 제각기 저마다의 생각에 젖으며, 막막한 우주의 대해로 까마득히 사라져 가는 박사의 시체를 굽어볼 뿐이었다.

세바스키 박사의 죽음은 C.C.C.P.호 대원들의 마음을 우울하게 만들었다. 지구에서 금성까지 태반을 달려오는 동안에도 아무 일 없었으나 한 사람이 죽은 일이 그들 모두에게는 남의 일 같지 않았다.

그러나 C.C.C.P.호는 이런 대원들의 불안을 아랑곳없이 줄곧 달려서 마침내 바라던 금성의 면전에 이른 것이다.

햇빛을 받은 금성을 덮은 구름이 뿌옇게 빛났다.

수많은 별이 빛나는 검은 하늘을 등지고 눈처럼 흰 금성을 보자 대원들은 탄성을 질렀다.

대원들은 저마다 카메라를 꺼내서 찍기 시작했다. 어떤 친구는 보통 카메라로 실수할까 염려하여, 자외선 카메라로 같은 광경을 다시 찍기도 했다.

C.C.C.P.호는 그 구름을 향하여 내려가기 시작했다.

그러자 대원들은 몸이 무거워지는 것을 느꼈다. 중력이 다시 생긴 것이다. 금성의 대기권 안에 들어선 것이다.

나타샤는 자기 몸무게가 다시 생긴 것을 알았다. 그녀는 신기한 듯이 몸을 일으키고 우주선 안을 걸어 보다가 넘어지고 말았다.

"내가 왜 이렇게 무거울까?"

나타샤는 중얼거리며 일어났다. 그것도 그럴 것이 약 2개월 동안이나 무게 없는 우주를 여행한 사람이고 보면, 갑자기 무게가 생기자 전에 없이 몸이 무겁게 느껴지는 것도 무리는 아니었다.

니콜라이 중령이 조종석에 앉고, 고진 후보생이 부조종석에 앉았다. 나타샤 양이 통신석에 앉고, 치올코프 교수가 망원경으로 금성을 관찰하였다.

C.C.C.P.호는 5만 킬로미터의 고도에 이르자 초속 25킬로미터의 속력으로 떨어지기 시작했다. 만일 브레이크 장치가 없다면, C.C.C.P.호는 20~30분 이내에 금성을 둘러싼 대기 속으로 떨어져서 금성이 끌어당기는 인력으로 그 속도를 더하여, 마침내는 유성처럼 타 버리고 말 것이다.

그러나 C.C.C.P.호의 원자력 엔진은 용하게, 금성의 인력에 이기며 매초 20킬로미터씩 떨어져 갔다.

금성은 더욱더 접근했다.

이제는 우주선의 속력이 초속 15~16킬로미터로 떨어지고, 금성까지의 거리는 1만 5,000킬로미터가 됐다.

이제부터 금성을 둘러쌌던 흰 구름은 그저 아름다운 구름으로만 보이지 않고 여러 층으로 덧겹친 것이 나타났다.

치올코프 교수는 망원경으로 구름이 터 있는 곳을 찾았다. 착륙할 장소를 찾기 위해서는 금성을 내려다볼 수 있는 구름이 트인 자리가 필요한 것이다. 그러나 좀처럼 구름이 트인 자리가 나타나지 않고, 천둥소리만이 요란하게 들렸다.

"구름이 하도 겹겹이 둘려서 빈틈이라곤 없나 봅니다."

치올코프 교수가 니콜라이 중령의 낯을 살피며 말했다.

"그럼 나타샤가 레이더로 찾아봐."

니콜라이 중령이 말했다.

우주선의 고도는 지금 500킬로미터까지 내려왔다. 스피드는 매초 8킬로미터까지 떨어졌다.

"레이더에도 빈 자리는 안 나타납니다."

나타샤가 말한다.

니콜라이 중령의 이맛살이 찌푸려졌다.

"그럼 구름까지 고도가 얼마나 되나 알아봐!"

그것은 간단한 일이었다. 레이더 전파가 구름에 가 닿고 돌아오는 데 불과 1초도 못 걸리니 그 답은 즉각적으로 나왔다.

"170킬로미터입니다."

"그럼 금성의 표면까지는 얼마지?"

"240킬로미터입니다."

"그럼 금성의 표면에서 구름까지는 얼마가 돼? 그렇지, 70킬로미터로군. 금성의 표면에서 구름의 높이는 약 70킬로미터야, 아주 가까워."

니콜라이 중령은 잠시 생각하고 나서 명령을 내렸다.

"고진 군, 착륙용 보조 날개를 펴 주게. 지금부터 보조 날개가 필요해. 빨리!"

고진은 명령대로 보조 날개가 나오는 단추를 눌렀다. 그러자 큼직한 날개가 나와서 마치 로켓 비행기 모양으로 바뀌었다.

나타샤 양은 줄곧 고도를 보고했다.

"고도 150킬로미터…… 100킬로미터…… 70킬로미터……."

그러나 아무리 구름을 뚫고 내려가도 금성의 표면은 지구처럼 맑게 보이질 않는다. 뿌연 안개에 덮여 밑을 내려다볼 수 없는 것이다.

"50킬로미터…… 40킬로미터…… 30킬로미터……."

대원들은 일제히 심장이 두근거리는 것을 느꼈다. 바로 30킬로미터 밑에 신비에 싸인 금성이 펼쳐져 있는 것이다.

"안개만 없다면!"

대원들은 바랄 수 없는 일임을 잘 알면서도 그것을 바랐다.

우주선은 지금 포탄처럼 떨어지다가 비행기처럼 수평을 잡기 시작했다. 공기 속을 비행하기 위해서다. 바로 그때 우주선의 창문이 환히 밝으며 기체가 요란하게 흔들리는 충격에 대원들은 한쪽으로 쓰러졌다.

"날개가 부러졌어, 벼락을 맞았어!"

치올코프 교수가 창백한 얼굴로 외쳤다. 그와 동시에 벼락 떨어지는 소리가 그들의 귓전을 후려갈겼다.

실로 말로 형용하기 어려운 처절한 장면이 C.C.C.P.호의 앞뒤와 측면에서 벌어졌다.

번갯불이 잇달아 일고 천둥소리가 요란하다.

니콜라이 중령은 이런 속에서 무엇을 해야 좋을지 분간을 못 했다.

우주선의 꼬리와 날개에 불이 붙고 있는 것 같지만 우주선 밖으로 나가 볼 수도 없다. 그 위에 먼지를 안은 바람은 폭풍처럼 불어서 우주선을 마구 흔들어 댔다.

이런 속을 C.C.C.P.호는 시속 약 200킬로미터의 속력으로 수평을 유지하는 비행을 계속하며 행여 착륙할 장소를 찾아본다.

그러나 보이는 것은 바다와 산뿐, 어디로 진로를 잡아야 할지조차 분간이 가지 않았다. 때때로 어디서 솟아올랐는지 무서운 물기둥이 우주선을 후려갈겼다. 그것은 물속의 화산에서 뿜어 올리는 1,000도를 넘는 용암이 섞인 죽탕물*이었다.

우주선 안의 모든 신호등이 거의 빨간불이 켜지고 잇달아 요란한 벨 소리를 울렸다.

빨간불, 번개, 천둥소리, 벨 소리, 파도치는 물거품, 폭풍우, 화산

---

* **죽탕물** 흙이 풀리어 곤죽이 된 물.

이 터지는 소리, 이런 것이 한데 어울려 C.C.C.P.호 대원들의 간담을 뺏어 버리고 말았다. 눈앞이 핑핑 돌며 귓전이 윙윙 울렸다.

아무리 담이 굵은 사람도 이런 지경에서 열 시간을 견딜 수 있다면 사람의 힘을 넘어선 초인간일 것만 같다.

니콜라이 중령은 이런 속에서도 용케 조종간을 잡고 견뎌 냈다. 고진 후보생은 무표정하게 되어지는 일을 지켜보았다. 나타샤 양은 반 정신이 나간 사람처럼 그 올롱한 눈을 한층 더 토끼처럼 굴리며 떨고 있다. 치올코프 교수는 늙은이답게 이런 어려운 가운데서도 침착하게 참아 보려고 하나, 망원경을 집어 던진 지 이미 오래다.

누구 하나 지금은 카메라로 사진을 찍거나 머리에 인상을 새겨서 지구로 가져간다는 꿈 같은 생각을 품는 이도 없다.

대원들을 지배하는 것은 오직 두려움과 그들의 운명에 대해 어떤 초인간에게 바치는 기도뿐이었다.

"오, 하느님."

치올코프 교수는 입 밖에 내서 신을 찾았다. 나타샤는 어머니를 찾았다.

니콜라이 중령도 속으로는 몇 번이고 하느님을 찾았는지 모른다.

이렇게 대원들이 허탈한 마음으로 있을 때 우주선 앞으로 검은 그림자가 불쑥 나타났다.

"산이다!"

치올코프 교수가 외쳤다.

"커브를!"

고진 후보생이 외치며, 니콜라이 중령의 손에서 핸들을 뺏듯이 꺾어 돌렸다.

니콜라이 중령도 이제는 어리벙벙하여 그저 남이 하는 대로 맡겼다.

그러나 그다음 순간 또 하나의 검은 그림자가 나타났다.

"산이다!"

또 누가 외쳤다. 니콜라이 중령이 이번에는 급커브를 왼쪽으로 꺾었다.

그러나 그것은 산이 아니었다. 산 위를 덮은 검은 연기다.

화산에서 뻗어 올라오는 검은 연기 속으로 C.C.C.P.호는 빠지고 만 것이다.

니콜라이 중령이 그것을 깨닫고 핸들을 다시 오른쪽으로 틀 때, 중령의 눈에는 시뻘건 불길이 산더미처럼 우주선을 향하여 뻗어 오르는 것이 보였다.

"용암이다!"

그는 핸들을 다그채며 그 자리에 쓰러지고 말았다.

# 11. 골짜기에 선 집

하늘은 여전히 먹장구름에 덮여 있다. 태양은 비출 줄을 모른다. 수평선에는 지금도 번개가 일고, 천둥소리가 바람을 몰고 온다. 바다는 설레고 화산은 터졌다.

그 높다란 화산을 감돌아 한참 떨어진 곳에 바다를 사이 두고 또 하나의 드높은 산줄기가 우뚝 솟아 있다. 그 골짜기엔 숲이 우거지고 어떤 곳에는 사람 키보다 더 큰 버섯들이 즐비하다. 마치 사막의 선인장 같은 버섯군을 여지없이 뭉개 버리고 이 골짜기에 한 대의 큰 우주선이 추락한 것이 보였다. C.C.C.P.호였다.

C.C.C.P.호는 군데군데 구멍이 나고, 꼬리에는 아직도 불이 붙어 있어서 그 안에 사람이 살아 있으리라고는 믿어지지 않는다.

그러나 대원들은 죽지 않았다.

먼저 정신이 든 것은 나타샤 양이었다.

나타샤 양은 정신이 들자 눈을 두리번거리며 우주선 안을 둘러본다.

대원들이 마치 죽은 시체들처럼 여기저기 쓰러져서 뒹굴고 있다.

니콜라이 중령은 조종간 앞에 거꾸러진 채, 코에서 피를 흘리고 있다. 치올코프 교수는 의자에서 떨어져서 방바닥에 엎드렸다. 고진 후보생은 부조종석에서 한 손이 비상 제동기에 걸린 채 몸이 의자 밑으로 늘어졌다. 나타샤 양은 고진이 신음하는 소리를 듣고 그의 곁으로 다가갔다.

"토바리시 고진●! 고진?"

나타샤 양이 고진의 몸을 흔들었다. 그러자 고진은 눈을 떴다. 그리고 말끄러미 나타샤 양을 쳐다보다가 자기가 쓰러져 있는 것을 깨닫고 부끄러운 듯이 벌떡 몸을 일으키려고 손과 발에 힘을 준다. 그러나 다음 순간 고진은 비명을 지르며 다시 거꾸러졌다.

이것을 본 나타샤 양이 놀란 듯이 달려가서 고진의 몸을 일으켰다.

"토바리시 고진, 웬일이에요? 어디 다쳤어요?"

"아니, 아무렇지도 않아."

---

● **토바리시 고진** 고진 동무. '토바리시'는 '동무'라는 뜻의 러시아어.

고진은 처녀에게 자기가 부축된 것을 깨닫고, 자기 힘으로 몸을 지탱해 보려고 나타샤의 가슴을 떠밀며 몸을 일으키려다가, 다시 신음하며 나타샤에게 쓰러졌다.

"괜찮아요. 제게 기대세요. 팔을 다치셨나 봐요."

나타샤 양은 한 손으로 고진의 오른팔을 만져 보다가,

"아니, 이 팔이 왜 이래요?"

고진의 오른쪽 팔이 따로 노는 것을 보고 당황하여 붙들었다.

고진 후보생도 그제야 자기 팔이 부러졌다는 것을 깨달았다. 고진은 부러진 자기 팔을 만지다가 쑤시듯이 아픔을 느끼자, 입을 딱 벌리고 가까스로 비명이 나오려는 것을 참았다.

"그것 보세요. 제게 기대라지 않아요. 제가 봐 드리겠어요."

나타샤 양이 고진의 팔을 잡았다.

"이 손 놔요."

고진은 마치 원수에게 잡힌 것처럼 손을 뿌리쳤다.

"뼈를 맞춰야죠."

"내가 맞출 테야."

"혼자서요?"

나타샤 양이 놀란 듯이 고진을 마주 본다. 고진은 이런 때 비겁해질 수 없다는 듯이 용기를 내서 자기 팔을 자기 손으로 맞추려고 왼손으로 오른손을 잡아당겼다.

그 순간 고진은 신음하며 앞으로 쓰러지려고 했다.

"도와 드릴게요."

나타샤 양이 다시 부축하며 팔을 잡았다.

"나 혼자 한다니까."

고진은 다시 일어나서 발로 손을 밟고 이를 악문 다음, 어깨의 힘으로 오른팔을 뒤로 잡아 젖혔다. 그러자 뚝 소리와 함께 뼈가 제자리로 들어붙었다.

"휴—."

고진의 이마에서는 진땀이 샘처럼 흘러내렸다.

"대단하시군요!"

나타샤 양이 감탄한 듯이 눈을 깜박이며 말끔히 고진을 바라본다. 고진은 그제야 만족한 듯이 나타샤를 똑바로 마주 보았다. 그리고 속으로 이런 때 나타샤가 최미옥 양이라면 얼마나 좋을까고 못내 아쉬워했다.

"처매 드릴게요."

나타샤 양은 방 안을 두리번거리다가 테이블 밑에 떨어진 큼직한 노트를 주워 왔다. 그것을 고진의 팔에 대고, 의약 함에서 붕대를 꺼내다가 감아 주기 시작했다. 나타샤 양은 붕대를 다 감자, 나머지 붕대로 멜빵을 만들어 어깨에 걸어 주고, 의약 함에서 병을 가져다가 알약 한 알을 꺼내 준다.

"무슨 약이지?"

"고단위 합성 분자 알약."

"고맙소."

고진은 약을 받아먹었다.

고진은 부러진 팔을 맞춘 뒤에야 방 안을 둘러보았다.

대원들은 아직 쓰러진 채였다. 뚫어진 구멍으로는 금성의 특이하게 뜨겁고 후끈한 공기가 새어 들어오고 고얀 냄새를 풍겼다.

고진 후보생은 가슴에 달린 산소 출력을 높이는 다이얼을 올린 다음, 유심히 방 안을 둘러보았다.

"원자력 엔진은 상하지 않았군!"

고진은 동력실에 초록 불이 켜 있는 것을 보고 요행이란 듯이 중얼거렸다. 그러나 벽으로 가다가 창밖을 내다보고는 급히 맞은 쪽 벽으로 달려갔다. 아직도 우주선 꼬리의 보조 날개가 타고 있는 것이다.

고진은 벽에 붙은 단추 하나를 눌렀다.

그러자 우주선 밖으로 소화액이 나와서 기체가 되어 우주선을 감싸 주면서 바깥 불을 꺼 주었다.

고진은 겨우 한숨을 내쉬며 우주선에 뚫린 구멍들을 막으려고 다시 맞은쪽 벽으로 가는데 나타샤가 소리쳤다.

"저것 봐요!"

고진은 나타샤가 가리키는 쪽을 보았다. 그가 바라보는 골짜기에서는 시뻘겋게 엿물처럼 녹은 용암이 나무와 온갖 것을 태우며 이쪽으로 흘러오고 있지 않은가.

"대원들을 깨워야 해, 어서!"

고진은 외쳤다.

니콜라이 중령과 치올코프 교수는 억지로 신음하며 깨어났지만 미처 정신을 못 차리다가, 눈앞으로 다가오는 시뻘건 용암을 보고야 정신이 번쩍 들었다.

"어떡하지?"

니콜라이 중령이 허둥지둥 자리에서 일어났다.

"어서 여기를 피합시다."

"어디로?"

"아무 데로나 떠야죠. 어서 기체를 바로잡아 주세요."

니콜라이 중령은 비로소 우주선이 골짜기에 구겨 박혀서 옆으로 누운 것을 깨달은 듯이 기체를 바로잡는 분사 장치에 스위치를 걸었다. 그러나 가스도 안 나오고 우주선은 꼼짝도 하지 않는다.

"이거 큰일 났군! 어떻게 뜨지?"

"뜰 수 없죠."

"그래도 떠야지. 저 용암이 우주선을 덮으면 마지막이 아냐?"

"어디로 뜨겠어요? 그대로 뜨면, 우주선은 저 앞의 산턱을 받을 테니 우리는 어떻게 되죠?"

"그럼 어떡해?"

"길은 한 가지뿐입니다. 우주선을 버리고 우리만이라도 피난을 해야 합니다."

"우주선을 버려? 우리 생명보다 소중한 우주선을? 그건 안 돼."

"그럼 어떡하실 작정입니까?"

"죽어도 우주선은 못 버린다. 네가 타고 떠라!"

니콜라이 중령은 갑자기 험악한 얼굴을 하며 허리에서 총을 꺼내 들었다.

"내가 뜨면 당신들은 어떻게 할 참이오?"

"우리는 비상 로켓으로 탈출하겠다."

고진 후보생은 그 말을 듣자 한바탕 웃었다.

"정말 당신 같은 말이군요."

"제발 뜰 준비를 해 주게, 이 우주선은 내 생명이야. 이 우주선만 건져 주면 어떤 일이라도 해 주겠네. 어서!"

니콜라이 중령은 한편으론 애원하고 한편으로는 총을 고진의 가슴에 겨누고 위협했다. 또 한편으로는 나타샤와 치올코프 교수에게 소리 지르며 명령을 내렸다.

"나타샤는 비행 보트를 타고 떠나! 치올코프 교수, 동무는 비상 로켓을 타고 달아나. 나는 헬리콥터를 타겠소. 빨리!"

니콜라이 중령의 명령에 세 사람은 제각기 행동을 개시했다.

먼저 나타샤가 비행 보트를 탔다. 다음에 치올코프 교수가 비상 로켓을 탔다.

"방향은 어디죠?"

"되도록 화산에서 떨어진 곳, 장소는 뒤에 내가 지시하겠소."

나타샤가 고진 후보생에게 미안한 듯이 야릇한 눈으로 뒤돌아보며 비행 보트를 띄웠다. 그 꼬리에서 뿜는 제트 분사음이 고막을 울렸다. 그 뒤를 따라 치올코프 교수가 비상 로켓기를 띄웠다.

"자, 그럼 당신도 뜨시오."

고진 후보생이 부러진 오른팔을 어루만지며 니콜라이 중령을 마주 본다.

"자네가 뜨는 것을 봐야 나도 뜨겠네."

니콜라이 중령은 여전히 총을 손에 든 채 고진의 동작을 지켜본다.

"내가 뜨면 당신도 마지막이오. 저 산이 안 보이오?"

"상관없으니 어서 떠."

"어서 헬리콥터를 타시죠."

고진이 조용히 말하자, 니콜라이 중령은 고진의 말대로 헬리콥터에 올랐다. 그리고 엔진을 걸고 다시 외쳤다.

"어서 떠 주게, 어서!"

벌써 뺄건 용암의 흐름은 우주선 콧머리까지 다가왔다.

고진은 이런 때 취할 길이 무엇인가를 생각해 보았다. 니콜라이 중령을 차라리 죽여 버리는 길, 그리고 헬리콥터를 뺏어 가지고 자기가 달아나는 길 등 마음이 동요하는 것을 가라앉힐 길이 없었으나, 다음 순간 그는 조용히 니콜라이 중령의 명령에 복종하기로 결심했다. 한 팔이 부러진 지금 니콜라이 중령과 같이 억센 사나이와 격투를 할 수는 없고, 그뿐만 아니라, 설사 헬리콥터로 용암이 흐르는 골짜기를 탈출해 본댔자 우주선을 잃은 이상, 죽음의 연장은 불과 시간문제밖에 안 된다고 생각했기 때문이다.

그래서 고진 후보생은 조종간을 힘껏 외로 틀고는 눈을 감고 조용히 우주선의 발사 스위치를 넣었다.

그러자 천지를 진동하는 폭음과 함께 우주선은 앞에 보이는 산을 향하여 돌진해 갔다. 그 순간에 니콜라이 중령은 헬리콥터를 띄웠다. 마치 곡예사 같은 방법으로 네 사람은 저마다 뿔뿔이 갈라지고 말았다.

세 대의 피난기들은 간신히 죽음의 골짜기를 벗어나자, 이제는 보다 안전한 착륙 장소를 찾으며 평지를 찾아 날았다. 그러나 그런 곳은 좀처럼 눈에 뜨이지 않았다. 그래서 속도가 다른 세 대의 비행물은 제각기 안전한 착륙지를 찾아 헤매었다.

그런데 헬리콥터로 뒤늦게 쫓아오던 니콜라이 중령이 어떤 높은 산허리를 돌자 이상한 바람이 헬리콥터를 향하여 불어오는 것을 깨달았다.

그것이 폭풍우라면 몰라도, 이것은 먼지가 섞인 금성의 바람과는 달리 비교적 맑고 또 시원한 바람이라고 느꼈다.

이상히 여긴 니콜라이 중령은 그 바람결을 유심히 지켜보았다. 그러자 그 바람은 높은 곳에서 골짜기로 빠져나오고 있다는 것을 깨달았다.

니콜라이 중령은 호기심이 솟았다.

"바람결을 거슬러 올라가 봐야지."

화산의 위험은 벗어난 때이므로 좀 두렵기는 하지만, 그 골짜기로 들어서 보기로 결심했다. 그래서 니콜라이 중령은 면이 높은 산줄기로 둘린 골짜기를 타고 그 바람을 거슬러 올라갔다. 그러자 차차 그 바람이 보통 바람과는 다르다는 것을 더욱 확신하게 되었다. 그 시원한 바람은 골짜기를 타고 거슬러 올라가면 갈수록 뚜렷해졌다. 지금까지 섭씨 90도를 넘던 더위가 아랑곳없다는 듯이 시원한 바람이 불어 내려오는 것이다.

"이건 사람이 살 만한 기온인데."

니콜라이 중령은 감탄하며 산봉우리를 향하여 거슬러 올라갔다.

이렇게 한참을 올라가자 구름이 두 층으로 갈라진 곳에 이르렀다. 한 층은 헬리콥터 밑으로 퍼져 있고 또 한 층의 구름은 산봉우리 위로 높이 떠 있다.

그런데 암만해도 시원한 바람은 그 높은 구름이 있는 곳에서 산골짜기를 따라 한쪽 면이 트인 쪽으로 불어 내리는 것 같았다.

니콜라이 중령은 이런 현상을 보고 금성의 어떤 구름층에는 찬 기온이 있다는 말이 생각났다. 금성과 같이 구름으로 덮인 별은 태양의 열을 받기만 하고 밖으로 내보낼 수 없으니까 뜨겁기만 하리라고 생각했으므로 두 층의 구름이 태양의 열과 금성에서 생기는 뜨거운 열을 서로 막아서 그렇게 시원한 지대를 만들었나 싶었다.

그러나 한편 뜨거운 공기가 찬 공기 쪽으로 흐르는 것이 정상적이라고 생각하면 찬 공기가 뜨거운 공기 쪽으로 흘러온다는 것이 좀 이해하기 어려웠다.

그런 납득이 안 가는 의문은 방 안의 뜨거운 공기와 바깥의 찬 공기가 서로 잘 순환할 수도 있다는 상식적인 생각으로 적당히 해석하고 니콜라이 중령은 우선 그곳을 착륙 장소로 정했다.

니콜라이 중령은 로켓기와 비행 보트를 불렀다. 니콜라이 중령이 착륙 지점을 정하는 동안 방황하던 두 비행기가 날아왔다. 니콜라이 중령은 자기가 정한 평지로 두 비행기를 유도하여 같이 내렸다.

이렇게 내려다보니 그 평지는 산줄기 사이에 오붓하게 펴 있는 분지라는 것을 깨달았다.

니콜라이 중령은 그곳이 무척 조용하고 금성의 공기치고는 사람이 살 만한 곳이라고 느꼈다. 그래서 그는 우주모를 벗고 일부러 골짜기의 공기를 조금 마셔 보았다.

"야— 이건 마실 만한 공긴데?"

니콜라이 중령은 마치 어떤 기적이라도 눈앞에 보는 듯이 감탄하여 마지않았다.

"다들 마스크를 벗고 이 공기를 마셔 봐요."

니콜라이 중령이 어린애처럼 좋아서 두 대원들에게도 시험적으로 공기를 마셔 보라고 권했다.

"설마요?"

나타샤 양과 치올코프 교수는 믿을 수 없는 얘기란 듯이 우주모를 벗고 공기를 마셔 보았다. 처음에는 무서워 조금씩 마시고 나중에는 좀 더 많이 마셨다 뱉어 보았다. 물론 이상한 냄새가 안 나는 것은 아니지만, 그래도 산소마스크 없이도 마실 만한 공기라는 것을 알자, 모두 얼싸안고 춤을 출 듯이 기뻐했다.

"금성에 맑은 공기가 흐르다니, 정말 기적 같은 일이오."

치올코프 교수도 뜻밖의 좋은 피난처를 발견한 것을 대견히 여겼다.

그러나 잠시 뒤 대원들이 타고 있던 비행 틀을 나와 그 주변을 얼마 걷기도 전에 새로운 사실을 발견했다.

지금까지 숲으로 덮인 평지로만 알고 있던 분지에는 이상한 집들이 서 있는 것이다. 마치 둥근 무덤 같은 지붕을 가진 집들이 대여섯 채나 나타난 것이었다.

"저게 뭐죠?"

먼저 발견한 나타샤가 물었다.

"벌써 사람이 와서 기지를 만들었을까?"

"설마?"

세 사람은 제멋대로 이런 생각을 하며 공상을 달렸다.

"어쩌면 저것은 금성인이 사는 집인지도 몰라요."

나타샤 양이 흥분한 말투로 지껄였다. 그러나 대원들은 어쩐지 두려운 마음이 앞섰다. 과학 소설에서 읽던 뿔이 난 도깨비 같은 금성인이 한꺼번에 머리에 떠올랐다.

"이제 어떡하죠?"

나타샤 양이 발걸음을 멈추고 묻는다.

"모처럼 좋은 피난처를 발견했다고 생각했는데ㅡ."

니콜라이 중령이 못내 아쉬운 듯이 푸념을 했다.

"또 다른 자리를 찾아보는 것이 좋겠소."

치올코프 교수도 불안한 눈초리를 둥근 지붕 위에 던지며 중얼거렸다.

"그럴 순 없소. 이보다 나은 장소를 이 금성 위에서 찾는다는 것은 어려울 것 같소. 저것들이 무엇인지 알아보지도 않고 후퇴할 수는 없잖소?"

"그럼 어떡하실 참입니까?"

"내가 가 보겠소."

"저 집 안에요?"

"물론."

"그러다가 만일의 일이라도 있으면 어떡해요?"

"만일을 염려해서 후퇴한단 말요?"

니콜라이 중령은 압축한 영양 음식 알과 고단위 비타민을 몇 알씩 꺼내 먹고, 허리에서 총을 꺼내 들었다. 그리고 앞에 보이는 집을 향하여 숲을 헤치고 전진했다.

"나도 같이 가겠소."

치올코프 교수가 혼자 나서는 니콜라이 중령을 보자 미안한 듯이 말했다.

"교수는 안 되오. 비행 틀들을 지켜야 하오."

"그럼 제가 같이 가겠어요."

"나타샤 양이?"

니콜라이 중령은 잠시 망설이며 나타샤를 바라보다가 같이 가자고 한다.

두 사람은 이리하여 다시 전진을 계속했다.

두 사람은 드디어 그 둥근 지붕의 문전에 다다랐다. 그 문 같은 곳에 달린 단추를 누르자, 문이 열리는 것이 아니라, 그들이 서 있는 바닥이 그대로 땅속으로 쑥 내려가기 시작한다.

"어마나!"

나타샤는 놀라서 니콜라이 중령을 붙들었다. 니콜라이 중령도 놀라서 눈을 크게 뜨고 꺼져 내려가는 바닥을 굽어본다. 그러나 그들이 섰던 자리는 마치 엘리베이터처럼 조용히 내려가서 멎고는 안쪽으로 문이 저절로 열렸다.

두 사람은 총을 바짝 쥐고 그들 앞에 벌어진 방 안을 둘러보았다. 그런데 사람 같은 그림자는 하나도 안 보이고 이상한 기계 장치만이 방 안에 가득 차 있다.

"저것들이 뭘까요?"

나타샤 양은 우선 무서운 괴물 같은 금성인이 보이지 않는 것을 요행히 여기며 종알댔다. 니콜라이 중령은 여전히 총을 바싹 쥔 채 방 안을 둘러본다. 그 방은 빙빙 돌게 된 듯한 벨트와 용광로라고 짐작되는 작은 난로와 거기서 무엇인가 흐르던 흔적이 있는 흐름통이 가운데를 뚫고 지나가고 있다.

"이건 마치 작은 제련소 같군."

니콜라이 중령은 중얼거리며 다음 방으로 들어섰다. 여기도 앞서 방과 같은 시설이 되어 있고, 별로 다른 것은 눈에 띄지 않았다. 니콜라이 중령과 나타샤 양은 다시 용기를 얻어 다음 방으로 들어섰다. 그러나 이 방에도 앞서의 방과 별로 다른 시설이라곤 보이지 않았다. 한 가지 다른 것이 있다면 조금 높은 곳에 방 안에 꾸민 작은 방이 또 하나 있는 것뿐이다. 니콜라이 중령은 그 속을 들여다 보았다. 그러자 놀란 듯이 한 걸음 뒤로 물러서며 총을 겨누었다. 니콜라이 중령은 바로 자기 눈앞에 괴상한 사람을 발견한 것이다. 수많은 계기판이 붙은 벽을 세 개의 눈으로 지켜보는 그의 눈에는 빛이 없고, 그 괴상한 사람은 그저 조용히 담벽만 지켜보고 앉았을 뿐이다. 니콜라이 중령은 한 걸음 더 가까이 가서 그의 얼굴을 마주 보려고 했다. 그러나 그 양파처럼 둥글납작한 얼굴을 한 괴인은 돌아보지도 않는다. 니콜라이 중령은

"여보시오."

하고 불러 보았다. 그러나 아무 대답도 없고 돌아보지도 않는다.

"도대체 사람인가 귀신인가?"

니콜라이 중령은 총대로 괴인을 찔러 보았다. 그래도 그는 움직이지 않는다.

"으하하…… 이건 사람이 아니야, 로봇인 모양이지."

니콜라이 중령은 갑자기 긴장했던 기분이 풀리자 그 로봇을 앞뒤로 훑어보았다. 양파 같은 얼굴, 세 개의 눈과 한 개의 귀, 발과 손은 두 개에 가슴통만이 유난히 크다.

니콜라이 중령은 그 로봇 가슴에 붙은 단추를 눌렀다. 그러자 별안간 큰일이 벌어졌다. 로봇의 잠자는 듯하던 세 개의 눈이 갑자기 빛을 발하고, 벽에 붙은 계기판의 신호등이 일제히 불을 켜며 방안에 있는 모든 기계가 동시에 움직이기 시작한 것이었다. 그 요란한 소리에 놀란 니콜라이 중령과 나타샤 양은 사냥꾼에게 쫓기는 사슴처럼 달아나기 시작했다.

# 12. 대답 없는 메아리


고진 후보생은 출렁거리는 파도 소리를 듣고야 정신이 들었다.

"살았군."

고진은 산 것만이 천만뜻밖인 듯이 우주선 밖을 내다보다 자기가 탄 우주선이 바다에 추락한 것을 깨달았다. 어떻게 우주선이 산을 들이받지 않고 바다에 떨어졌는지, 기적만 같았다. 그러나 고진은 처음부터 바다로 떨어지게 방향을 잡아 놓았던 것이다. 니콜라이 중령이 자기에게 죽음의 출발을 강요할 때 고진은 힘껏 방향 장치를 외로 틀고 출발 단추를 눌렀던 것이다.

그런데 우주선은 처음엔 느린 속도로 뜨기 때문에 산비탈을 세차게 들이받기는 했지만, 아주 충돌하지 않고 그대로 바다 있는 쪽으로 떨어지고 만 것이었다. 그러니까 우주선은 제대로 뜨지는 못했지만 화산에서 흐르는 용암의 골짜기를 벗어나서 바다로 떨어질 수 있었던 것이다.

"천운이다!"

고진은 그때처럼 진심으로 신에게 감사를 드린 때는 없다. 신이 돕지 않고는 이런 기적은 이루어질 수 없다고 생각했다.

"이제는 니콜라이에게 매수를 당할 수 없다. 이 우주선은 내가 죽음으로 얻은 내 우주선이다. 이 우주선만 고치면 나는 지구로 돌아갈 수도 있을 것이다."

고진은 이렇게 생각하자, 용기가 나서 다음에 할 일을 생각했다. 우선 우주선을 고치는 일이 급선무다. 그다음엔 할 수만 있다면, 금성에서 얻을 수 있는 자료를 수집하고, 사진을 찍어 가지고 가는 것이라고 생각하며, 우선 뚫어진 구멍과 타 버린 보조 날개의 수리에 착수했다. 지구의 시간으로 사흘이 걸렸다. 크나큰 우주선에는 고진 후보생이 혼자 있으므로 고독한 마음은 이루 헤아릴 바 없었다. 팔도 아프고 머리도 지끈지끈 쑤셨다.

"방사능 때문일 거다."

고진은 뚫린 구멍에서 들어오는 금성의 공기 속에는 방사능이 많이 섞여 있다는 것을 짐작한다. 그러나 그것을 무릅쓰고 수리 작업을 계속하는 동안에 몸도 지치고 마음도 지쳤다.

차차 금성의 밤이 다가왔다. 긴 낮이 지나고 어슴푸레 자줏빛 물

감을 푼 듯한 저녁이 수평선 위에 한가득 퍼지자, 고진은 한층 더 적막한 생각으로 가슴이 미어지는 듯했다.

어디선지 또 화산이 터지는 듯한 소리가 바다를 타고 흘러왔다.

지구의 시간으로 따지면 아침이 될 무렵에 우주선은 완전히 어둠 속에 뒤덮이고 말았다.

고진은 우주선에 달린 서치라이트로 바다 위를 비추어 보았다.

군데군데 파도 아닌 물속의 화산에서 뿜는 물기둥이 또렷이 보이고, 때때로 이는 번갯불이 한층 더 스산한 밤의 기분을 더해 주었다.

고진은 밤이 새기를 기다려 우주선을 해안에 대고 육지에 올랐다.

"이까지 와서 빈손으로 올라갈 순 없지."

고진은 혼자서 중얼거리며 카메라를 메고, 산이 있는 쪽으로 발길을 옮겼다.

찬란한 아침.

상쾌한 아침.

밝은 태양과 푸른 하늘이 있는 지구의 아침.

그런 아침과는 비교를 할 수도 없었지만, 그러나 금성의 아침도 제법 밝은 빛이 뿌연 안개 속에 퍼져 금성의 누리를 덮었다. 구름이 바다의 안개와 거의 맞닿은 금성이고 보면, 우주 공간에서처럼 그렇게 눈부신 햇빛을 바라볼 엄두를 낼 순 없지만, 지금 먼지 안개 속에 퍼진 빛은 고진이 서 있는 둘레를 그런대로 내다볼 수 있게 했다. 그것은 좋게 말하면 금강산의 비로봉에 올라간 사람이 뭉게뭉게 피어오르는 구름 사이로 사자협에 핀 단풍을 내려다보는 기분과 겨냥해 볼 수도 있음 직하다.

　고진 후보생은 이런 감회에 젖으며 일찍이 인간이 발을 내디딘 일 없는 고지를 기어오르며 마치 시인이나 된 듯이 가슴을 메우는 뿌듯한 감회에 젖었다. 만일 그가 시인이라면 두 손을 높이 쳐들고 하늘을 우러러보며, 그의 감명을 노래할 수도 있었을지 모른다.


　　오, 나는 왔노라.
　　신비로운 샛별아.
　　그렇게도 멀리서 반짝이던
　　네 품에
　　이제금 나는 와 안겼노라.
　　억 년을 두고 흘러온 네 전설이
　　아무리 길다 한들.
　　네 얼굴 위에 드리운 장막이
　　아무리 무거운들.
　　나는 풀리라
　　네 전설을
　　나는 열리라
　　네 입술을—.

사실 고진 후보생은 소리를 내서 시를 읊지는 않았지만, 마음속으로는 그 이상의 것을 느꼈다.

고진 후보생은 오른팔이 상한 탓으로, 왼손으로 우주복 멜빵에 달린 카메라를 조작하여 사진을 몇 장 찍었다. 그리고 방금 카메라를 제자리로 돌려놓으려고 하는 찰나에 이상한 일을 당했다. 무엇인지 뒤에서 자기 목을 조르는 것이다.

고진은 놀라서 소리를 지르며 뒤돌아보려고 했지만, 어른이 뒤에서 어린애의 눈을 가린 때처럼 뒤돌아볼 수조차 없다. 고진은 정말 어린애처럼 자기를 붙든 이를 알아보려고 자기 발부리를 내려다보았다. 그런데 웬일인지 그의 발부리 뒤에는 다른 사람의 발 같은 것은 보이지 않았다.

"당신은 누구요?"

불안해지기 시작한 고진이 소리쳐 보았지만 대답이 없다.

혹시 같이 온 지구인의 농이 아닌가 싶었던 기대마저 깨어지자 불길한 예감이 고진의 머리를 스치고 지나갔다.

'이게 뭘까? 어쩌면……?'

고진 후보생은 갑자기 무서운 생각이 들어 소름이 끼쳤다. 세바스키 교수에게서 전해 들은 얘기지만, 어떤 정글 속에서 일어났었다는 일들이 생생하게 눈앞에 떠오른 것이다. 사람을 휘어 감아 말아 올리고는 피를 빨아 먹는 나뭇가지들과 싸웠다던 일들이, 필름처럼 그의 머리를 스치고 지나갔다.

아닌 게 아니라 그 무엇인가는 지금도 그의 목을 조르는 힘을 늦추려 하지 않는다.

'이것이 그 나무가 아냐?'

고진 후보생은 재빨리 허리에서 칼을 뽑아 자기 목을 조른 귀 쪽을 들이쳤다.

그러나 나뭇가지라고 생각한 그 무엇은 끄떡도 하지 않는다. 귀에 들리는 것은 칼날이 부딪는 소리뿐, 목을 조르는 힘은 조금도 늦춰지지 않는다.

"휴—."

고진 후보생의 몸에서는 땀이 흘러내렸다.

'이게 도대체 무엇일까? 설마 뱀은 아닐 테지…….'

고진 후보생은 숨이 답답해 오는 것을 느끼면서도 이런 생각을 하고 있었다.

'이제는 마지막 수단을 다해 보는 수밖에 없다.'

고진 후보생은 그제야 힘 있는 대로 몸부림을 치며 한사코 그 괴수(怪獸)*에게서 빠져나오려고 안간힘을 썼다. 그러자 몸에서는 열이 부쩍 오르고, 우주복 냉각 장치를 올리지 않고는 견딜 수 없게 되었다.

---

• 괴수 괴상하게 생긴 짐승.

"사람 살려요…… 사람……."

고진 후보생은 외쳐 보려고 했지만, 목이 졸린 데다가 입술은 타는 듯이 말라서 소리가 나오질 않았다. 고진은 마른 혀에 물을 축이기 위해, 물통의 튜브를 헬멧 안의 입으로 가져가려고 기를 썼다. 그런데 어찌 된 일인지 갑자기 목이 풀리는 것을 느꼈다.

"응?"

고진은 황급히 목을 벗기고 돌아서면서 왼손에 광선 무기를 들고 방아쇠를 당기려다가 당황하여 멈췄다. 이게 도대체 어찌 된 일인가?

지금까지 고진의 머리에 오가던 괴물은 간 곳도 없고, 고진 앞에 보이는 것은 이상한 돌과 그 돌 틈에서 솟아 나온 이상한 가지뿐이다.

'이게 바로 내 목을 감았던 놈이야?'

고진은 기가 찬 듯이 석순(石筍)같이 생긴 돌 가지를 총대로 쿡쿡 찔러 보았다. 그러자 기다랗게 솟아 나온 매듭 진 돌 가지는 이내 총대를 감기 시작했다.

'무엇이?'

고진 후보생은 깜짝 놀라서 총대를 다그쳤다.

'이런 놈 봤나. 쇠를 감는 돌이 다 있어?'

고진은 이번에는 수건을 내밀어 보았다. 그랬더니 그 돌 가지는 앞서처럼 민활하지는 못하지만, 그래도 수건을 감으려 드는 것이다.

총대도 감고 수건도 감고 사람 목도 감을 수 있는 돌 가지!

이것은 아무리 합리적으로 생각해 보아도 과학적으로는 해석이 잘 되질 않았다. 만일 돌에 지남철 성분이 섞였다면 쇠에만 달려들 것이지 수건에까지 달려들 순 없는 게 아닌가. 그렇다면 돌 가지를 움직이는 힘은 지남철만은 아닌 성싶다.

'그러면 내 목을 감은 힘은 무엇일까?'

고진은 다시 생각을 미루어 나갔다.

고진은 이것저것 자기가 아는 대로의 모든 과학 지식을 동원하여 상상의 날개를 펴 보았으나, 돌 가지의 수수께끼는 좀처럼 풀리지 않았다. 그렇다고 단념하고 그 자리를 떠날 생각도 나지 않았다.

고진 후보생은 한참 궁리를 하며, 튜브를 통하여 차가워진 물을 마셨다. 몸을 식히기 위해서 냉각 장치를 틀었던 때이므로, 물을 마시자 몸의 열은 훨씬 떨어지는 것을 느꼈다.

그때에 이상한 일이 일어났다. 그 돌 가지가 다시 달려든 것이다.

'이런 놈 봤나?'

고진 후보생은 한 걸음 뒤로 물러섰다. 그 순간 고진의 머리에는 번개같이 어떤 생각이 떠올랐다.

'열, 열에 민감한 돌이다!'

고진은 자기 생각을 확인하기 위해서 칼날을 불에 달궈 돌 가지에 대 보았다. 그러자 돌 가지는 움츠러드는 것이었다.

고진은 열이 돌을 움직인다는 것은 거의 틀림없다고 생각했지만, 다른 방법으로 몇 차례 더 실험을 해 보았다. 역시 결과는 마찬가지로, 더운 것을 대면 움츠러들고 찬 것을 대면 감아 버린다.

'이것도 생물일까? 열에 민감한 것을 보면 광물성만은 아니고, 그렇다고 식물성도 아니니 이것은 도대체 뭐람. 중성 생물?'

고진은 그런 생각을 하며 생명의 진화가 뜻밖의 방법으로 진행되고 있는 데 놀랐다.

하여튼 고진은 연구 자료로 그 중성 생물 조각돌을 몇 개 주워서 구럭에 넣었다.

그러고 나서 이제는 그 기분 나쁜 중성 생물의 숲을 피해서 다른 길로 접어들었다. 고진은 이렇게 산길을 더듬으며 사진도 찍고 자료가 될 만한 식물과 광물의 표본을 모으고 있는데, 갑자기 번개가 일고 천둥이 요란해지더니 삽시간에 천둥은 세찬 비바람을 몰고 왔다. 고진은 급한 마음으로 사방을 두리번거리다가 산허리에 뚫린 굴을 발견하고 그 속으로 뛰어 들어갔다.

비바람이 좀처럼 멎지 않는다. 고진 후보생은 비를 맞아도 상관없는 우주복을 입고는 있지만, 빗물 속에 섞인 방사능이 직접 몸에 닿는 것이 싫어서, 비가 멎는 것을 기다리려고 굴 안에 뛰어든 것이다. 그러나 들어와 보니 어두운 굴속에 멍청히 섰기도 싱거워서 회중전지<sup>•</sup>를 꺼내어 굴 안을 비추어 보았다.

전짓불은 굴속까지 가 닿지는 않았지만, 물방울이 떨어지는 천장과 벽을 비추어 주었다. 고진 후보생은 이런 구질구질한 굴 안을 보고 이맛살을 찌푸렸다. 잠시 비를 가리는 데는 무방하다고 생각했지만 별로 기분 좋은 곳은 아니었다.

이런 곳에 오래 있고 싶지도 않으므로, 고진은 비가 좀 잦는 것을 보자 나가려고 하는데, 갑자기 무슨 소리가 들리는 것 같아서 발길을 멈췄다.

고진 후보생은 자기가 뜬 소리를 들었나 싶어 잠시 자기 귀를 의심했다. 고진은 회중전지로 다시 굴 안을 휘둘러보았다. 그러나 아무것도 눈에 뜨이지 않으므로 나가려고 하자 또 그 소리가 들렸다.

이제는 자기 귀가 잘못 들은 소리가 아닌 것만은 틀림없다. 그 소리는 분명히 어둠 속에서 어떤 큰 새가 활개 치는 소리 같기도 하고 우는 소리 같기도 했다. 그 소리가 여간 기분 나쁘지 않아서 고진 후보생은 침을 꿀꺽 삼켰다.

'이 굴속에는 어떤 짐승이 살고 있다. 무슨 짐승일까?'

고진 후보생은 그 불쾌한 굴 안에서 어서 바삐 빠져나가려고 전지로 발부리를 비추며 발걸음을 내디디는데 이번에는 앞서의 그 소리와 함께 무엇인지 산 짐승이 움직이는 것을 보았다. 고진 후보생은 재빨리 돌아서며 회중전지를 비추었다.

---

● **회중전지** 회중전등. 손전등.

"앗!"

고진 후보생은 다음 순간 궁둥방아를 찧으며 뒤로 펄썩 주저앉
았다. 지금 전지 불빛 속에 나타난 것은 앞서 윌리엄 중령과 박철
후보생이 만난 올빼미같이 생긴 괴금(怪禽)*이었다. 그게 바로 자
기 앞에 있지 않은가. 그 흉맹스러운 얼굴에서는, 밤중의 개 눈같
이 두 개의 불빛이 번득였다. 고진 후보생이 전지를 비추자, 매같
이 굽은 주둥이를 딱 벌린 채 기다리기나 한 것처럼 달려들었다.

고진은 총을 꺼내 들 새도 없이 세차게 괴금의 날개에 얻어맞고
아주 땅에 쓰러졌다. 잇달아 또 한 대 ─. 그러나 부상한 오른손
으로 총을 빼 들 수도 없었다. 정신이 아찔해졌다. 다음 순간 또 한
차례 습격을 당할 것을 어렴풋이 느끼고 있는데, 어찌 된 일인지
괴금은 달려들지 않는다. 괴금은 총 대신 필사적으로 움켜잡은 고
진의 전짓불에 앞을 못 본 것이다. 그 틈에 고진은 정신을 가다듬
고 왼손으로 허리에서 단도를 꺼내 들자마자 괴금의 심장을 향하
여 돌진하며 찔렀다.

괴금이 소리를 지르며 비틀거렸다. 고진 후보생은 그 틈을 타서
굴문 밖으로 나가려 했다. 그러나 다음 순간 괴금은 고진의 뒷등
을 다시 덮고 말았다. 다시 괴금과 고진 후보생의 백병전*이 벌어

---

- **괴금** 괴상하게 생긴 새. 괴조.
- **백병전** 칼이나 창, 총검 따위와 같은 무기를 가지고 적과 직접 몸으로 맞붙어서
  싸우는 전투.

졌다. 괴금은 발로 차고 입으로 쪼았다. 고진 후보생은 총을 잡을 겨를이 없으므로 단도를 가지고 괴금을 찌르고 또 찔렀다. 이러기를 몇 분이 지나서야 승부가 끝났다. 기적적으로 고진 후보생이 이기고, 괴금이 쓰러진 것이다. 총을 가지고도 당하기 어려운 괴금을 왼팔에 칼을 들고 싸워 이긴 것이니 기적 같은 승리가 아닐 수 없었다. 고진은 정신없이 칼로 찔렀지만, 그때 고진이 쥔 칼에서는 초음파가 칼끝으로 뻗어 나가고 있었던 것이다. 고진이 쥔 칼은 보통 칼이 아니라 칼자루에 초음파를 내는 장치가 들어 있고 단추가 안전장치 뒤에 붙어 있었다. 그 안전장치만 벗기면 칼끝에서는 초음파가 튀어나와서 쇠건 돌이건 웬만한 다이아몬드까지 자를 수 있는 힘이 나오게 마련이었다. 고진이 괴금과 싸우고 있는 동안에, 안전장치는 고진의 손으로가 아니라 괴금의 발톱에 걸려서 저절로 벗겨졌던 것이다.

고진은 그런 곡절은 알 까닭도 없이, 그저 숨이 하늘에 닿아서 굴문 밖으로 기어 나왔다.


고진은 깊은 잠에서 깨어났다.
아직 몸이 지끈지끈 쑤신다.
그제야 어제의 일들이 생각났다.
굴속에서 만난 괴금의 모습이 눈앞에 선히 떠올랐다.
고진은 굴속에서 우주선으로 돌아오자 의자에 쓰러진 채 잠이 들었다.

고진은 우주선 안을 둘러보았다.

네 명이 있던 방 안엔 복잡한 계기들이 붙어 있을 뿐 비어 있는 의자를 보자 어쩐지 쓸쓸하였다. 자기 혼자만이 무인고도에 떨어진 로빈슨 크루소 같은 외로움이 한꺼번에 고진의 마음속에 몰려왔다.

이제는 우주선도 고진이 차지했고 그 지긋지긋한 니콜라이 중령과도 떨어졌으니 어쩌면 마음이 흡족할 것 같지만, 마음의 한구석이 비어 있는 것은 무슨 탓일까, 고진은 생각해 보았다.

'역시 사람은 혼자서는 살 수 없게 마련인가 봐, 서로 돕고 사는 것이 사람이야.'

고진은 상한 우주복을 갈아입고 산소통에 산소를 보충하고 간단한 식사를 했다.

그러자 더 외로움이 새로워지고 지구가 그리워졌다. 약과 같은 음식을 먹자니 여자의 손으로 된 따스한 음식이 먹고 싶었다. 고진은 문득 와이키키 해변에서 최미옥 양과 점심을 먹던 때의 일이 생각났다.

'미옥 양은 지금쯤 어디서 어찌 되었을까?'

고진은 한층 더 미옥 양이 보고 싶었다. 이런 때 미옥 양이 곁에 있으면 얼마나 적적한 마음이 위로가 될까 싶었다.

'그렇지, V.P.호를 불러 보자. 어쩌면 금성에 와 있는지도 몰라.'

고진은 중얼거리며 마이크 앞으로 가 앉았다.

"여기는 C.C.C.P.호 우주선, 여기는 C.C.C.P.호 우주선, 고진이 V.P.호를 부릅니다. C.C.C.P.호의 정박 지점, 금성의 동경 135도 6분, 북위 42도 3분 해안입니다. 라저."

이런 무전을 내보내고 회신을 기다렸지만 대답이 없다.

"여기는 C.C.C.P.호에 있는 고진입니다. V.P.호 나와 주시오. 최미옥 통신원! 최미옥 통신원 나와 주시오, 라저."

한참 동안 이렇게 몇십 차례나 되풀이해 보았지만 여전히 수신기에서는 태양에서 오는 듯한 잡음이 들릴 뿐 아무런 반응이 없다.

고진은 그만 지치고 말았다. 울고 싶도록 외로움은 더해 갔다.

창밖에는 여전히 번개가 일고, 천둥인지 화산이 터지는 소리가 천지를 뒤흔들고 있다. 장마철같이 찌푸린 하늘은 갤 줄을 모른다.

'C.C.C.P.호 대원이라도 찾아야지. 이제 얼마 안 가서 밤이 올지 모른다. 그러면 이 금성은 검은 장막이 될 것이다.'

고진은 하는 수 없이 C.C.C.P.호 대원을 부르기로 결심했다.

그러나 아무리 불러 봐도 고진이 애태워 부르는 목소리에 대답을 보내오는 소리는 금성 위엔 들리지 않았다. 그 대신 몰려오는 것은 바람 소리와 넘쳐 오르는 바다의 밀물 소리뿐이었다.

고진은 외로웠다. 무엇으로 형용할 수 없도록 외로웠다. 이 우주 안에 자기 혼자만이 남은 것처럼 외로웠다.

'로빈슨 크루소도 나보다는 외롭지 않았을 거야……'

고진은 중얼거렸다.

그러나 언제까지나 그대로 고독과 절망에 빠져 있을 수는 없는 일이다. 고진은 절망에서 일어나 혼자서 살아갈 길을 궁리했다. 모든 문제를 혼자서 해결할 수밖에 없지만, 그러나 그는 어떻게 해서라도 지구로 돌아가야겠다고 결심했다. 그래서 고진은 모든 문제를 처음부터 다시 생각했다.

하와이의 와이키키 해변을 최미옥 양과 같이 거닐 때부터 지금까지 지내 온 일들을 다시 곰곰이 생각해 보았다.

사랑이란 것, 우주 경쟁이란 것, 니콜라이와 같은 인간이 있는가 하면 세바스키 박사와 같은 인간도 있다는 것, 우주의 길에서 겪은 가지가지의 모험과 금성 위에서 당한 위험 등을 고진은 곰곰이 마음에 되새겨 보았다.

그리고 그러한 애로를 극복하고 지구로 돌아가기 위해서 지금 무엇을 해야겠는지를 생각해 보는 것이다.

모든 일을 혼자서 해결해야 한다. 우주선의 점검에서부터 수리와 조종에 이르기까지, 그 밖에 끝없는 고독을 이겨 내는 정신적인 문제까지도 혼자서 극복해야 하는 것이다.

고진은 이런 때 자기 하숙방 벽에 써 붙였던 말귀가 새삼 의미를 띠고 그의 앞에 다가왔다.

고진은 자기 책상 앞에다 다음과 같은 말을 붓으로 써서 붙여 두었던 것이다.

극복!

그리고 일기에다가는 그 극복에 대한 주석을 달아 놓기도 했다.

'안일한 마음의 극복, 고난의 극복, 나태한 마음의 극복, 허영심의 극복, 유혹의 극복, 악의 극복 등등…….'

이렇게 그 극복의 뜻을 생각하자 고진의 마음에는 새로운 용기가 용솟음쳤다.

'그렇다. 모든 고난을 극복하고 나는 기어이 지구로 돌아가리라.'

고진은 굳게 자신에게 다짐하면서 C.C.C.P.호의 점검을 시작했다. 고진은 지금 C.C.C.P.호의 대장이요 대원이기도 하다. 만일 한 가지라도 잘못이 있으면 그는 물론 우주선의 생명은 영원히 우주 속으로 꺼져 버리고 말 것이다.

고진은 이렇게 생각하며 그가 지금까지 공부한 모든 지식과 지혜를 짜내서 할 수 있는 대로 정확히 점검을 계속했다.

엔진과 동력선, 각종 계기의 동작, 각종 장치, 산소 공급 장치와 탄산가스 처리 장치, 온도와 습도 조정 장치 등을 점검해 나가다가, 니콜라이 중령이 앉았던 조종석 밑을 점검하였다.

고진은 다시 그 이상한 전파 발신 장치와 부닥친 것이다. 고진은 그 전파 발사를 막으려고 니콜라이 중령과 격투까지 하다가 우주선 밖으로 쫓겨 나간 일을 생각하였다.

'이것을 어떻게 하지? 떼어 버릴까, 그냥 둘까?'

고진은 이마의 땀방울을 씻으며 혼자서 중얼거렸다. 그러나 당장에 어떻게 했으면 좋을는지 판단이 나지 않는다.

'좀 쉬었다 다시 생각하자.'

고진은 크게 숨을 돌려 쉬며 커피 통에 가서 차를 한 잔 따라 마셨다. 그리고 한참 멀거니 천장을 바라보았다.

'그렇지. 지구로 돌아가는 날짜부터 정해 둬야겠다. 그래야 앞으로 행동하는 데 시간 낭비가 안 되지.'

고진은 종이와 연필을 들고 전자계산기 앞에 다가앉았다.

고진은 먼저 지구가 금성에 제일 접근하는 날짜와 시간을 계산했다. 그의 계산에 의하면 앞으로 사흘밖에 남지 않은 것이다. 그 날을 어기면 앞으로 또 몇 달을 기다려야 할 테니 그때까지 금성에 살아 있을는지조차 의문이 아닐 수 없다.

고진이 이런 생각을 하며 다음에는 지구로 가는 코스를 계산하려고 할 때 갑자기 어디선지 SOS를 부르는 소리가 들려왔다.

'응? 여자 아냐?'

고진은 열어 놓은 수신기 앞으로 다가가며 중얼거렸다. 고진은 설레는 가슴을 누르며 리시버를 귀에 꼈다. 그러자 그 목소리는 끊어지고 말았다. 화산 어디란 말을 들은 것 같지만 위치조차 똑똑히 못 알아들은 것이다. 그보다도 도대체 누구인지 궁금하였다.

'누구일까? 여자라면, 나타샤뿐일 텐데, 혹시 그녀가 조난을 당했나?'

고진은 생각하다가 혹시 하는 생각이 들었다.

'혹시 최미옥 양이라면?'

이런 생각이 들자 고진은 그냥 앉아 있을 수가 없었다.

고진은 설레는 마음을 누르고, 탐정가처럼 추리력으로 생각을 정리해 보았다.

'다급해진 여자의 목소리…… 매우 급하다……. 나타샤나 최미옥 양, 어느 한쪽일 게다……. 가야 한다……. 방향은…… 화산 쪽……. 그러나 화산에 사람이 있을 리 없으니 여기서 목소리를 들을 수 있는 거리의 화산 근처라면…… 저 높은 화산 근처일 게다…….'

이까지 생각한 고진은 우주복을 입고 무장을 하고 난 다음, 구호 약품 통과 산소통을 한 개 걸머지고 우주선을 나섰다. 탈것이 없으니 걸어서 가야 하는 것이다.

고진은 자기가 있는 곳에서 바라다보이는 서쪽 골짜기로 향했다. 사람이 살 수 있는 곳이라면 냇물이 흐르는 그 골짜기밖에 없다고 느낀 것이다.

"나— 타— 샤—."

고진은 냇물 줄기를 따라 올라가며 불렀다. 초단파 칼로 나뭇가지와 잎을 자르며 전진을 계속하지만 아무런 반응도 없다.

그래서 이번에는 미옥 양의 이름과 나타샤 양의 이름을 교대로 불러 보았다.

"최— 미— 옥—."

노래처럼 부르며 고진은 어떤 질펀한 분지에 이르렀을 때, 눈앞에 일어난 광경에 매우 놀랐다. 거기 C.C.C.P.호의 보조 비행기들이 멎어 있는 것이다. 또 그 옆에는 둥근 지붕의 돔식 집이 있다.

'음— 여기에 와 있었구나! 그런데 사람들은 어디 갔지?'

고진은 잠시 니콜라이 중령을 만나기를 망설였다. 그러나 만날 수밖에 없다고 생각한 그는 그 이상한 집 안을 엿보기로 마음먹었다. 그래서 고진은 그 건물 가까이 가서 안을 엿보려고 하는데 냇물 위쪽에서 자기가 하던 것처럼 초단파 칼로 나무를 잘라 넘어뜨리는 소리가 들렸다.

고진은 나무를 헤치며 그쪽으로 달려갔다.

"니— 콜— 라— 이— 중령."

처음에는 니콜라이 중령 이름을 불렀다. 그인 줄만 알았는데 대답이 없다. 고진은 잇달아 그의 이름을 부르다가 나중엔 싫어져서 중령이란 말은 빼고 그 뒤에는 그것조차 싫어서 그냥 올라갔다. 그러나 자기가 있는 위치만은 알려 주어야겠으므로 생각 끝에 차라리 미옥 양의 이름을 부르기로 한 것이다.

"최— 미— 옥— 양."

고진은 이름만 불러도 흐뭇한 생각이 들어 노래처럼 그녀의 이름을 외우며 올라갔다.

# 13. 갇힌 몸

　제련소 같은 공장 안에 들어갔던 니콜라이 중령과 나타샤 양은 로봇이 돌리는 기계 소리에 놀라서 공장을 뛰쳐나오자마자, 치올코프 교수가 기다리고 있는 곳까지 달려왔다.

　"무슨 일이 있었군요?"

　치올코프 교수가 심상치 않은 두 사람의 얼굴을 번갈아 보며 묻는다.

　니콜라이 중령과 나타샤 양은 이 말을 듣자, 서로 얼굴을 마주 보더니 약속이나 한 듯이 갑자기 웃기 시작했다.

　"아니, 왜 웃소? 난 또 무슨 변을 당한 줄 알았는데……?"

　치올코프 교수는 긴장했던 두 사람이 웃는 것이 오히려 이상하다는 눈치였다.

"변은 변이었죠."

니콜라이 중령이 그제야 웃음을 거두었다.

"무슨 변이오?"

"하여튼 우리는 놀라서 이곳까지 달려왔으니까요. 나타샤, 우리
가 무엇에 그렇게 놀랐지?"

"그 소리예요. 기계가 도는 소리."

"맞았어, 내가 로봇의 단추를 누르니까 기계들이 모조리 돌기
시작했어."

"아니, 로봇이 기계를 돌린다구요?"

치올코프 교수가 이상한 듯이 묻는다.

"네, 무인 공장이에요. 사람 대신 로봇이 공장을 돌리고 있어요."

나타샤가 말한다.

"무슨 공장인데?"

"얼핏 보기엔 제련소 같은데 어쩌면 화학 공장 같기도 하고요."

"그래, 지금도 기계가 돌고 있어요?"

화학을 전공한 치올코프 교수는 화학 공장 같다는 말에 호기심
이 나는 듯이 눈에 광채를 띠며 물었다.

"지금도 돌고 있을 겁니다."

"어떻소? 다시 가 보면?"

"또 가요?"

"어차피 기계는 멈춰야잖아요. 나는 어떤 시설인지 보고 싶군요. 어쩌면 중대한 가치를 발견하게 될지도 몰라요."

치올코프 교수는 손에 들었던 돌 조각 같은 것을 내밀었다.

"그게 뭐요?"

"이런 것이 우리가 서 있는 땅 밑에 수없이 깔려 있어요. 이건 타지 않는 베이클라이트* 종류지만요. 내 생각에는 이것이 금성엔 없는 물질 같아요."

"음——."

니콜라이 중령은 놀랐다. 그러고 보면 그 둥근 지붕의 집도 모두 베이클라이트를 통으로 부어서 지은 것 같았기 때문이다.

"가 봅시다."

일행이 공장 안에 다시 들어선 것은 저녁이 가까울 무렵이었다. 그러나 공장 안은 아까와 마찬가지로 밝은 낮이다.

"밖이 어두워졌는데 여기는 낮과 같으니 웬일이죠?"

니콜라이 중령이 천장과 벽을 두루 살펴보며 묻는다. 그가 보는 한 천장에 전등이 걸려 있는 것도 아니고 벽에 어떤 빛을 내는 칠을 한 것도 아닌데 방은 낮과 같이 밝으니, 이상할밖에 없다.

"그러고 보니 정말 이상한데요?"

나타샤도 그 사실을 처음 깨달은 듯이 방 안을 둘러본다. 치올코

------

* 베이클라이트 금속에 비해 비중이 작으면서도 강도가 뛰어난 합성수지의 일종.

프 교수도 비로소 그 사실을 깨닫고 놀랐다.

그야말로 아무것도 시설한 것은 안 보이는데, 둥근 천장이자 벽이 된 부분이 방 안이나 다름없이 밝지만 그렇다고 유리처럼 밖이 내다보이지도 않는다.

"어디서 도깨비불이 나오는 모양이군."

니콜라이 중령이 헛소리를 하는 통에 모두 웃었다.

"어떻게 생각하시죠?"

나타샤 양은 그것을 과학적으로 알고 싶어서 치올코프 교수에게 졸랐다.

"글쎄, 이것은 일반 지식으로는 잘 설명이 안 되는군요. 혹시 광자(光子)를 이용하고 있다면 모르지만—."

"광자라뇨?"

"빛을 만드는 원소 말야."

"광자는 공기 속을 퍼져 나가잖아요?"

"그렇지."

"그럼, 지금 이 방 안에는 광자가 퍼져 있단 말씀입니까?"

"그렇게밖에 해석할 길이 없잖아요."

"그럼 어디엔가 광자를 만들어서 내보내는 장치가 있어야 할 게 아닙니까?"

"있어야지."

"어디예요, 그게?"

"그야 나도 모르지."

"그럼 그 광자가 어디로 나오죠?"

"그것두 확실히는 모르겠지만 이 천장이 아닐까?"

"천장엔 아무것도 안 보이잖아요?"

"그렇지, 보이지 않지만 광자를 내보내는 물질을 쏠 수도 있지 않을까?"

"그럼 방 안에서 바깥도 보일 게 아녜요?"

"그야 이중으로 됐겠지. 바깥으로 빛이 나가지 못하게 말야."

"그렇다면 이런 시설을 할 수 있는 머리는 우리 지구인보다 앞섰다고 보아야 할 게 아녜요?"

"그렇다고 볼 수 있지."

세 사람은 이런 이야기를 하는 동안에 초인간이 어디선가 불쑥 나타날 것만 같아서 슬그머니 겁이 나기 시작했다.

"어서 기계를 멈추고 나갑시다."

나타샤 양이 독촉했다.

니콜라이 중령은 조종실의 로봇 앞으로 갔다.

로봇은 여전히 세 개의 눈에서 빛을 내고 계기판의 신호등엔 불이 켜 있었다.

"로봇이란 이것이오?"

치올코프 교수가 둥글납작한 얼굴에 몸뚱이만 뚱뚱한 사람을 가리켰다.

"저 앞의 단추를 눌렀더니 기계가 온통 돌았어요."

니콜라이 중령은 말하며 단추 판 앞에 가 섰다.

"어느 것을 눌러야지요?"

니콜라이 중령은 잠시 망설였다.

앞서도 단추 한 개를 눌렀다가 넋을 잃고 도망친 일을 생각하면 섣불리 건드리는 것이 조심스러웠다.

"그 밑의 것을 눌러 보죠."

나타샤가 종알댄다.

"이유는?"

"앞서 위의 것을 눌러서 기계가 돌아갔으니까, 멈추려면 밑의 것을 눌러야 하지 않을까요?"

"치올코프 교수의 의견은 어떻소?"

니콜라이 중령은 아무래도 조심스러운 듯이 다시 한 번 다짐한다.

"글쎄요. 같은 단추를 다시 한 번 누르게 만들 수도 있고 다른 단추를 누르게 만들 수도 있겠는데, 이 장치 같으면 안전하게 다른 단추를 누르게 만들었음 직합니다만—."

"그럼 해 볼까요. 그러나 만일을 생각해서 모두 엎드립시다."

죽은 게도 발을 매 먹는다는데 한 번 덴 사람은 무엇에나 조심스러운 법이다.

모두들 엎드렸다.

니콜라이 중령은 그것을 보자 앞서 누른 밑 쪽 단추를 누르고,

자기도 다급히 엎드렸다. 그리고 모든 신경을 귀에 모았다. 무슨 원자탄이라도 터질 것을 기다리는 사람들 같았다.

1초…… 2초…… 3초…….

아무런 일도 일어나지 않았다.

그 대신 돌아가던 기계들이 조용히 멎고 말았다.

"휴—."

모두 긴장이 풀리자 한숨을 내쉬며 무릎을 털고 일어났다.

"요행입니다."

일행은 얼굴을 마주 보며 성공을 기뻐했다.

"이렇게 쉽게 멈출 수 있는 것을 공연히 떨었군—."

니콜라이 중령이 웃었다.

"아직 로봇의 눈에서는 불이 안 꺼졌네요?"

나타샤 양이 로봇의 눈을 손짓했다.

"참, 이왕이면 그 불도 끄고 갑시다."

니콜라이 중령은 이번에는 자신이 있는 듯이 별로 주저하지도 않고 처음에 눌렀던 옆 단추를 눌러 버렸다.

그런데 로봇은 눈의 불을 끄는 대신 벌떡 일어나더니, 맞은쪽에 붙은 조종판으로 갔다. 그리고 세 개의 손가락이 달린 손으로 단추를 누르고 다이얼을 돌렸다. 그러자 그들이 서 있는 바닥은 에스컬레이터처럼 돌기 시작하며 세 사람을 태운 채 땅속으로 흘러가 버리는 것이었다.

"응?"

모두들 어리둥절한 눈으로 서로 마주 보며 방금 멎은 에스컬레이터 같은 복도에서 내렸다.

나타샤 양은 아직 공포가 가시지 않은 듯이 눈이 올롱해서 니콜라이 중령과 치올코프 교수 곁으로 다가섰다.

그러나 니콜라이 중령과 치올코프 교수는 차차 긴장이 풀리는 것을 느꼈다.

지금까지는 자기들은 어딘지 천 길도 만 길도 더 깊은 땅속으로 떨어지는 줄 알았는데, 그들이 들어온 곳은 그저 산속에 뚫린 널따란 벌판이었다.

벌판이라기보다는 훌륭한 공원이었다. 풀과 나무와 꽃이 있고 열매가 있고, 이름 모를 새들까지 지저귀는 것을 보자, 천만뜻밖인 것만 같았다.

"이게 도대체 어찌 된 일이죠?"

니콜라이 중령이 치올코프 교수에게 물었다.

"정말 뜻밖입니다."

"우리가 들어온 곳이 아마 천 미터는 더 됨 직한데, 이런 땅속에 아름다운 공원이 마련되다니, 이건 상상조차 할 수 없는 일이 아닙니까?"

"여기는 바깥과 달라서 좋은 공기와 빛이 있어요. 바람이 심하지도 않고, 그렇다고 무더운 것도 아니고."

"그러니까 저렇게 훌륭한 꽃과 열매들이 자라지요."

"난 마치 지구에 돌아온 것 같소."

치올코프 교수가 꽃을 한 포기 뜯어서 그 내음을 맡으며 중얼거린다.

그때 그들 앞으로 지구의 개와 비슷한 동물이 한 마리 나타났다.

"이것 봐요. 여기두 개가 있나 보죠?"

니콜라이 중령이 노새에 가까운 짐승의 등을 조심스레 어루만지며 중얼거렸다. 그 개라고 생각한 동물은 꼬리를 젓고 이상한 소리를 지르며 니콜라이 중령에게 다가왔다.

"허, 이건 더 쓰다듬어 달라는 모양이군."

니콜라이 중령은 이번엔 진심으로 그 동물을 쓰다듬어 주려고 머리와 허리를 어루만지다가 이상한 것을 발견하였다.

그 동물은 조금도 온기가 없는 것이다. 피가 도는 동물이라면 어떤 짐승이건 체온이 있어야 할 터인데, 이 짐승은 그 체온이 없는 것이다.

이상히 여긴 니콜라이 중령은 그 개란 짐승의 몸을 유심히 훑어보고 살펴보았다. 그러자 니콜라이 중령은 놀란 듯이 소리쳤다.

"이것은 로봇 개다."

"뭐라구요?"

나타샤 양이 그제야 개 곁에 가까이 다가왔다. 자세히 개의 몸집을 살펴보다가 나타샤 양도 놀란 듯이 고개를 갸웃거렸다.

"무엇 때문에 이런 개를 이런 곳에 만들어 놓았을까요?"

나타샤 양이 말하며 개의 등을 어루만지자, 그 개는 살아 있는 개나 다름없이 꼬리를 저으며, 마치 주인의 사랑을 혼자 차지하려는 듯이 다가왔다.

"에이 징그러워."

나타샤 양이 피하자, 이번에는 다른 쪽에서 그와 같은 개가 또 한 마리 나타났다. 빛깔은 다르지만 주인에게 매달리는 품은 앞서의 개와 다를 바 없다.

세 사람이 그 달려드는 품이 하도 우스워서 몇 차례 등을 어루만져 주자, 이번에는 어디서 나타났는지 그따위 올막졸막한 개며 고양이 종류가 대여섯 마리나 모여든다.

"하하…… 이건 동화 같군."

니콜라이 중령이 오랜만에 웃었다.

그들은 그 개를 피하여 꽃밭 속의 벤치에 앉았다.

그윽한 향기가 코를 찌른다.

나타샤 양이 꽃을 몇 포기 꺾어서 코에 대고 맡으며, 짙은 향기에 취한 듯이 코를 실룩거린다.

'도대체 이 공원의 주인은 누굴까?'

문득 이런 생각이 났다.

꽃과 열매와 로봇 개와 그리고 공기와, 이런 것들이 주인도 없이 또 아무 목적도 없이 만들어졌으리라고는 믿어지지 않았다.

그때 이번에는 그들 앞에 사슴과 같은 짐승이 나타나더니, 긴 목을 빼고 나뭇가지에 매달린 열매를 따서 맛있게 먹는 시늉을 했다.

"쳇, 저것은 진짜 동물인가 보군."

니콜라이 중령이 말한다.

"먹을 수 있는 과일인가 봐요."

나타샤 양이 갑자기 배가 고픈 것을 느끼며 말했다.

"우리도 한 개씩 따 먹어 볼까."

니콜라이 중령은 일어나서 나뭇가지에 달린 무화과같이 생긴 열매를 세 알 따서 한 개씩 나누어 주었다.

"먹어 봅시다."

그러나 아무도 먼저 먹으려 하지 않았다.

"내가 먼저 먹어 보지."

치올코프 교수가 먼저 조심스레 이로 열매에 자국을 내서, 조금씩 즙을 혀로 핥아 보았다.

"오, 이건 맛이 그만인데!"

치올코프 교수는 그 특이한 풍미에 입맛을 다시며, 단숨에 한 개를 다 먹고 또 열매를 따 왔다.

이것을 본 니콜라이 중령과 나타샤 양도 한 개를 냉큼 먹어 버리고, 또 몇 알씩을 따다 먹었다.

"이건 생기긴 큰 무화과 같은데 맛은 바나나 맛 비슷하군."

니콜라이 중령이 다 먹고 난 뒤에 하는 말이었다.

"자, 인제 행동을 해야지."

치올코프 교수도 오랜만에 생과일을 먹고 나자 기분이 희한한 듯이 중얼대며 자리에서 일어나려다가, 다시 펄썩 주저앉았다.

"아이구, 먹고 나니 졸음이 오나 보군."

치올코프 교수가 눈의 정기가 풀린 듯이 눈시울을 비비다가 그대로 꽃밭에 누워 버린다.

"어디서 자려는 거요?"

니콜라이 중령이 꾸짖는다.

"졸려 못 견디겠수."

치올코프 교수가 누운 채로 대답한다.

"아이, 나두 졸려요."

나타샤 양도 체면을 무릅쓰고 좀 떨어진 곳에 누울 자리를 찾았다.

"하긴 나도 몸이 노곤해서 못 견디겠는걸."

니콜라이 중령도 마침내 책망 대신, 자기도 꽃밭에 누워 버리고 말았다.

얼마가 지났을까? 니콜라이 중령과 치올코프 교수가 눈을 뜨자 옆에 있어야 할 나타샤 양이 보이지 않는다.

"나타샤! 나타샤!"

니콜라이 중령이 불러 보았다.

그러나 대답이 없다. 나타샤의 대답 대신, 자기 말만이 또렷이 메아리쳐서 돌아왔다. 그리고 조금 있으려니까, 앞서의 그 개 모양의 짐승이 다시 모여들었다.

"너희들과 놀고 있을 시간이 어디 있어."

니콜라이 중령은 로봇 개를 뿌리치고 나타샤를 찾아 나서려고 일어났다.

"혼자 가려구요?"

치올코프 교수가 묻는다.

"시간을 절약하기 위해서 따로따로 찾아봅시다."

"따로따로요?"

치올코프 교수가 못마땅한 듯이 말한다.

"같이 갑시다. 만일의 경우를 생각해야죠."

"그럴까."

두 사람은 먼저 꽃밭과 나무 사이를 찾았다. 혹시 꽃이나 열매를 따고 있지나 않나 싶어서였다. 이렇게 두 사람은 한참을 이리저리 찾아 헤매는데, 문득 나뭇가지 사이로 이상한 동물이 보였다.

"저게 뭐요?"

니콜라이 중령이 그쪽을 가리켰다.

지금 두 사람 앞에 보이는 것은 앞서 나타난 로봇 개와도 다르고, 열매를 따 먹던 사슴과도 다르다.

"응? 저것 봐, 저것은 두 발로 걸어 다니는걸."

"어디 어디."

치올코프 교수가 손짓하는 곳을 바라본다.

"아니, 저건 사람 종류 아뇨? 저것 봐요, 옷도 입었고, 허리에 무기도 찬 것 같은데."

"그게 무슨 사람이야? 사람이 저렇게 생겼어? 머리통만 커다랗고 손발은 어쩌면 저렇게 가늘지?"

"허지만 서서 다니는 것은 저이밖에 없잖소."

"하긴 그래, 금성에서는 가장 사람에 가까운 모습을 하고 있으니까. 저게 정말 금성인이라면 별로 겁을 집어먹을 필요는 없겠군."

"쉬, 너무 큰 소리를 내서 저들에게 발각되면 큰일 나요. 좀 더 두고 봅시다."

그러나 금성인이라고 한 그이는 이내 사슴을 몰고 저쪽으로 가 버리고 말았다.

두 사람은 다시 나타샤를 찾기 시작했다.

그러나 두 사람의 머리에는 지금 본 그 금성인의 모습이 꽉 차 버렸다.

금성인——금성에 정말 사람이 산다면? 하나 그는 정말 이 굴속에 사는 금성인일까? 그렇게 약한 생물이 이런 험상궂은 금성에서 어떻게 살며, 또 그런 약한 생물이, 금성에 굴을 파고 로봇과 무인 공장을 만든 것일까?

그럼 그들이 사는 보다 훌륭한 세계가 있을 것이다.

그곳은 어딜까?

"으흐, 으아아……."

두 사람이 이런 공상을 하며 꽃밭과 숲을 헤치고 얼마쯤 가다가, 갑자기 두 사람은 동시에 비명을 질렀다.

두 사람은 뻐끔히 입을 연 구멍 속으로 떨어지기 시작하는 것이었다.

그 얼마 뒤였다.

"대장!"

"치올코프 교수!"

"여기가 어디요?"

"우리는 지옥에 온 게 아뇨?"

"하하…… 이렇게 얘기를 주고받고 있는데."

"대장!"

"응?"

"머리가 몹시 아프군요."

"머리가?"

"네, 귀밑이 윙윙 울리는 것 같아요."

치올코프 교수는 자기 손을 귀 있는 데 가져가려고 했다. 그런데 손이 말을 안 듣는 것이다. 놀라서 손을 다시 쳐들어 보려고 하다가 손에 무엇인지 채워져 있는 것을 깨달았다. 무엇인지 나일론 줄 같은 것으로 두 손이 묶여 있는 것을 깨달았다.

이번에는 발을 움직여 보려고 했다. 그러나 발도 마찬가지다. 발을 들 수도 펼 수도 없는 것이다. 그런가 하면 발뿐 아니라 몸도 제대로 움직이지 않는다.

이게 도대체 어찌 된 일인가?

"대장, 무엇 때문에 나를 이렇게 묶어 놨소?"

치올코프 교수가 화가 나는 듯이 투덜거렸다.

"내가?"

니콜라이 중령이 되묻는다.

"그럼 나를 묶은 것이 당신이 아니란 말요?"

"금성인이야, 나도 묶였어, 이렇게."

니콜라이 중령이 어둠 속에서 손을 쳐들어 보인다. 물론 손이 보일 리 없지만 이 말을 듣고 치올코프 교수는 한층 더 놀랐다.

"금성인, 금성인."

치올코프 교수는 입 속으로 같은 말을 되풀이하였다.

하지만 그렇게 약해 보이는 금성인이 어떻게 자기를 묶었을까? 조금도 생각이 미치지 않았다.

그러나 한참 뒤에 지금까지 일어난 모든 일이 머릿속에 떠올랐다.

금성에 오자 우주선이 화산으로 떨어지던 일, 그것을 간신히 피하기는 했으나 이번에는 용암이 우주선 쪽으로 흘러와, 그것을 피하기 위하여 고진 후보생을 희생시킨 일, 자기들은 다른 비행물들을 타고 공기가 흐르는 골짜기로 피신한 일, 거기서 이상한 공장 같은 건물을 발견하고 들어갔다가, 로봇이 기계를 돌리는 바람에

혼비백산 도망쳐 나온 일, 그리고 다시 찾아가서 기계를 멈추기는 했으나 단추를 잘못 누른 덕분에 산 굴속으로 들어온 일, 그 굴속엔 넓은 공원이 있고 로봇 개와 그 밖에 사슴 같은 동물도 있으나, 거기서 두 발로 걷는 괴상한 인간을 발견한 일, 과일을 잘못 먹고 잠이 들었다가 나타샤를 잃은 일, 그 나타샤를 찾으러 나섰다가 함정에 빠진 일…….

이런 일들이 머릿속을 스치고 지나가자, 자기를 묶은 사람이나 공장의 임자나 공원 임자나 모두 같은 지능을 가진 어떤 인간의 장난같이 느꼈다.

"나는 언제 어떻게 묶였는지 생각도 나지 않아요."

"누구는— 귀신도 모르게 묶은 모양이야."

니콜라이 중령이 투덜거렸다.

"자, 이제 어떡하죠. 여기서 벗어나야지. 어떤 봉변을 당할지 알아요?"

"그렇다고 무슨 뾰족한 수가 있어요?"

두 사람은 어둠 속을 응시했다.

그런데 무엇인지 한 점의 빛 같은 것이 이쪽으로 움직여 오는 것이 보였다.

"저것 봐."

니콜라이 중령이 말했다.

"그게 뭐죠?"

"글쎄?"

그사이에 그 빛줄기는 커 가더니, 갑자기 문이 열리는 소리와 함께 방 안 한가득 빛이 찼다.

달빛같이 시원한 빛이다.

그러자 그 빛 뒤로 그 금성인이 나타났다.

두 사람은 그 얼굴을 자세히 보려고 애썼지만, 빛에 그늘져서 확실히 얼굴 모습을 알아볼 수가 없다. 다만 그 전체의 윤곽이 그림자가 되어 벽에 비친 것을 보고, 금성인의 생김새를 짐작할 수 있었다.

벽에 비친 그림자로 보면, 그 머리는 유난히 크고 그 손발이 가늘고 가슴만이 큰 것으로 보아 아까 본 금성인이란 것을 짐작게 했다.

그러나 지금 보는 그 괴인은 아까 공원에서처럼 허리에 무기를 찬 것으로 보이지 않았다. 또 그 머리에 우주모 같은 것도 보이지 않았다.

금성인 두 사람이 가까이 다가왔다. 소리도 안 내고, 새가 날듯이 사뿐히 걸어온다.

두 사람은 그의 모습을 놓치지 않으려고 지켜보았다. 그런데 어느새 금성인은 두 사람 바로 가까이 와 서 있지 않은가.

둘은 금성인의 얼굴을 쳐다보았다.

그것은 얼굴이라기보다는 디즈니 만화에 나오는 오리, 도널드

덕과 비슷하다. 눈과 입이 유난히 크고, 코는 구멍이 벌어졌고, 귀는 당나귀 귀처럼 양옆으로 솟아 있다. 이런 윗머리를 무거운 듯이 가슴 위에 얹고 눈을 굴리는 꼴이 우스웠다.

두 사람은 다소 두렵기도 했지만, 재미가 나기도 했다. 몸이 묶인 것을 보고는 몹시 놀라기도 했지만 금성인이 생각보다는 그렇게 무서운 생김새가 아닌 것을 보고 적이 마음이 놓였다.

그러나 서로 엉뚱한 두 인종끼리 마주 보고만 있는 것이 어쩐지 쑥스러워졌다.

상대편에서도 조심스러워하며 무엇을 어떻게 해야 좋을는지 모르는 것 같았다. 지구인이 무서웠는지, 손에 손에 조그마한 라이터 같은 무기를 들고 있다.

지금 두 지구인은 그동안 별로 수염도 깎지 않은 데다가 얼굴에 상처까지 입었으니, 처음 보는 이에겐 스산해 보이는 것이 틀림없다.

금성인은 눈을 굴리며 잠시 지구인을 지켜보다가, 무슨 말을 건네 보려고 기침을 몇 번 하고 나서 입을 열었다. 그러나 두 사람이 그 말을 알아들을 까닭이 없다.

금성인이 다시 말을 건네 보려고 하는데 밖에서 무슨 말소리가 들리자, 그들은 그대로 문밖으로 나가 버렸다.

두 사람은 다시 어둠 속에 남았다.

두 사람은 잠시 말없이 궁리에 잠겼다. 손발이 묶인 것이 답답한 듯이 두 손을 잡아 젖혀 보기도 하고, 발로 땅을 굴러 보기도 하고, 혼자서 입속말을 뇌까려 보기도 했다.

그러나 좀처럼 마음이 진정되지 않는 듯이 마침내 치올코프 교수가 입을 열었다.

"결국 우리는 어떻게 되는 겁니까?"

"누가 알 게 뭐요, 이런 것이 모두 당신이 열매를 따 먹기 시작한 때문이오."

니콜라이 중령이 치올코프 교수에게 책임을 지웠다.

"허지만 이 굴 안에 오게 된 것은 니콜라이 대장이 공장 안에 들어갔던 때문이죠."

"뭐라구요? 그건 당신이 다시 가 보자니까 간 거지."

"동기는 어쨌든 우리는 여기 갇혀 있어요. 그러니 앞으로 어떻게 할 것인지 그것이나 생각해 봅시다."

치올코프 교수는 말다툼을 피하며 말을 이었다.

"저들은 머리가 있는 인간 같아요. 몸은 비록 약해 보이지만, 기계를 만들어 쓰고 살기 좋은 환경을 만들 줄 아니까요."

"정말이지 금성에 이런 지하의 세계가 있으리라고는 미처 몰랐소. 여기는 지구나 별로 다름이 없잖소."

"나도 그 점을 생각해 봤어요. 어째서 지하에 이런 세계를 만들었는지 말예요."

"글쎄, 지하는 바깥보다 더 뜨거울 줄 알았더니 이건 아주 시원하지 뭐요."

"여기는 아주 지하는 아녜요, 산속이지. 바깥에서라면 공기 조절이나 습도 조절이나 광선 조절이 잘 안 되니까 환경을 임의로 조절하도록 이런 산속을 택했나 보죠."

"음—."

니콜라이 중령도 치올코프 교수의 설명이 그럴듯하다고 느꼈다.

금성인이 환경을 개선할 줄 아는 머리를 가졌다는 것만은 틀림없는 일이다.

"이러나저러나 나타샤 양은 지금 어디 있을 것 같소?"

니콜라이 중령이 걱정이 되는 듯이 묻는다.

"남자도 아니고 여자의 몸인데 이를 어떡하죠?"

"그러니까 말요. 우리도 이러고 있을 게 아니라 방법을 연구해 봅시다. 두 사람 중의 한 사람이라도 자유의 몸이 돼서 나타샤 양을 찾아야 할 게 아뇨."

마침내 두 사람은 지혜를 짜냈다.

먼저 치올코프 교수가 니콜라이 중령의 노끈을 풀어 주기로 했다. 그러나 지금 형편 같아서는 두 사람 모두 손발이 묶여 있으므로 좋은 수가 안 난다. 그래서 두 사람의 묶인 손을 같이 모아서 치올코프 교수의 허리에 찬 초음파 나이프를 빼내고, 다시 두 사람의 손을 모아 가지고 안전장치를 벗긴 다음, 그 칼로 먼저 니콜라이 중령의 손을 묶은 노끈을 끊기로 했다.

이런 일은 좀처럼 잘되지 않았다. 몇 차례를 되풀이하는 동안에, 묶인 몸이라 온몸이 쑤시고, 팔다리가 저렸다.

그러나 그렇게 애를 쓰고도 겨우 단도의 자루를 꽂은 지갑 단추를 벗긴 것뿐이었다.

그들은 또 씨근거려 보았다. 아마 이렇게 지구 시간으로 두 시간쯤 되자, 그들은 기진맥진해 버렸다.

"휴— 이런 식으로야 어느 세월에 단도를 꺼내겠소. 결국 지구에서 온 한 동물의 표본이 돼서, 금성의 박물관에 진열되는 게 아뇨?"

치올코프 교수는 비참한 자기들의 모습을 그려 보기까지 하였다.

"우리는 모험을 하려고 이까지 온 사람이오. 탐험대원에게 절망이란 있을 수 없어요."

니콜라이 중령은 용기를 북돋워 주었다.

두 사람은 묶인 손과 묶인 발을 총동원하여 다시 칼을 빼 보려고 있는 힘을 다했다. 그러나 역시 헛수고였다.

칼자루는 거의 빠져나오려다가도 다시 제집으로 미끄러져 들어가는 것이었다.

"이런 방법이 아니라 무슨 다른 방법을 생각해 봅시다."

"무슨 좋은 생각이 나오?"

니콜라이 중령이 맥 빠진 말투로 묻는다.

"아까 그 둘이 이상한 소리를 지르는 것을 들으셨죠?"

"그 바리톤으로 울리는 굵은 목소리 말요?"

"우리가 그들의 목소리를 한번 흉내 내 봅시다."

"그럼 그들이 달려올 거 아뇨?"

"그렇죠, 이제는 그들이 오도록 해 가지고 해결을 지어야지 이 대로 있을 순 없잖아요."

"말이 통해야지."

"말을 대신할 방법을 찾아봐야죠. 손짓 발짓으로 안 되면 간단한 그림을 그려서 우리가 결코 야만인이 아니라는 것을 상대편에 알리는 거죠."

"그러나 우리는 지금 묶여 있소."

"그러니까 풀도록 해야죠."

"어떻게?"

"처음엔 웃어 보이고, 그다음엔 손짓 발짓…… 그다음엔 그림, 이런 식으로요!"

"하하…… 그게 성공할까?"

"해 봐야죠."

"그럽시다."

치올코프 교수는 니콜라이 중령의 동의를 얻자 소리를 지르려고 입을 열었다.

그런데 바로 그때 앞서의 그 빛이 방 안에 들어온 것이다.

그러자 어느새 문이 열리고 빛과 함께 몇 명의 금성인이 두 사람 곁에 와 섰다.

그 앞에 선 금성인의 손에는 먹을 것을 담은 그릇이 들려 있다. 두 금성인이 그릇을 들고 오자 다른 한 명이 두 사람의 묶인 줄을 늦춰 준다. 이것을 본 그릇을 든 금성인이 두 사람 입가에 그릇을 가져갔다.

니콜라이 중령과 치올코프 교수는 서로 얼굴을 마주 보았다. 먹을 것인지 안 먹을 것인지 서로 눈으로 물었다. 그러나 눈보다는 배끼리 먼저 배짱이 맞았다. 그릇에 담긴 빨간 과일을 보자, 배 속에서는 끌어당기기라도 하는 듯이 꾸르르 소리가 났다.

"먹으라는 거니까 죽이려는 뜻은 아닐 거요."

"암요. 이런 땐 받아먹는 것이 예절일 겝니다."

두 사람은 말하며 재빨리 과일을 입에 넣고 후물후물 깨물어 먹었다.

이렇게 두 사람이 몇 알의 과일을 맛있게 먹는 것을 보자 금성인은 매우 만족한 듯이 입을 크게 벌리고 웃으며 저희들끼리 뭐라고 지껄인다.

치올코프 교수는 그 기회를 놓치지 않았다. 먼저 그들과 같은 표정으로 웃어 보이고 그다음에는 머리와 두 손을 쳐들어 하늘을 가리키며 말했다.

"하느님!"

그러자 금성인은 같이 치올코프 교수를 흉내 내며 말을 받았다.

물론 뜻이 통할 까닭이 없다. 치올코프 교수는 다시 무슨 표현을 하고 싶었다. 그러나 몸이 묶여서 부자연스러워서 허우적거렸다. 이것을 본 금성인이 이번에는 치올코프 교수 옆에 와 앉더니 다시 벌떡 일어났다.

그렇게 일어나고 싶으냐고 묻는 시늉 같았다. 치올코프 교수는 고개를 끄덕이며 일어나려고 버둥거렸다. 이것을 본 금성인은 서로 얼굴을 마주 보며 뭐라고 의논하더니, 두 사람 곁에 와서 발에 묶은 줄을 끌러 주었다.

두 사람은 일어났다.

"어떡하죠, 그림을 그려서 얘기를 해 볼까요?"

치올코프 교수는 말하며 허리를 굽히고 묶인 두 손으로 그림을 그렸다.

치올코프 교수는 먼저 세모꼴을 그리고, 그 두 개의 밑각은 같다는 것을 손으로 시늉해 보였다.

이것은 본 금성인들은 일제히 이상한 웃음소리를 터뜨렸다. 그 중의 한 녀석은 치올코프 교수의 궁둥이를 손으로 툭 치며 문 있는 쪽으로 걸어 나갔다.

다른 금성인도 그 뒤를 따라 나갔다.

"따라오라는 것 아냐?"

니콜라이 중령과 치올코프 교수는 잠시 얼굴을 마주 보다가 그 뒤로 따라갔다. 문밖에는 지금까지 그녀들을 지킨 듯한 무장한 금성인이 서 있다. 그들은 두 사람이 나오자 경비나 하듯이 양쪽에 지켜 서서 두 사람 뒤를 따랐다.

니콜라이 중령과 치올코프 교수는 괴상하게 생긴 그 경비원의 얼굴을 진기한 듯이 바라보며 넋을 팔다가 어느새 어떤 큰 홀 앞에 와 멎었다.

두 사람이 문 앞에 들어서려는데, 그들 뒤로 경비원이 나타샤 양을 데리고 왔다. 그들은 서로 얼싸안았다.

# 14. 알파성인의 지하 도시

"아니?"

홀 안에 들어선 세 사람의 눈은 놀라움에 빛났다.

니콜라이 중령과 치올코프 교수와 나타샤 양은 방 한가운데 자리 잡은 육중한 기계에 넋을 잃었다.

그 거대한 기계들은 소리도 없이 움직이고 있는 것이다. 기계는 분명히 움직이고 있는데 소리가 잘 안 들린다.

"이게 웬일이지요?"

니콜라이 중령이 이해할 수 없다는 듯이 치올코프 교수를 바라본다.

기계는 분명히 돌아가고 있다.

큰 기계의 몸뚱이에는 여러 개의 쇠 통들이 연결되고 그 쇠 통들은 다시 다른 기계로 연결되어 혹은 돌고 혹은 피스톤처럼 방아를 찧고 있는 것이다.

이런 기계가 도는데 거의 소리가 안 들리는 것은 웬일일까? 어쩌면 김 나는 소리, 쇠가 닿는 소리, 기름이 마찰하는 소리라도 나야 할 것이 아닌가.

그러나 들리는 소리는 그저 무엇인가 비단끼리 마찰하는 소리 같은 것뿐이다. 그것은 또 그렇다 치더라도 지금 기계를 돌보는 사람들은 그 기계의 크기에 비하면 너무나 작아 보였다.

사람은 같을 터인데 더 작아 보이는 것은 기계가 큰 때문인지도 모른다.

"이런 기계를 저 사람들이 만들었을까요?"

나타샤 양이 그 거창한 기계들을 지켜보며 개미같이 작게 보이는 사람들과 겨누어 본다.

"이게 무슨 기계죠?"

니콜라이 중령이 치올코프 교수에게 묻는다.

"글쎄요, 이건 무엇을 빻는 기계가 아닐까요?"

"그럼 광석이오?"

"그럴는지도 모르지요."

"그럼 우리 생각이 맞았나 보군요. 이들은 여기서 광석을 캐고 있는 것이 아네요?"

"글쎄요."

니콜라이 중령은 자기 생각을 확인하려는 듯이 기계 앞으로 다가가서 기계 안에 끼여 돌아가는 가루를 손에 묻혔다. 이것을 본 금성인 한 사람이 재빨리 달려와서 니콜라이 중령의 손을 내리쳤다.

"자식, 누구를 쳐!"

니콜라이 중령은 화가 난 듯이 금성인을 노려본다. 금세 싸움이 붙기라도 할 기세다. 이것을 본 금성인도 지지 않았다. 뭐라고 지껄이며 그의 딱딱한 손으로 니콜라이 중령의 궁둥이를 찔렀다.

"뭘 하는 거야?"

니콜라이 중령은 한 손으로 그의 손을 내리쳤다. 손이 몹시 아팠다. 금성인이 다시 손을 쳐들자 니콜라이 중령이 먼저 총을 꺼내 들었다.

이것을 본 금성인이 기겁을 하며 재빨리 성냥갑 같은 자기 총을 꺼내 들었다. 니콜라이 중령도 지지 않고 자기 총을 금성인의 가슴을 향하여 겨누었다. 일촉즉발의 기세로 공기가 험악해지자 금성인들이 우르르 모여들어 포위해 버리고 저마다 손에 손에 성냥갑 같은 총을 들고 위험에 빠진 자기 동지를 응원했다. 치올코프 교수는 사태가 이렇게 되자 자기도 니콜라이 중령을 편들어 같이 싸우려다가 다시 마음을 돌려먹었다.

"대장, 총을 놓으시오. 대항하지 않는 편이 이로울 겁니다."

치올코프 교수가 니콜라이 중령을 만류했다.

"난 차라리 싸우다 죽겠소."

니콜라이 중령은 아직도 총대에 찔린 기분이 가시지 않은 듯이 얼굴을 붉혔다.

"참아야 해요, 개죽음이 무슨 소용입니까?"

"이 녀석들이 우리를 야만인 취급하는데도 참으란 말요?"

니콜라이 중령은 오히려 치올코프 교수를 나무라듯이 눈을 흘겼다.

이렇게 니콜라이 중령이 총을 거두지 않고 눈을 부릅뜨고 있는 것을 보자 금성인은 다시 총을 든 손으로 니콜라이 중령의 옆구리를 밀며 기계에서 떠나라는 시늉을 했다.

"못 떠나. 난 여기 있겠다. 어쩔 테냐!"

니콜라이 중령이 버티고 서서 호통을 치며 총을 금성인 가슴에 겨누었다.

금성인은 그 호통치는 소리가 여간 크지 않았던지 얼김에 몸을 움츠리고 뒤로 물러서며 손에 든 성냥갑 같은 총의 방아쇠를 당겼다.

그러자 니콜라이 중령은 전기에 감전된 사람처럼 얼굴색이 창백해지며 그 자리에 쓰러지고 말았다.

이것을 본 치올코프 교수와 나타샤 양이 달려가서 니콜라이 중령을 안았다.

니콜라이 중령은 눈이 희멀게져서 입과 코에서는 거품이 나왔다.

치올코프 교수도 이것을 보고는 참을 수가 없었다. 치올코프 교수는 니콜라이 중령이 떨어뜨린 총을 들고 금성인들을 향하여 방아쇠를 당겼다. 그러나 그와 동시에 치올코프 교수도 니콜라이 중령 위에 쓰러지고 말았다.

"야만인들, 의사를 불러 줘! 의사 없소?"

나타샤 양은 외치려 했으나 자기도 전기에 부딪친 사람처럼 입만 부들부들 떨 뿐 입 밖으로 말을 내뱉지 못한 채 그 자리에 쓰러졌다.

세 사람이 저항을 못 하고 쓰러져 거품을 토하는 것을 본 금성인들은 재빨리 그들을 자기들의 병실로 데리고 갔다.

금성인들은 세 사람을 제각기 포근한 침대에 눕히고 광선 치료기 쪽으로 데려갔다.

의사로 짐작되는 금성인이 다가와서 재빨리 태양등 같은 장치의 방향을 세 사람 쪽으로 돌리고 단추를 눌렀다.

그러자 그 태양등 같은 치료기에서는 적외선이 아니라 노란빛이 흘러나왔다.

그 노란빛이 세 사람의 얼굴에서 발끝까지를 감쌌고, 강도를 차츰차츰 높였다가 다시 낮추었다. 이렇게 약 10분이 경과했을 때 세 사람은 아무 일 없었던 것처럼 침대 위에 일어나 앉았다.

이것을 본 금성인들은 무척 기뻐하였다. 뭐라고 중얼대며 더러는 나가고 더러는 남아서 무슨 의논을 하고 있다. 그때 지하 도시 전체가 울리는 듯한 큰 고동 소리가 들려왔다. 이 소리를 들은 금성인들은 무슨 큰 변이나 만난 사람들처럼 밖으로 달려 나갔다.

"왜들 저러지요?"

나타샤 양이 묻는다.

"그걸 어떻게 알아, 아마 무슨 일이 난 모양이지. 화재가 난 게 아냐?"

니콜라이 중령이 자리에서 일어나 창문 쪽으로 걸어가며 말한다.

그때 다시 이상한 소리가 들렸다. 마치 우주선이 착륙하는 소리와 흡사하다.

"설마 어디서 우주선이 날아왔을라구?"

그런 생각은 믿어지지 않았다.

니콜라이 중령과 두 사람은 지금 보는 사람들이 금성인인 줄 알고 있는 터이므로 그들이 다른 별로 간다면 몰라도 어디서 금성에 올 우주선은 없으리라고 생각했다.

그런데 이번에는 또 분명히 굉장히 큰 물체가 레일을 타고 지하로 굴러 들어오는 소리가 나지 않는가.

"이게 도대체 무슨 소리들이오?"

니콜라이 중령이 조바심이 나서 물었다.

"금성인들이 다른 별에 갔다 오는 거 아닐까요?"

나타샤 양은 들려오는 소리가 너무나 큰 물체가 움직이는 소리 같으므로 그것이 우주선과 같은 것이리라고 짐작해 본 것이다.

"설마?"

치올코프 교수는 나타샤 양의 말이 믿기 어려운 일이라고 생각했지만, 그들의 과학 문명이 발달한 것을 보면 우주여행을 못 하리란 법은 없다고 생각했다.

이같이 세 사람이 제멋대로의 생각에 잠기고 있는데, 금성인들이 돌아왔다.

뭐라고 저희들끼리 지껄이고는, 세 사람이 모두 건강한 얼굴로 앉아 있는 것을 보자 만족한 듯이 웃었다.

그리고 한 사람이 다른 사람을 시켜 세 사람에게 먹을 것을 가져왔다.

세 사람은 건강을 회복하자 배도 출출해졌으므로 그들이 주는 음식을 사양치 않고 받아먹었다.

세 사람이 음식을 다 먹고 나자 금성인은 그들을 어떤 방으로 데려갔다.

거기에는 금성인의 지도자로 짐작되는, 보다 몸집이 큰 사람이 앉아 있었다.

그 지도자 양옆에는 그를 보좌하는 듯한 사람이 두 명 앉아 있는데, 세 사람을 데리고 온 금성인은 그 앞에 가서 경례하는 듯이 손을 가슴에 대고 뭐라고 보고를 했다.

그러니까 그 지도자는 세 사람을 번갈아 보며 손을 들어 자리를 권했다. 세 사람은 그것이 무슨 뜻인지 몰라 그대로 서 있기만 하니 금성인이 와서 정중히 자리에 앉혔다.

지도자는 뭐라고 세 사람을 향하여 질문을 하였다. 그러나 세 사람은 생소한 그들의 말을 알아들을 리 없다. 세 사람은 서로 얼굴만 마주 보고 멀쩡히 서서만 있다.

지도자는 고개를 기웃거리며 무슨 궁리를 해 보다가 방 안에 있는 텔레비전 화면을 가리켰다.

그것을 보고 니콜라이 중령은 가슴에 오른손을 대고 고개를 끄떡였다. '우리도 그런 것이 있다.'는 뜻이었다.

그러자 지도자는 전자계산기를 가리켰다. 또 니콜라이 중령은 고개를 끄떡였다. 지도자는 몹시 반가운 듯이 이번에는 책장에 꽂힌 책들을 가리켰다.

니콜라이 중령은 역시 고개를 끄떡이며 가슴에 손을 댔다.

이쯤 되자 지도자는 책을 한 권 꺼내 오도록 다른 사람에게 시키고는, 책을 펴고 글자를 가리켰다.

니콜라이 중령은 이번에도 고개를 끄떡였다. 그러나 그 글자가 다르다는 의미를 어떻게 표시해야 좋을지 몰라서 궁리하다가 벙어리 냉가슴 앓듯이 한참 손시늉을 해 보였다. 그러나 그런 부호가 통할 까닭이 없다. 지도자는 심히 답답한 듯이 고개를 한참 이리저리 젓다가 무슨 생각을 했는지 종이와 연필을 가져오게 했다. 물론 그들이 쓰는 흰빛 비닐 같은 종이와 그 위에 글씨가 써지는 연필을 가져왔다.

지도자는 이 종이 위에 연필로 그들의 문자를 적어 보였다. 니콜라이 중령은 그의 손에서 연필을 받자 지도자가 쓴 글자 밑에 그들의 글자를 적어 보였다.

이것을 보자 지도자와 그를 보좌하는 두 사람은 손뼉을 치며 좋아하였다. 지도자는 기뻐서 어쩔 줄을 모르며 손을 내밀어 니콜라이 중령의 손을 자기 손등 위에 얹기까지 하였다. 이렇게 되자 두 사람의 의사는 차차 통하기 시작하였다.

이쪽이 책을 그리고 책이라고 발음하면 저쪽은 자기들 말로 책이라고 발음하고 그 밑에 글자를 써 놓았다.

이쪽이 나무를 그리고 나무라고 발음하면 저쪽이 나무라는 글자와 함께 자기들의 발음을 하였다.

이와 같이 차례로 그림과 글자를 써 가는 가운데 두 개의 다른 문자들이 어떻게 다른지, 발음은 어떻게 하는지 깨닫게끔 되었다.

그들의 기쁨은 이루 헤아릴 바 없었다.

이같이 하여 그림으로 뜻이 통하고 문자를 묶어서 낱말을 만들 수 있게 되자, 이번에는 그림을 여러 개 그려서 그 그림들로 한 가지 생각을 전달할 수도 있게 되었다.

이제는 양쪽이 서로 상대방의 말을 배우기에 열중이 되었다.

우선 사람 몸에 관한 낱말부터 시작하여 서로의 일상생활에 밀접한 것부터 깨우쳐 나갔지만 워낙 풍속이 다르거나 저쪽이 있고 이쪽이 없거나 또 그 반대의 경우에는 도무지 생각이 통하지 않아

서로 답답해하였다. 이렇게 되자 지도자는 결심한 듯이 세 사람을 데리고 다른 방으로 들어갔다.

새로 들어간 그 방은 작은 영사실 같았다.

사실 그 지도자는 세 사람에게 그들이 어떻게 금성에 오게 되었는지, 그들이 사는 세계가 어떤 곳인지를 알려 주는 것이 의사를 통하는 데 도움이 되리라고 생각하여 이 방에 데리고 들어온 것이다.

니콜라이 중령과 치올코프 교수와 나타샤 양은 지도자와 나란히 앉아서 영화를 구경하였다. 그 영사기는 작은 녹음기 같고, 필름도 녹음기 테이프처럼 가늘고 그림이 비치지 않는 것인데, 그런 테이프를 일단 기계에 걸면 맞은쪽 벽에 천연색 사진이 선명하게 나타나는 것이다.

이 영화를 보면서 놀란 것은 지금까지 생각한 것과 달리 이들은 금성인이 아니라 머나먼 별에서 7년간이나 여행을 해서 날아온 사람이었다는 것이다.

'이들은 그럼 어떤 별에서 왔을까?'

'이들은 무엇 때문에 금성까지 왔을까?'

이런 의문에 대해 이 영화를 보는 동안에 어느 정도까지는 짐작할 수 있었다.

지금까지 금성인이라고 생각해 온 이들 괴상하게 생긴 사람들은 실은 금성인이 아니라 알파성인이었다.

알파성이란 우리 지구에서는 제일 가까운 곳에 있는 항성(恒星)
이다. 이 별은 지구에서 보면 남쪽 하늘에 보이는 켄타우로스 성
좌에서 제일 밝은 별이 된다. 알파란 말은 그리스 문자의 첫 자인
데, 지구 상에서는 여러 개의 별이 모인 성좌 가운데서 가장 밝은
별부터 차례로 그리스 문자의 순서를 따라서 알파, 베타, 감마……
식으로 부르게 된 것이다.

그러니까 이 켄타우로스 성좌의 알파성은 지구에서 제일 가까
울 뿐만 아니라 아주 밝은 별이 되는 것이다.

이 알파성에 인간과 같은 고등 생물이 살리라고는 미처 몰랐던
것인데, 이 별에는 그토록 머리가 발달한 인간이 살고 있었을 뿐만
아니라 벌써 오래전부터 우리 태양계에 탐험의 손길을 뻗치고 있
었던 것이다.

그들은 처음부터 우리 태양계 탐험을 꿈꾼 것은 아니다.

원래 알파성 사람들은 우리 지구 사람들이 그렇게 생각하던 것
과 마찬가지로, 이 우주 안에는 머리가 고도로 발달하여 과학 문명
을 가진 사람은 자기들뿐이라고 생각했었다.

그러나 우연한 기회에 알파성 사람들은 그들의 별에서 제일 가
까운 프로시그마성에 그들보다는 미개하지만 역시 인간이라고 부
를 수 있는 종족이 살고 있다는 것을 알게 되었다.

이 발견은 그들의 우주관과 인간관을 근본적으로 뜯어고치는
일대 변혁을 가져온 큰 사실이었다.

이제는 자기들만이 우주의 유일한 인간이라는 생각은 버리지 않을 수 없게 되었다.

그래서 그 뒤부터 알파성의 연방 정부에서는 다른 태양계를 탐험할 계획을 적극적으로 추진해 왔던 것이다.

그리고 가장 적합한 곳으로 정해진 곳이 우리 태양계였다.

그렇게 정해진 데는 까닭이 있다. 그들의 별에서 우리 태양을 망원 장치로 바라보면 태양의 유성*인 금성이 또렷이 빛나 보이기 때문이다.

그러나 금성에 오기까지에는 우리가 상상조차 할 수 없는 시간이 걸리는 거리이다. 알파성에서 우리 지구까지는 빛의 속력으로도 4년 4개월이 걸리는 거리이다.

이것을 그들의 발달한 우주선으로 달려온다고 해도, 즉 거의 빛의 속력으로 달리는 우주선으로도 7년을 잡아야 하는 것이다.

이와 같이 머나먼 길을 오직 우주 탐험이라는 목적만을 위해서 왔다고 생각하면 저절로 머리가 숙어지는 것이었다.

그러나 금성에 착륙하고 대규모의 광석 채굴 시설을 차려 놓은 것을 보고는 단순히 그들이 우주 탐험만을 위해 온 것은 아니라고 생각했다.

"이들은 우리 태양계를 침범하고, 우리 태양계의 광석을 날라

●  유성(遊星) 행성. 떠돌이별.

가고 있는지도 몰라요."

니콜라이 중령이 영화를 보다가 치올코프 교수에게 소곤댄다.

"그까지는 괜찮지만, 그러다가 우리 지구가 침략을 받을까 두렵습니다."

치올코프 교수도 그런 것을 생각하고 있었다.

'금성인이 아닌 알파성인이 지구를 침략한다.'

그것은 무서운 일이다. 어떤 과학 무기가 지구를 전멸시키고 인류의 행복과 문명을 파괴할는지 모르는 일이 아닌가. 그렇게 생각할 수 있는 장면이 영화에는 몇 군데 나왔다.

처음에 그들은 금성에 내렸다가 그대로 떠나려고 했다. 금성은 아직 덜 냉각이 돼서 고등 생물은 살 곳이 못 된다고 생각한 것이다. 그러나 그 뒤에 그들은 금성에는 우주선을 만드는 데 없어서는 안 될 귀금속이 많은 것을 발견하고, 여기에 기지를 만들고 귀금속을 캐 가기로 했다.

이런 것을 영화에서 직감한 니콜라이 중령은 속으로 그의 야심이 끓어오르는 것을 느꼈다.

'비밀을 탐지하면 내 공은 커지고 돈벌이도 될 것이다. 이 비밀만 가지고 지구에 돌아가면 미국과 우주 경쟁을 해서 진 것쯤은 메꾸고도 남을 일이야.'

니콜라이 중령은 이렇게 생각하고, 영화가 끝나기를 기다렸다.

그러나 지도자는 혼자서 다른 생각을 하고 있었다.

그는 앞서와 마찬가지로 서로 말을 배우기를 원했다. 그래서 영화가 끝나는 대로 본래의 방으로 세 사람을 데리고 갔다.

니콜라이 중령은 그것이 몹시 지루한 시간으로 느껴졌다. 어떻게 해서든지 이들 알파성인의 목적을 알아내야 하겠는데 그 기회를 만들 길이 없었다.

그래서 말을 배우는 시간을 적당히 넘기고 나자 지도자에게 좀더 지하 도시를 구경시켜 달라고 간청했다.

"그건 어렵지 않지만, 그걸 봐서 뭘 합니까?"

지도자가 물었다.

"보아 두는 것이 우리가 서로 이야기하고 뜻을 통하는 데 도움이 될까 하구요."

니콜라이 중령은 이런 말을 길게 해서 지도자를 납득시킬 수는 없는 일이므로 역시 몸짓, 손짓으로 정중하게 부탁했다.

알파성인 지도자는 잠깐 고개를 기웃거리며 생각하더니 세 사람을 안내하려고 자리에서 일어났다.

세 사람이 먼저 들어간 방은 각 방으로 공기를 보내는 거대한 파이프 통이 장치된 방이었다.

이 방에서 신선한 공기가 만들어지고, 각 방의 더럽혀진 공기가 모여들어서 깨끗이 걸러져서 다시 방으로 공급되고 그런 작업이 진행되는 곳이다.

니콜라이 중령과 그의 일행은 여기서도 기계 돌아가는 소리가 들리지 않는 것을 이상히 여겼지만 그대로 빨리 그 방을 나왔다.

다음에 들어간 방은 맑은 물을 만들어 내는 방이다.

금성의 바다에서 끌어다 깨끗하게 거르는 것이 아니라 금성 위에 떠 있는 구름을 빨아들여 그 속에 섞인 물 이외의 원소를 걸러서 만드는 장치였다.

이 방에도 수많은 파이프와 기계들이 쉴 새 없이 돌고 있으나, 어찌 된 일인지 요란스러운 소리가 나지 않는다.

"이상하지 않아요? 이만큼 기계가 움직이면 귀가 아플 정도로 소리가 요란할 텐데요. 만일 이 지하실에 공기를 공급하지 않는 것이라면 몰라도 공기가 있는데 기계 도는 소리가 들리지 않는다는 것은 이상하지 않아요?"

니콜라이 중령이 치올코프 교수를 돌아보며 물었다.

"물론 이상합니다."

치올코프 교수는 상식 밖의 일이란 듯이 고개를 흔들었다.

그런데 그들의 의문은 다음 방에 들어가서 말끔히 풀렸다.

그들이 들어선 방이 바로 소리를 최소한도로 적게 만드는 장치가 된 방이다.

각 방의 기계에서 나는 소리는 이 방에서 엄밀히 계산되어 나가는 주파수 때문에 소리의 주파수가 상쇄되게 마련인 것이다. 그러니까 말하자면 소리가 되는 진동이 소리가 안 되도록 흡수되는 어떤 반주파를 보내는 장치가 된 방이다.

"정말 놀라운 장친데요."

치올코프 교수가 속으로부터 탄복하였다.

"그럼 다음 방에 들어가 볼까요. 이 방에서는 지하 도시의 대개의 장치를 조작하고 있습니다."

알파성인 지도자는 다소 자랑스러운 듯이 다음 방문을 열고 들어갔다.

일행은 따라 들어간 방이 텔레비전 방송국의 조정실 같다고 느꼈다.

수많은 크고 작은 단추가 붙은 조정판이 3층으로 방 안에 둘려 있고, 층마다 텔레비전과 같은 전망 스크린이 몇씩 붙어 있다.

또 어떤 층에는 둥근 거울 같은 반사경이 달렸고, 어떤 층에는 테이프 녹음기 같은 바퀴가 돌고 있다. 그 각 장치마다 색색의 불이 켜 있어서 기계들의 움직이는 상태가 미터 바늘과 함께 한눈으로 바라보이게 되었다.

이런 장치들이 꽉 들어찬 둥근 방 밖에는 또 한 겹의 방이 그 둥근 방을 둘러 있었다.

그 바깥방들은 안에서도 전망 창으로 말끔히 들여다볼 수 있게 되었다. 그 바깥방에는 보조 조종 장치가 되어 있고, 그 보조 조종 장치를 운전하는 이는 알파성인이 아니라 그들이 만들어 놓은 로봇들이다.

"굉장하군요."

니콜라이 중령 일행은 입을 헤벌린 채 그저 탄복할 뿐이었다.

그들은 통제실을 나왔다.

이 방을 나오자 알파성인 지도자는 그대로 에스컬레이터를 타고 처음 들렀던 방으로 돌아가려고 했다.

이것을 본 니콜라이 중령이 다시 간청했다.

"이들 모든 시설을 움직이는 동력실은 어디죠?"

"그것은 저 우주선 격납고 옆입니다."

알파성인 지도자는 아무 생각 없이 말한다.

"거기까지 마저 안내해 주실 수 없을까요?"

"그것만은 곤란하오."

"왜요?"

"우주선의 안전을 위해서 거기는 허가받은 사람 외에는 우리 알파성인들도 못 들어가게 되어 있소."

"그래요. 그러면 할 수 없지만 모든 것을 다 구경하다가 그것만 못 본다니 마음이 어쩐지 허전하군요."

"그럴 줄은 압니다만 그 점만은 양해해 주시오."

"만일 그 동력실과 우주선을 보여 주신다면 저도 저희들의 동력 장치와 우주선의 내용을 말씀드리겠습니다. 그리고 필요하다면 어떠한 협력도 아끼지 않을 생각입니다."

알파성인 지도자는 니콜라이 중령의 속까지 꿰뚫어 보듯이 그의 얼굴을 유심히 들여다보았다.

"약속은 지키겠습니다."

니콜라이 중령이 다시 한 번 자기 약속을 다짐해 보였다.

"좋소. 그럼, 본 것을 다른 사람에게 말하지 않겠다고 약속해 주시오."

"좋습니다."

니콜라이 중령은 손을 내밀었다.

알파성인 지도자가 그의 손 위에 자기 손을 얹고 뭐라고 중얼거렸다.

이리하여 알파성인은 니콜라이 중령 일행을 먼저 동력실에 안내했다.

그 장치의 우람함과 굉장한 것은 지금까지 본 것을 몇 개 합쳐도 당할 수 없었다.

역시 소리는 별로 나지 않지만 방 안 전체가 이상하게 파란빛으로 빛나고 있는 것은 역시 원자의 불이 타고 있는 것일까?

그런데 이런 동력실을 나와 그 옆에 있는 우주선 격납고로 들어가던 니콜라이 중령은 다시 한 번 놀랐다.

동력실에서 파이프가 나와 둥근 우주선에 연결되고, 역시 파란빛을 튕기며 마치 그 빛이 우주선으로 옮아가는 것같이 보이는 것이다.

'흠— 우주선의 동력이 이 동력실에서 공급되고 있었구나.'

니콜라이 중령은 생각하며 자기 우주복 단추에 달린 카메라의 셔터를 살며시 눌렀다.

그러자 알파성인 지도자는 니콜라이 중령에게 고개를 돌리며
다가왔다.

# 15. 케아로 35번

"뭘 하고 있소?"

알파성인 지도자는 그 큰 눈을 더한층 이상하게 굴리며 니콜라이 중령을 노려보았다.

"……"

니콜라이 중령은 당황하면서도 재빨리 이중으로 된 단추를 돌리는 것을 잊지 않았다. 그렇게 하면 카메라의 렌즈가 단추 속에 감쪽같이 가려지는 것이다.

"지금 뭘 하고 있었냔 말요?"

알파성인 지도자는 수상쩍은 니콜라이 중령을 지켜보며 다시 따졌다.

"아무것도 안 했어요."

"그럼 나와 같이 오다가 왜 그렇게 뒤졌지요?"

"하도 바닥이 미끄러우니까 그만……."

"후히 후히…… 미끄럽다구요. 그럼 그 사진을 찍는 것 같던 모습은 어떻게 설명할 참이오?"

"사진요?"

"고개를 숙이고 두 손으로 초점을 맞추는 것 같았는데?"

"천만에요, 절대로 아닙니다."

"허지만 왜 그렇게 얼굴빛이 나빠졌소. 의사를 불러올까요?"

"아, 아니올시다. 전 아무렇지도 않으니까요."

"정말 사진을 안 찍었소?"

"제게 사진기가 어디 있어야죠."

"정말이오?"

"제 몸을 뒤져 봐도 좋습니다."

"정말 당신 몸을 뒤져 봐도 좋아요?"

"좋습니다"

"케아로!"

알파성인 지도자는 경비원의 이름을 불렀다. 경비원이 대령했다.

"이분의 몸을 조사해 봐요."

명령이 내리자, 무뚝뚝한 경비원은 니콜라이 중령에게 다가왔다. 그리고 위에서 밑까지 차례로 니콜라이 중령의 우주복을 훑어

만져 보았다. 그러나 경비원은 이렇다 할 아무것도 찾아내지는 못했다.

지퍼가 달린 우주복에는 산소통을 메는 데 필요한 멜빵 줄과 커다란 몇 개의 주머니와 우주모가 연결되는 홈 같은 것이 보일 뿐, 니콜라이 중령의 몸에서 카메라 같은 것은 찾아내지 못했다. 경비원은 물론 가슴 양옆에 붙은 몇 개의 단추를 보았지만 그런 속에 카메라 장치가 되어 있으리라고는 미처 몰랐다.

경비원이 지도자에게 뭐라고 보고하자 지도자는 실망한 듯이 뭐라고 명령을 내렸다. 그리고 온 길을 다시 돌아섰다.

"어째서 그렇게 미욱한 짓을 했소?"

치올코프 교수가 돌아오는 길에 니콜라이 중령이 한 짓을 나무랐다.

"그만하기가 요행이었어요. 나는 일이 어찌 되는가구 가슴이 조막만 해졌었지 뭐요."

나타샤 양까지 한숨을 내쉬었다.

그러나 그 정도로 사건이 끝난 것은 아니었다.

알파성인 지도자는 자기 방으로 돌아오자 니콜라이 중령을 조사 위원회에 넘기고 만 것이다.

조사 위원회란 이들 세계에 있어서는 말하자면 일종의 재판소와 경찰의 기능을 동시에 가진 일을 하는 기구였다.

니콜라이 중령과 두 사람은 그 조사 위원회에 나가 심사를 받게 된 것이다.

다섯 명으로 구성된 조사 위원은 둥근 탁자에 둘러앉아서 차례로 질문을 퍼붓는데 그때 사용하는 기계가 야릇한 것이다.

조사 위원회의 보좌관이 테이프리코더 같은 것을 탁자 밑에서 꺼내더니 그 속에서 작고 큰 바가지 같은 것이 달린 세 갈래의 줄을 꺼냈다.

그리고 그중 큰 바가지는 머리에 씌우고 중질은 가슴에 대고 작은 것은 목에 붙도록 하였다.

이런 준비가 끝나자, 보좌관은 스위치를 넣고 자리에서 물러났다.

조사 위원은 그 기계에서 세 줄의 전류가 테이프에 흐르는 것을 확인하자 심문을 시작했다.

조사 위원 　지금부터 알파성 금성 파견단 조사 위원회는 켄타우로스 성
　　　　　좌의 신성한 이름으로 지구인을 조사한다. 이름은?

니콜라이 　세르게예비치, 니콜라이요.

조사 위원 　생년월일은?

니콜라이 　1938년 5월 4일이오.

조사 위원 　년이란 무슨 뜻이오?

니콜라이 　우리 지구에서는 지구가 태양의 둘레를 한 바퀴 도는 동안을
　　　　　1년이라고 부르오.

조사 위원 　그럼 월이란?

| 니콜라이 | 월은 지구의 위성인 달이 지구를 한 바퀴 도는 동안을 말하오. |
| 조사 위원 | 오…… 당신네도 위성이 있소? |

조사 위원은 반가운 듯이 서로 얼굴을 마주 보며 웃더니 다시 질문을 계속한다.

| 조사 위원 | 그럼 일은 뭐죠? |
| 니콜라이 | 일은 지구가 태양을 돌면서, 또 자신이 한 바퀴 도는 동안을 말하오. 즉 아침에 해가 떠서 다음에 다시 해가 뜨는 동안이오. |
| 조사 위원 | 오, 오, 알겠소. 그럼 1938년은 무엇을 말하오? |
| 니콜라이 | 지구의 대부분의 나라는 예수가 탄생한 해를 기점으로 해를 따지는 것이오. |
| 조사 위원 | 예수가 누군데? |
| 니콜라이 | 나는 믿지 않지만 지구의 많은 사람들이 구세주로 믿고 있는 하느님의 아들이오. |
| 조사 위원 | 음, 구세주라. |

조사 위원 한 사람은 고개를 끄덕이며 잠시 무슨 생각에 잠기는 듯하더니 다시 심문을 계속했다.

| | |
|---|---|
| 조사 위원 | 금성에 온 날짜는? |
| 니콜라이 | 1980년 5월 2일이오. |
| 조사 위원 | 목적은? |
| 니콜라이 | 탐험이오. |
| 조사 위원 | 좋아요. 그럼 우리 우주선 격납고에서 사진을 찍은 것도 탐험 때문이오? |
| 니콜라이 | 내가 사진을 찍었다구요? 내게 사진기가 없었다는 것은 당신네 경비원이 내 몸까지 조사하여 증명이 되었소. |
| 조사 위원 | 그게 정말이오? |
| 니콜라이 | 그렇소. |
| 조사 위원 | 정말이오? |
| 니콜라이 | 그렇다니까요. |

조사 위원은 니콜라이 중령이 잡아떼는 것을 보자 기계에서 흘러나오는 전류를 유심히 바라보다가 갑자기 소리를 질렀다.

| | |
|---|---|
| 조사 위원 | 거짓말! 당신은 거짓말을 했소. |
| 니콜라이 | 누가 거짓말을 해. |
| 조사 위원 | 이것이 안 보여? 이것을 봐요! |

조사 위원 한 사람은 탁자를 치며 테이프리코더 같은 기계를 가

리킨다. 그 기계에서는 지금까지 그리 고저가 심하지 않은 곡선이 그려지다가 갑자기 거칠게 오르내리는 그래프가 그려지며, 그와 동시에 기계에 파란 불이 켜진 것이다. 그것은 지구의 빨간 신호등에 해당하는 것이다. 이것을 보고 조사 위원은 니콜라이 중령이 틀림없이 거짓말을 한 것이라고 단정해 버린 것이었다.

그러나 니콜라이 중령도 지지 않았다.

니콜라이    그 그래프는 당신들에게는 통할지 모르지만 우리 지구인에
          겐 소용이 없는 것이오. 지구인은 알파성인과 머리도 심장도
          다르단 말요.
조사 위원    아직도 거짓말을 계속할 셈이오? 케아로!

조사 위원은 경비원을 불렀다. 그러자 경비원이 달려와서 시키는 대로 니콜라이 중령을 묶으려고 했다.

이것을 본 니콜라이 중령은 반항을 하기 시작했다. 경비원은 예의 작은 전파 총으로 쉽사리 니콜라이 중령을 진정시켜 버렸다.

니콜라이 중령이 반항을 못 하게 되자 조사 위원들은 또 하나의 기계를 꺼내서 전지와 같이 생긴 개름한 자루를 꺼내서 단추를 누르고 그것을 니콜라이 중령의 몸에 비추었다.

그러자 니콜라이 중령이 몸에 지닌 것들이 벽에 붙은 스크린에 속속들이 드러났다. 이것은 일종의 초단파 선이거나 엑스 광선 같

은 방사선을 내는 것임에 틀림없다.

하여튼 이와 같은 방사선 탐지기의 덕분에 니콜라이 중령의 카메라는 발각이 나고 말았다.

니콜라이 중령도 드러난 증거 앞에선 꼼짝을 못하고 그 이상 버틸 수가 없었다.

조사 위원들은 니콜라이 중령의 소지품을 압수하고, 일행을 먼저 가뒀던 어두운 감방으로 보냈다.

"미쳤어, 미쳤어!"

어두운 감방에 들어오자 의젓하기만 하던 치올코프 교수가 화풀이를 하였다.

니콜라이 중령은 말대답 대신 웅크리고 앉아서 종이에다 연필로 무엇을 열심히 적고 있다.

"생각해 봐요, 미치기 전에는 그따위 사진은 뭣 때문에 찍느냔 말요. 우리에게 급한 일은 무슨 방법으로라도 지구로 빨리 돌아가는 것이오."

치올코프 교수는 방 안을 왔다 갔다 하며 그 이상 대장의 하는 짓을 믿을 수 없다는 듯이 니콜라이 중령에게 대들었다.

"누가 그것을 모른댔소."

"그럼 왜 그따위 사진을 찍다 이런 꼴을 만들었소?"

"당신 같은 학자가 내 깊은 마음을 알 리가 있소?"

"왜 몰라. 알 수 있소. 당신은 영웅심 때문이죠. 미국 우주선 설계도를 훔친 수단으로 그 광자 로켓 우주선의 비밀도 훔쳐 보려던 것이죠?"

"그렇소. 그게 나쁘오?"

니콜라이 중령이 일어나서 치올코프 교수의 따귀를 한 대 갈겼다. 치올코프 교수가 분한 듯이 니콜라이 중령의 멱살을 잡고 늘어졌다.

"왜 때리오? 당신은 이제는 내 상관이 아니오."

두 사람은 어두운 방바닥에서 얼싸안고 뒹굴었다.

"그만해요, 제발 그만하세요!"

나타샤 양이 난처한 듯이 두 사람 사이에 끼어들며 그들을 떼놓으려고 했다.

"너는 지구인의 반역자다. 내가 지구로 돌아가면 보고할 테다."

"닥쳐! 내가 지구로 돌아가면 훈장을 받을 것이다."

두 사람은 여전히 험담을 하며 부둥켜안고 돌아갔다.

"한 사람이 훈장을 타기 위해선 동지를 배반해도 좋아요? 이번 일은 대장이 잘못했어요. 어서 그 손을 놓으세요. 아이, 교수가 숨을 지우겠어요. 그 손을 놓아요!"

나타샤 양은 여자의 체면을 무릅쓰고 있는 힘을 다해서 니콜라이 중령의 손을 풀려고 했으나, 치올코프 교수의 목에 감긴 그의 손은 좀처럼 풀리지 않았다.

"사람 살려요! 사람 살려요!"

마침내 나타샤 양은 밖에 들릴 정도로 소리쳤다.

그때였다.

어둠 속에 그전과 같이 문구멍으로 한 점의 빛이 가까이 오더니 그 소리와 함께 알파성인 한 사람이 들어오고 문은 다시 닫혔다.

그제야 두 사람은 서로 얼싸안았던 손들을 풀었다.

어둠과 침묵이 방 안에 가득 찼다.

세 사람의 씨근거리는 숨결 소리가 한층 더 그 방 안의 침묵을 북돋우는 것 같다.

'알파성인이 무엇 때문에 들어왔을까? 우리 싸움을 말리려구?'

이런 생각이 세 사람의 머릿속을 스쳐 가는가 하면,

'아니다, 우리를 불러내 가려구 온 것이다. 그들은 우리를 불러내다가 어떤 방법으로 사형을 집행하는지도 모른다.'

이런 생각이 그들의 머릿속을 어지럽히자 걷잡을 수 없이 심장이 뛰놀고 불안한 마음만이 가슴을 흔들었다.

그러나 아무도 먼저 입을 여는 이는 없고 침묵과 어둠은 계속되었다. 그것이 그들에겐 더욱 불안했다.

"당신들은 우리를 불러내 가려구 왔소?"

니콜라이 중령이 먼저 그 불안한 마음을 이겨 보려는 듯이 입을 열었다.

"아―니오."

알파성인의 대답이다.

"그럼 우리 싸움을 말리려구요?"

"아—니오."

"그럼 우리를 감시하려구요?"

"아—니오."

"그럼 뭐요, 당신은 어째서 이런 감방에 들어왔소?"

"벌받으러."

"벌을 받다니, 알파성인에게 벌을 받아요?"

"그렇습니다."

"무슨 죄를 지었소?"

"직무 태만."

"직무 태만? 어떤?"

"직무 태만."

"어떤 직무 태만이냔 말요?"

"직무 태만."

"제기랄, 그럼 당신은 앞으로 어떻게 되죠?"

"버립니다."

"버리다니, 사람을?"

"아니면 고칩니다."

"아니, 뭐라구요? 사람을 고쳐요? 당신은 무슨 병이 났어요?"

"그렇소."

"어디가?"

나타샤 양이 하도 이상히 여기며 연거푸 물었다.

"머리."

"머리요? 머리가 아파요?"

"아—니."

"그럼?"

"내 손이 잘 안 들어."

"저런, 저걸 어쩌나, 손이 왜 그럴까?"

"지금 나이가 몇이신데?"

"15년."

"나이가 15년이라구요?"

"그렇소."

"그렇게 젊은데 왜 손이 말을 안 들을까?"

"늙었소."

"네?"

"나 늙었어."

"늙다니, 열다섯이 늙어요?"

"나 사람 아니오."

"뭐라구요? 그럼 당신은?"

"로, 로봇이다!"

세 사람은 거의 동시에 외쳤다.

흔히 로봇이라고 하면 크고 작은 둥근 쇠 통이 마디마디로 연결되고 눈에서 전깃불이 번쩍거리는 것을 연상하기 쉽지만 지금 눈앞에 있는 로봇은 조금도 그런 데가 보이지 않는다.

겉으로 보기엔 알파성인과 비슷하고 어떻게 보면 피부색이 좀 다른 것 같지만 어두운 감방 안에서는 그런 것조차 구분이 잘 되지 않았다. 나중에 안 일이지만 다른 것이 있다면 그의 머리에는 작은 안테나가 붙어 있고, 옷의 빛깔은 알파성인이 밝은 하늘색인 데 비해 로봇은 엷은 오렌지빛이다.

불안이 가라앉은 세 사람은 말하는 로봇을 만나서 새로운 흥미를 느꼈다.

그래서 니콜라이 중령은 알파성인에 대한 지식도 얻을 겸 로봇에게 이야기를 많이 시켜 보기로 마음먹었다.

"내 이름은 니콜라이라고 하는데 당신 이름은?"

"케아로 35번."

"이름이 번호로 됐군요. 케아로라면 들은 일이 있는 것 같은데. 그럼 케아로 35번은 금성에서 만들었소, 알파성에서 만들었소?"

"알파성."

"내가 알기에 알파성은 켄타우로스 성좌 안에서 제일 빛나는 별로 알고 있는데?"

"그렇습니다."

"그럼 로봇 공장이 알파성에는 여러 개 있어요?"

"그렇습니다."

"당신과 같은 인조인간이 이 금성에 많이 와 있어요?"

"그렇습니다."

"공장은 대개 사람이 없이 움직이는 것 같던데?"

"나는 주인을 섬긴다."

"아, 그럼 주인을 섬기는 로봇과 공장을 돌보는 로봇이 있는가 보군?"

"그렇습니다."

"그럼 당신의 주인은 누구지요?"

"지도자."

"알파성인의 지도자?"

"그렇습니다."

"아니, 그럼 당신은 아까 내 몸을 조사한?"

"그렇습니다."

"그러고 보니 생각나는군. 그때 지도자가 케아로라고 불렀어."

"그렇습니다."

"그럼 경비원이 로봇이란 말요?"

"그렇습니다."

이런 사실은 세 사람을 한층 더 놀라게 했다.

"그런데 왜 지도자의 경비원이 이런 곳에 끌려왔소?"

"당신 카메라 못 찾았소."

"핫핫…… 내 카메라…… 그것 때문이오?"

니콜라이 중령은 한바탕 웃었다. 그가 단추 속에 장치한 카메라를 경비원이 찾아내지 못한 것은 사실이다.

'그 정도라면 이 로봇은 아직 쓸모가 있어.'

치올코프 교수는 그런 생각을 하고 있었다. 그는 로봇이 지켜야 할 세 가지 규칙을 알고 있었기 때문이다.

그래서 이번에는 치올코프 교수가 니콜라이 중령을 대신해서 묻기 시작했다.

"당신은 만일 사람이 죽게 되면 어떡하죠?"

"구합니다."

"당신은 사람을 해치는 일을 할 수도 있어요?"

"있습니다."

"만일 사람이 당신을 죽이려면?"

"나는 자신을 보호합니다."

"상대방을 죽여서라도?"

"그것은 피합니다."

"그러나 당신이 죽게 되면 어떡해요?"

"피합니다."

"역시 그가 지켜야 할 세 가지 법칙을 아는 로봇이다. 이만하면 우리가 이용할 수도 있소."

치올코프 교수는 아까 싸움 때문에 좀 기분이 좋지 않았지만 감정을 누르고 니콜라이 중령에게 말을 건네었다.

"우리가 이 로봇을요?"

니콜라이 중령도 다툰 것을 별로 마음에 두지 않고 말을 받았다.

"그렇소. 이 로봇은 사람을 해칠 수 없도록 만들었으니 안심하고 우리가 이용할 수 있단 말입니다."

"그것을 어떻게 믿어요? 우리가 만들지 않은 로봇인데."

"믿을 수 없다면 한번 시험해 보시오. 주먹으로라도."

"어떻게요?"

"찌르든지, 때리든지, 아무렇게나."

"이이를요?"

"네."

"그건 교수가 해 보구려."

니콜라이 중령은 불안했던지 자신이 나서려 하지 않았다. 그것을 보고 치올코프 교수가 벌떡 일어나서 다짜고짜 로봇에게 달려가 뺨을 후려갈겼다.

그러나 케아로 35번은 교묘하게 치올코프 교수의 손을 붙들었다가 놓아주며 중얼거렸다.

"나쁩니다."

"봐요, 내 말이 맞죠. 이이는 사람의 이익을 위해서만 봉사하도록 만들어진 우수한 로봇이에요."

모두들 웃었다.

이런 일을 눈앞에 본 니콜라이 중령은 그이다운 한 생각을 짜내서 자기도 한번 시험해 보고 싶어졌다. 그는 로봇 앞으로 다가서며 물었다.

"케아로 35번, 당신은 우리를 인간으로 믿소?"

"그렇습니다."

"그러면 이제부터 우리를 위해 복무해 주어야 하오."

"내 주인이 아니오."

"그러나 우리는 사람이고 우리는 지금 위험에 빠져 있어. 그러니까 케아로는 위험에 빠진 인간을 위해 도움을 줘야 해. 우리는 조금 있으면 불려 나가서 죽을지도 몰라."

"죽지 않습니다."

"그것을 누가 알아? 이봐, 케아로 35번, 그대는 이 방에서 우리를 내보낼 수 있을 거야. 이 문을 열든지 부수고 우리를 내보내 줘야 해. 할 수 있지?"

"할 수 없습니다."

"어째서?"

"당신은 죽지 않습니다."

"그걸 누가 알아? 이 밥통아! 어서 문을 열란 말이다!"

"못 합니다."

"어서 열지 못해?"

"못 합니다."

"그럼 여기서 이대로 죽으란 말야? 우리는 돌아가야 해! 어서 열어!"

"못 합니다."

"에잇, 아직도 못 열겠어? 어서 열어!"

니콜라이 중령은 문 있는 쪽으로 케아로를 끌고 가서 강제로 손잡이를 쥐게 했다.

그러자 어찌 된 일인지 케아로 35번은 획 돌아서더니 두 손으로 니콜라이 중령의 목을 조르며 맞은쪽 담벼락으로 떠밀고 가기 시작했다.

"으후, 으후, 이, 이 목을 놔요! 케아로, 35번, 제발 이, 이 목을 놔줘……. 안, 안 그럴게…… 으후, 으후……."

그러나 케아로는 그대로 목을 조르는 손을 늦추려 하지 않았다.

# 16. 엉뚱한 토론

한편 기를 꽂으려고 고지에 올라간 최미옥 양이 비명을 지르고 있을 즈음에 통신 연락이 두절된 V.P.호는 어찌 된 것일까?

그때 V.P.호는 그들이 이름을 붙인 개척항에 머무르고 있던 것을 여러분은 기억하고 계시리라.

이 V.P.호에 남은 애덤스 박사와 모리스 교수는 조용히 앉아서 책을 뒤적이며 금성에서 수집한 자료들을 살피며 정리하고 있었다.

"왜 그러시오? 애덤스 박사, 뭐 재미나는 발견을 했소?"

모리스 교수는 노트 정리를 하던 손을 멈추고 이상하게 고개를 기웃거리고 있는 애덤스 박사를 바라보며 물었다.

"아니 뭐, 별거 아니지만 좀 이상해요."

"뭔데요?"

"모리스 교수, 참 이해가 안 가는 얘기지만 어떻게 생각하오, 이 나비 말요."

턱 밑에 수염이 자란 애덤스 박사는 소중한 듯이 표본대에 붙인 나비 한 마리를 내밀었다.

"그 나비가 어쨌단 말입니까?"

"이 나비는 우리 지구에서라면 사막에 사는 종류와 비슷하단 말요."

"그래요?"

모리스 교수는 그 나비를 받아 유심히 들여다보다가 턱 밑의 수염을 쓰다듬기 시작했다. 그가 어떤 의문에 부닥치면 하는 버릇이다.

"그 나비가 말요. 만일 정말 사막에 사는 종류라면 금성에는 사막이 있다는 결론이 나옴 직한데, 이렇게 바다와 밀림에 둘려 있는 금성 위에 그런 사막이 있으리라고 상상할 수 있어요?"

"그러고 보면 내게도 이상하게 느껴지는 일이 한 가지 있어요."

모리스 교수가 자기 자료 함에서 병에 담은 흙 표본을 한 개 꺼냈다.

"이것 말예요."

"그게 뭐요?"

"흙 표본인데, 이 속에는 역시 사막의 먼지 같은 것이 섞여 있어요."

"그게 정말이오? 어디 봅시다."

애덤스 박사는 모리스 교수의 손에서 그 표본을 빼앗듯이 받아 들었다.

"이게 만일 사실이라면 우리는 중대한 발견을 하게 되는 것이오. 어떻소? 일행을 기다리는 동안, 우리 나가서 좀 더 자료를 모아 보지 않으려우?"

"나갑시다."

모리스 교수도 기꺼이 찬성하였다.

두 사람은 우주모를 쓰고 자료 수집을 위한 기구들을 한 아름 걸머지고 우주선 밖으로 나갔다. 그러나 그들은 많은 짐들 때문에 그들 자신을 보호해야 할 무기를 지니고 나올 것을 잊어버리고 말았다.

두 사람은 그런 줄도 모르고 터벅터벅 밀림 쪽을 향해서 걸어가고 있는데 별안간에 가죽이 찢어지는 듯한 이상한 소리가 가까이서 들렸다.

"이게 무슨 소리요?"

"글쎄요?"

두 사람은 본능적으로 몸을 땅에 엎드렸다. 두 사람의 눈은 이글이글 타는 듯한 두 개의 눈과 부딪친 것이다.

"공룡이닷!"

애덤스 박사가 외쳤다.

*

여기는 또 기를 꽂으러 올라간, 보랏빛 호수와 귤빛 나무들이 있는 산마루.

윌리엄 중령과 박철 후보생은 있는 힘을 다하여 그 산마루 위로 기어올랐다.

그러나 두 사람은 너무나 놀라운 광경을 눈앞에 보았다. 최미옥 양의 몸은 거꾸로 나무에 매달리고 그녀의 몸에는 나무 기둥같이 굵은 구렁이가 감겨 있는 것이다.

"총, 총을!"

윌리엄 중령이 개미 같은 소리로 외쳤다. 큰 소리를 지를 수 없는 것이다. 우주복의 산소가 새어 나가 숨이 가쁜 데다 몸은 괴조와의 싸움에 쑥밭이 된 것이다.

그러나 그 말을 듣는 박철 후보생도 마찬가지다. 윌리엄 중령의 총으로 괴조의 품에서 목숨을 건지기는 했으나 중령을 이끌고 산마루까지 오르는 동안에 남은 힘은 다 빼앗기고 말았다. 총을 꺼내야 될 줄 뻔히 알면서도 납덩이처럼 늘어진 몸을 가눌 길 없이 그대로 땅 위에 뻗어 버린 것이다.

"아— 아—."

기진맥진한 소리다. 구원을 부를 수도 없이 가냘픈 목소리를 낸 사람은 미옥 양이다.

박철의 귀엔 그 목소리가 마치 개미가 노래를 부르는 것같이 들렸다. 그러고는 다시 귀가 윙윙 울렸다. 그의 눈에는 무엇인가 까물거렸다. 나뭇잎들이 바람에 설레는 것 같았다. 나부끼는 깃발과 구렁이와 미옥 양의 몸이 한데 어울려 범벅이 된 채 망막 속을 맴돌았다.

"아—."

다시 희미하게 고막을 울려 주는 개미 목소리. 그때 눈동자 속에 무엇인가 꿈틀거리는 것을 느꼈다.

'구렁이로군—.'

그제야 구렁이가 최후의 일격을 가하려고 고개를 쳐든 것을 깨달았다. 박철은 허리에서 총을 꺼내 들었다. 그러나 조준을 할 수가 없다. 나무와 구렁이와 깃발과 사람이 분간이 안 간다.

그저 박철은 자문자답하고 있었다.

'목표는 어디냐?'

'목표는 모두다.'

'어째서?'

'미옥 양은 죽을 테니까.'

'아직은 살았어.'

'구렁이가 고개를 들고 마지막 공격을 하려는 중이야.'

'그러니까 쏴야지.'

'목표는 모두다.'

박철은 이까지 생각하자, 무엇인지 꿈틀거리는 것을 향하여 방아쇠를 당겼다. 불빛이 뻗었다. 그와 동시에 박철 자신도 뻗어 버렸다.

다음 순간 하늘을 찢는 듯한 이상한 소리가 들렸다. 그리고 무엇인지 땅에 떨어지는 소리가 났다.

'무엇일까?'

'미옥 양이 떨어졌군.'

'그렇지만 저건 무슨 소리야?'

박철은 다시 기운을 내서 고개를 쳐들었다. 그러자 기이한 광경이 눈에 들어왔다.

미옥 양뿐 아니라 그 구렁이도 함께 떨어진 것이다. 구렁이 입에서는 자줏빛 피가 쏟아져 나오고 그 꼬리는 쭉 뻗었다. 박철이 쏜 한 줄기의 빛이 구렁이 골수를 명중시킨 것이다.

시간이 흘렀다.

세 사람은 악몽에서 깬 사람같이 의식을 회복했다. 박철 후보생이 먼저 일어나고 다음에 윌리엄 중령이, 그리고 맨 나중에 최미옥 양이 깨어났다.

"살았구나."

윌리엄 중령과 박철 후보생이 달려가 서로 얼싸안았다. 세 사람의 눈에서 눈물이 핑 돌았다.

"사람의 목숨이란 어지간히 질긴 모양이죠."

박철이 미옥 양의 얼굴을 뚫어질 듯이 들여다보며 말했다.

그것은 예쁘다거나 밉다거나 그런 감정이 아니다. 그렇다고 사랑한다거나 미워한다거나 그런 감정도 아니다. 다만 인간으로서 생명을 되찾은 감격 그것뿐이다.

인간으로서 맨 먼저 누려야 할 그 무엇이 있다면 그것은 생명 그것이다. 산다는 것 자체가 기쁨이요, 행복이라는 것을 세 사람은 절실히 깨달았다.

"자, 어서 헬리콥터를 타자."

윌리엄 중령이 말한다.

세 사람은 새삼 깨달은 듯이 서로 부축하며 헬리콥터 있는 곳까지 내려갔다.

헬리콥터에 오르자 그들은 먼저 예비용 산소통으로 갈아 메었다.

"어디로 가죠?"

박철 후보생이 조종석에 앉으며 말한다.

"기지로, 아니 개척항으로 가야지."

"짐은 어떡하구요?"

"짐보다는 목숨이 더 소중한 것이야, 어서 가세."

윌리엄 중령의 명령에 헬리콥터는 개척항을 향해 뜨기 시작했다.

헬리콥터는 개척항에 돌아오자 V.P.호에게 착륙 신호를 보냈다. 그러나 V.P.호에서는 회답이 없다.

"이 사람들이 자고 있나?"

박철은 좀 기분이 나빴다. 남은 죽음의 골짜기를 방황하다 간신히 살아 돌아왔는데, 배에 남은 사람들은 무전도 안 받고 잠만 자고 있다고 생각한 것이다.

헬리콥터는 하는 수 없이 착륙 지시도 없이 이쪽에서 헬리콥터 격납고에 내리고 말았다.

일행은 헬리콥터를 격납고에 묶어 버리고 우주선 안으로 들어갔다.

"애덤스? 애덤스 박사?"

부르다가 윌리엄 중령은 뜻밖의 광경에 놀랐다. 방 안에는 아무도 없는 것이다.

"모리스 교수? 모리스?"

세 사람은 번갈아 이름을 부르며 방을 두루 찾았으나 두 사람의 그림자도 나타나지 않았다.

"도대체 이 양반들이 어디 갔담?"

윌리엄 중령은 그들을 원망하듯이 방 안을 둘러보았다.

달라진 것은 아무것도 없다. 모든 것이 있을 자리에 있고, 책상이 펴 있는 것으로 보아 책을 보던 것 같으나 그들은 보이지 않는다. 마침내 윌리엄 중령은 화장실까지 찾아가 보았으나 거기도 없다.

"무슨 일이지?"

윌리엄 대장은 다시 불안해졌다.

몸은 천 근 납덩이같이 무거웠으나 그렇다고 그냥 있을 수도 없다.

"자, 우선 우주복을 갈아입지."

윌리엄 중령이 벽의 단추를 눌렀다.

그러자 담벼락의 옷장 문이 열렸다.

세 사람은 산소 탱크를 떼고 우주복을 갈아입었다. 그리고 모두 아무렇게나 의자에 펄썩 주저앉았다.

"이제 어떡하죠? 저는 이 이상 기운을 낼 수 없습니다."

박철이 아주 두 다리를 뻗으며 말한다.

바로 그때였다. 우주선 밖에서 이상한 소리가 들려왔다.

창가에 있던 미옥 양이 내다보았다. 그러자 깜짝 놀라서 외쳤다.

"저것 좀 봐요, 공룡!"

"공룡이라니?"

"공룡이 나무들을 마구 넘어뜨리고 있어요."

"맘대로 하라지, 우리에게 아랑곳이 뭐야."

그때 또 우직우직 소리를 내며 다른 나무가 넘어졌다.

"앗, 애덤스 박사다!"

미옥 양이 외쳤다.

"뭐라구?"

그제야 윌리엄 중령과 박철 후보생이 창가로 다가섰다.

바로 우주선이 있는 곳에서 조금 떨어진 밀림 앞이다. 거기서 애덤스 박사와 모리스 교수가 공룡의 습격을 받고 있는 것이다.

공룡은 군침을 삼키듯이 붉은 혀를 내밀고 전지 같은 눈알을 부라리며 두 사람을 번갈아 습격한다. 그럴 때마다 애덤스 박사와 모리스 교수도 굵은 나무를 붙들고 요리조리 그 무서운 공격을 피하고 있는 것이다.

공룡은 작은 사람들이 나무를 잡고 뱅뱅 도는 바람에 큰 몸집으로 이럴 수도 저럴 수도 없어서 약이 오를 대로 올라 나무를 마구 넘어뜨리기 시작한 것이다.

그럴 때마다 나무가 중허리에서부터 부러지며 두 사람 위에 떨어졌다. 두 사람은 그 떨어지는 나무와 공룡을 피하기에 진땀을 빼고 있는 것이다.

이 광경을 목격한 윌리엄 중령과 박철 후보생은 그대로 있을 수가 없었다.

재빨리 산소 탱크를 메고 총을 들고 우주선 밖으로 뛰쳐나갔다.

공룡은 몸이 아무리 육중해도 사람의 지혜는 따르지 못했다. 윌리엄 중령과 박철 후보생은 공룡이 습격할 때마다 눈통과 골통을 향하여 잇달아 광선을 퍼부었다.

공룡은 천지를 진동하는 괴음을 지르며 발악하였으나 그 거구도 마침내 땅에 쓰러지고 말았다. 앞을 못 보고 머리가 없어진 몸은 제아무리 크고 힘이 있어도 없는 거나 다름없었다.

공룡이 쓰러지자, 두 사람은 달려가서 애덤스 박사와 모리스 교수를 안아 일으켰다.

"자, 어서 돌아갑시다."

네 사람은 업히거니 업거니 하여 다시 우주선 안으로 돌아왔다.


얼마가 지났는지 모른다.

다섯 명의 V.P.호 대원은 낮이 되어서야 일어났다.

"호호…… 우린 이틀 동안이나 잤군요."

미옥 양이 방 안의 캘린더를 보고 말했다. 저절로 날짜를 넘기고 있는 캘린더는 9월 9일을 가리키고 있다. 그리고 그 밑에는 37이란 숫자가 나타났다. 그 숫자는 그들이 지구를 떠난 지 37일이 됐다는 것을 말한다.

다섯 사람은 그 캘린더를 들여다보며 새삼 지구 생각이 났다.

지구의 가을─. 맑은 공기와 푸른 하늘이 있는 지구의 가을, 맑은 시냇물과 아름다운 꽃들이 해죽이는 보람찬 가을, 오곡이 무르익고 백과가 살찌는 가을, 가을은 지구에서도 가장 풍성한 계절이다.

가을에는 먹을 것이 궁하지 않다. 그렇기에 인조 음식이 아무리 나돌아도 밭에서 따 먹는 싱싱한 포도 맛이며 향기로운 사과 맛을 당하지는 못한다.

캘린더 위에 그려진 과일의 정물 그림을 보며 사람들은 제각기 제멋대로의 향수를 즐겼다.

그것도 그럴 수밖에 없는 것이, 그들은 벌써 날음식을 먹어 본 지 오래고, 지금 그들의 창자는 쪼르륵거리고 있다. 그래서 거의가 다 같이 먹을 것을 생각하고 있었는지 모른다.

"뭘 좀 먹어야 살겠어요."

미옥 양이 모든 사람의 생각을 대신하듯이 말했다.

"먹읍시다."

모두 합창을 하듯이 대답한다.

미옥 양은 웃으며 벽에 가서 단추를 눌렀다. 그러자 벽장문이 열리며 메뉴 표가 나왔다.

"무엇을 먹을까요?"

미옥 양이 식단표를 보며 묻는다.

"오늘은 좀 잘 먹지."

윌리엄 중령의 말이다.

"그럼 차례로 얘기해 주실까요?"

"나는 비프스테이크에 사과 파이와 커피."

"나는 치킨 프라이에 오렌지 파이와 홍차."

"나는 수프와 에그 프라이만 먹겠소, 차는 그만두고."

애덤스 박사다.

"왜요?"

"아니, 그놈 공룡 생각이 나서."

"하하…… 어지간히 혼이 나셨군요."

모두 웃었다.

"나는 미옥 양이 먹는 것을 주오."

박철 후보생이 말한다.

"왜 하필이면요?"

"그게 좋아."

"그럴 거야. 역시 젊은 사람들은 자기들끼리 식성이 맞을 테니까."

모리스 교수가 무슨 의미라도 있는 듯이 두 사람을 번갈아 보며 말한다.

모두 빙그레 웃었다.

미옥 양은 얼굴을 붉히며 각자가 청한 대로 메뉴 표에 달린 단추를 눌렀다.

차례로 요릿감들이 나왔다. 깡통에 든 것들이다. 그 깡통을 열어서 전기 오븐에 넣기만 하면 요리가 되어 나온다.

다섯 사람은 오랜만에 맛있는 식사를 나누었다.

식사가 끝나고 차를 마시는 시간이었다.

일행의 얼굴엔 비로소 생기가 돌았다.

"이렇게 우주선에 돌아온 것만으로 마음이 가라앉으니, 우리가 지구로 다시 돌아간다면 얼마나 기쁘겠소?"

윌리엄 중령이 말한다.

"집이라든가, 고향이든가, 나라라든가 그런 것을 나는 별로 대수룹잖게 여겼지만 이렇게 다른 별에 와 보니 지구야말로 우리 인간에겐 다시없는 고향이 아닐 수 없군요."

모리스 교수도 한마디 한다.

"그러니까 이렇게 금성에 온 것을 후회하시는가요?"

"그런 뜻은 아니죠. 그렇다면 우주선 밖에 나가 그런 변을 당했겠어요. 나는 여기 온 것에 큰 보람을 느낍니다."

"그런데 무엇 때문에 우주선을 떠나서 그런 변을 당했죠?"

윌리엄 중령이 차를 마시며 물었다. 지금까지는 자고 먹기에 바빠서 응당 있음 직한 질문이 지금에야 나온 것이다.

"난 나비를 잡으러 나갔었죠."

"나는 흙을 모으러 나갔었구요."

애덤스 박사와 모리스 교수가 번갈아 대답했다.

"뭐라구요?"

놀란 것은 윌리엄 중령뿐이 아니다. 박철과 미옥 양까지 눈이 둥그레졌다.

"우리는 자료 수집을 하러 나갔었다니까요."

"무슨 자료요?"

박철이 묻는다.

"사막의 유무를 조사하는 자료지."

"네?"

미옥 양이 다시 한 번 놀랐다. 그러나 윌리엄 중령은 그보다 더 놀랐다.

"애덤스 박사, 사막의 유무라니, 그게 무슨 말이오?"

"사막요, 사막을 모르세요. 모래가 깔린 사막요."

애덤스 박사가 한바탕 웃는다. 그러나 윌리엄 중령은 그와 반대로 기분을 상했다.

"애덤스 박사, 나를 조롱하는 것이오?"

"조롱하다니, 내가 왜 대장을 조롱합니까? 그것은 사실입니다."

애덤스 박사도 그제야 얼굴에서 웃음을 거두고 윌리엄 중령을 마주 보았다.

"사실이라니? 사막이 이 금성에 있단 말요?"

"글쎄, 그런 징조가 보여서 좀 더 조사를 해 보려던 것입니다."

"헛허…… 헛헛허……."

윌리엄 중령은 애덤스 박사의 말을 듣자, 실없는 사람처럼 자꾸 웃었다.

"우리가 정신 나갔다는 거죠?"

모리스 교수가 말한다.

"그럼 뭐요, 정신이 바로 박힌 사람이 금성에 사막이 있다고 해요?"

"그러나 있는 징조가 보이니 어떡합니까?"

"이 바다와 우거진 숲과 구름에 덮인 금성에 말이오?"

"대장, 지구를 생각해 보세요. 지구에도 바다가 있고 숲이 있고 구름이 있는데 사막이 있습니다."

"그것은 이것과는 다르지 않소?"

"뭐가 다릅니까?"

"글쎄, 기온도 다르고 구름도 다르고."

"그렇죠. 기온이 더 높고, 구름이 덮여 있습니다. 그렇기 때문에 사막은 더욱 존재할 가능성이 농후합니다."

"여보시오, 사람을 웃기지 마시오. 우리는 지금 바다 위에 떠 있고, 얼마 전만 해도 밀림 속에서 공룡의 습격을 받지 않았소? 그런데 여기 사막이 있다는 말을 어떻게 믿으란 말요."

"그럴 겁니다. 우리도 그렇게 생각했으니까요. 그러나 지구를 생각해 보세요. 추운 티베트 고원에도 사막이 있고, 더운 아프리카에도 사막이 있고, 따스한 오스트레일리아에도 사막이 있습니다. 그런데 금성은 기온이 뜨겁고, 부단히 바람이 불고, 화산이 터지고 있어요. 그 먼지가 어디엔가 가서 쌓인다고 생각할 수 없을까요?"

"못 믿겠는걸 ─."

"저희도 처음엔 믿지 않았습니다. 그래서 더 확실한 자료를 얻으려고 우주선 밖으로 나갔던 것입니다."

"그런데 어떻게 그런 가정을 세워 보았소?"

"나비와 흙입니다."

모리스 교수가 대답했다.

"나비와 흙요?"

미옥 양이 호기심에 눈동자를 빛내며 물었다.

애덤스 박사와 모리스 교수는 일어나서 자기 서랍으로 가더니 예의 나비와 흙의 표본 함을 가지고 왔다.

"자, 보세요."

애덤스 박사가 나비 함을 보였다.

"이게 뭐요?"

"나비죠."

"나비가 어쨌다는 거요?"

"이 나비는 지구에서는 사막에 사는 종류와 비슷합니다. 사막을 횡단하고 바다를 횡단하는 왕나비와 비슷합니다."

"뭐라구요?"

윌리엄 중령은 더욱 놀랐다.

미옥 양과 박철 후보생은 빼앗듯이 그 나비 함을 붙잡고 들여다본다.

"이 흙도 그렇습니다."

이번엔 모리스 교수가 흙 함을 내보인다.

"그 흙도 사막의 존재를 증명한단 말요?"

"글쎄, 증명까지는 이르지만 존재할 가능성은 충분히 알려 줍니다."

"어서 얘기해 보시오."

"그러니까 이 흙은 보통 흙이 아니라 어떤 사막에서 불어온 상

층의 먼지 같다는 것입니다."

"음—."

윌리엄 중령도 이제는 놀란 듯이 탄성을 질렀다.

"금성의 산들이 심한 바람과 화산의 폭발로 항상 풍화 작용을 일으키고 있다면 이와 같은 사막이 있으리라고 가상하는 것도 망발만은 아님 직합니다."

"음—."

윌리엄 중령은 다시 한 번 신음하듯이 뱉었다.

미옥 양과 박철 후보생은 윌리엄 중령의 손에서 다투듯이 흙의 표본 함을 받아 보았다.

차 마시는 시간이 이쯤 되고 보니 대원들의 얼굴은 적이 심각해지는 것이었다.

"이 얘기는 심상치 않은 문제니 좀 더 신중히 토의합시다."

윌리엄 중령도 이야기의 중대함을 느꼈던 것이다.

"만일 금성에 사막이 있다면 그것을 탐험하는 것은 우리 임무가 아닐까요?"

박철 후보생이 말했다.

"나도 그렇게 생각하오. 설사 사막이 없다손 치더라도 그것을 우리 힘으로 확인하고 싶소."

"허지만 무작정 사막 탐험을 떠날 수도 없잖아요?"

"물론이지. 어떻소, 애덤스 박사, 사막이 있다고 단정하오?"

"그것은 대답하기 곤란합니다."

"만일 말요, 사막이 있다면 어째서 지금까지 우리 눈에는 발견되지 않았죠?"

"여기서는 불가능하죠. 산과 바다와 밀림과 구름에 덮여 있으니까요."

"그럼 어디 가면 가능하겠소?"

"가능한 방법은 없죠. 방법이 있다면 그것은 우주선을 타고 금성을 낮게 돌아보는 것뿐입니다."

"돌아봤잖소. 구름 때문에 우리는 육지와 바다를 구분하지도 못했단 말요."

"그것은 너무 높이 떴으니까요. 더 낮게 떠 봐야죠."

"구름 속을?"

"네."

"그것은 위험해. 그러다 높은 산이 있으면 어떡하지?"

"위험을 각오해야죠."

"안 되겠소. 무슨 다른 좋은 방법이 없겠소?"

"있을 것 같지 않습니다."

잠시 침묵이 흘렀다.

"만일 사막이 있다면 우리 힘으로 발견하고 싶습니다."

박철 후보생이 말했다.

"그래요, 뒤에 다른 탐험대가 사막을 발견한다면 그것은 먼저 온 우리 수치가 아녜요?"

미옥 양이 편들었다.

"방법이 없잖아. 우리가 사막에 가서 죽는다면 사막을 발견한 보람이 뭐요."

"무슨 좋은 방법이 없을까요?"

미옥 양이 단념하고 싶지 않은 듯이 말한다.

"글쎄."

두 학자도 신통찮은 얼굴들이다.

"참, 이렇게 하면 어떨까요?"

미옥 양이 무슨 좋은 생각이라도 떠오른 듯이 말한다.

"신통한 수라도 있소?"

윌리엄 중령이 별로 기대도 하지 않으며 미옥 양을 마주 본다.

"아까 두 학자님은 사막을 더 확인하는 자료를 얻으러 나갔다지 않았어요. 그 일을 더 계속해 봤으면 어떨까요?"

"그 일을 어떻게?"

윌리엄 중령이 묻는다.

"그건 저도 모르죠. 두 학자님 어떠세요. 무슨 방법 없을까요?"

미옥 양이 애덤스 박사와 모리스 교수를 번갈아 보았다.

미옥 양은 이런 말을 하면서도 속으론 엉뚱한 생각을 하고 있었다.

'보고 싶은 고진 후보생, 어쩌면 그 고진 후보생이 금성에 와 있

을는지도 모른다. 만일 그렇다면, 그이를 다시 만날 길이 있을는지
도 모르지 않는가. 또 그가 소련 우주선에서 고생을 하고 있다면
구해 낼 길도 있을 법하다.'

그런 생각이 문득 떠오른 것이다. 박철 후보생에게는 안됐지만
미옥 양은 옆에 앉은 박철의 얼굴을 보며 실은 고진을 생각하고
있는 것이었다.

"무슨 방법 없어요?"

미옥 양이 다시 묻는다.

"글쎄, 방법이 아주 없진 않지만——."

모리스 교수의 시원찮은 대답이다.

"말씀해 보세요."

미옥 양이 마치 대장처럼 말한다.

"방법은 사막과 접해 있음 직한 지역을 찾아보는 거죠. 거기서
흐르는 냇물을 받아 분석해 보고, 확실히 사막이 있다고 단정이 내
려지면 그때 행동을 개시할 수 있잖아요?"

"그거 좋은 생각입니다. 내 생각에도 그런 곳을 찾아보노라면
사막의 나비도 잡힘 직하고, 자료가 더 많이 모이면 사막의 유무를
보다 정확히 평가할 수 있을 것 같군요."

"어떠세요, 윌리엄 대장님?"

미옥 양이 속으로 기쁨을 감추지 못하고 물었다.

"좋을 것 같군."

월리엄 중령의 대답이다.

"그렇죠. 뭐, 손해 볼 거 없을 것 같아요. 아무래도 지구에 돌아가려면 수십 일을 기다려야 할 것이고, 그동안을 유익하게 보내려면 탐험을 해야 할 것이니까 얼마나 좋아요."

"허허…… 미옥 양이 한술 더 뜨는군."

월리엄 대장은 남의 속셈은 알지도 못하고 탐험가다운 미옥 양을 대견하게 여기는 것이었다.

"좋아요. 그럼 방법을 짭시다. 사막의 유무를 탐지하는 구체안을 만듭시다."

마침내 월리엄 중령은 결단을 내렸다. 그러나 그러한 사막 탐험 계획이 얼마나 놀라운 사건들을 일으킬는지 아무도 모르고 있었다.

# 17. 사막을 찾아서

금성의 아침이다.

먹장 같은 구름이 희멀겋게 밝아 오기 시작했다. 바람은 가라앉고 파도는 잔잔한 편이다.

금성의 아침치고는 최상이다.

"이건 우리 출발을 축복해 주는 것 같은데……."

윌리엄 중령이 조종석에 앉으며 중얼댔다.

"대원들의 마음 날씨도 만점입니다."

애덤스 박사가 사기를 북돋듯이 말한다. 아닌 게 아니라 이 출발을 기뻐하는 사람은 최미옥 양뿐이 아니다. 애덤스 박사와 모리스교수는 그들이 알기를 원한 사막의 유무를 대원들이 협력해서 조사해 보게 된 것이 무척 반가웠다. 윌리엄 중령은 그이대로 또 흥분할 만한 이유가 있었다.

"이것 봐요, 금성의 공기 속을 우주선으로 난 사람이 우리 외에 또 있을 것 같소?"

윌리엄 중령은 우주선에 날개를 내밀게 하고 가속 엔진을 보통 로켓 엔진으로 바꾸며 말했다.

그는 고진이 벌써 용암이 흘러내리는 죽음의 골짜기를 탈출할 때 C.C.C.P.호가 금성의 대기 속을 비행한 사실을 알 까닭이 없다. 또 그는 알파성인이 금성의 공기 속을 마음대로 비행하는 우주선을 가지고 있으리라고는 상상조차 못 했다.

하여튼 대원들은 상상 외로 기분이 좋았다. 남이 안 해 본 일을 처음 한다는 즐거움 때문인지 모른다. 대원들은 자기가 지녀야 할 장비와 무기 등을 일일이 점검해서 챙겨 놓고는 모두 제자리에 앉았다.

이것을 본 윌리엄 대장이 잠시 눈을 감았다.

기도를 올리는 것이다. 부디 앞길에 행운을 비는 것이다. 원자력 비행기보다 육중한 우주선이 로켓 엔진으로 금성의 대기 속을 안전하게 날아 달라는 호소였다.

윌리엄 중령은 기도에서 눈을 뜨자 힘 있게 외쳤다.

"출발 준비!"

모두 안전벨트를 허리에 걸고 의자에 몸을 기댔다.

"그럼 출발이오!"

윌리엄 대장은 운명을 하늘에 맡기고 V.P.호 우주선의 이륙 기어를 당겼다.

V.P.호는 비행정같이 그 육중한 몸집으로 금성의 바다 위를 미끄러지기 시작했다. V.P.호는 흰 물줄기를 그으며 얼마쯤을 달리다가 드디어 하늘로 뜨기 시작했다.

"성공입니다!"

박철이 외쳤다.

다른 사람들도 감았던 눈을 떴다. 모두 기쁨과 안도의 숨을 내쉬었다.

금성의 바다가 바로 밑에 내려다보인다. 삽시간에 밀림을 지나 산마루에 올랐다. V.P.호 꼬리에서는 가스가 세차게 내뿜는다. 그러나 조금도 속도가 더해지지는 않는다. 대원들의 몸도 가속도를 낼 때처럼 무겁지는 않다.

"훌륭해!"

윌리엄 중령은 우주선이 완전히 평행을 잡게 된 것을 보자 만족한 듯이 외쳤다. 중령은 이 우주선을 설계한 애치슨 박사에게 경의를 표하기까지 했다. 애치슨 박사는 이런 경우까지 생각하여 우주선일 뿐 아니라 물 위에서도 뜨고 공기 속에서도 비행기처럼 날 수 있게 만든 것이다.

물론 이와 같은 다각적인 이용을 하게끔 꾸미는 데는 동력이 원자력으로 바뀐 데 힘입은 바 크다. 이전처럼 땔감을 위해서 많은

보조 로켓을 달 필요가 없게 된 대신으로 우주선을 여러모로 쓰게
설계한 것이다.

V.P.호는 지금 산과 골짜기와 밀림을 자꾸자꾸 넘고 지나갔다.

"모두 복무 태세로 들어갑시다."

애덤스 박사가 비교적 숲이 적은 어느 골짜기 위에 이르자 말했다.

대원들은 각기 자기가 맡은 장비의 스위치를 켰다.

대원들은 일을 분담해 맡고 있다. 최미옥 양은 통신기와 레이더
를 맡고, 애덤스 박사는 망원경과 카메라를 맡고, 모리스 교수는
기상 관측과 텔레비전 화면을 맡고, 박철은 조종사를 돕기로 했다.

"아니, 이게 뭘까요?"

바로 레이더의 다이얼을 돌리던 미옥 양이 둥근 레이더 스크린
에서 눈을 떼지 않고 말한다.

"뭐가 잡혔소?"

애덤스 박사가 재빨리 망원경과 카메라의 장치를 지상으로 돌
리며 물었다.

"이 뚜렷한 점은 무엇일까요?"

미옥 양은 레이더 스크린 위에 잡힌 흰 점을 가리켰다.

"대장님, 우주선을 다시 돌려 주실까요?"

애덤스 박사가 망원경에 눈을 대며 부탁했다. 윌리엄 대장이 말
없이 우주선의 방향을 바꿨다.

그러자 애덤스 박사는 목표물을 망원경으로 지켜보며 연거푸

카메라의 필름을 돌렸다.

"좋습니다."

애덤스 박사는 촬영을 마치자 대장에게 말한다.

대장은 다시 기수를 예정한 방향으로 돌렸다.

애덤스 박사는 방금 찍은 필름을 끊어서 자동 현상기에 끼웠다. 그러자 자동 현상기에서는 1분이 못 가서 사진이 현상되어 나왔다.

"아니, 그것은 무슨 기계 아뇨?"

사진을 들여다보던 모리스 교수가 물었다.

"그런 것 같죠? 어디 한 장 더 확대해 봅시다."

애덤스 박사는 현상기에 딸린 확대 장치에서 사진을 한 장 뽑아 냈다.

"불도저로군요!"

박철 후보생의 말이다.

"웬 불도저지?"

애덤스 박사가 이상한 듯이 묻는다.

그때 윌리엄 중령이 힐끗 사진을 돌아보더니 외쳤다.

"그것은 지구에서 보냈던 마리너 7호*에서 내려놓은 금성 탐색

---

* 마리너 7호  마리너(mariner)호는 미국 항공 우주국(NASA)에서 발사한 무인 행
성 탐사선으로, 1962~1975년에 수성, 금성, 화성 탐사을 위해 1호부터 10호까
지 발사되었다. 그중 1, 2, 5, 10호가 금성 탐사를 위해 발사되었고, 7호는 이 작
품에서와 달리 화성 탐사에 이용되었다.

기 같구려."

"금성 탐색기요?"

모두 놀랐다.

그러고 보니 마리너 7호에서 보낸 금성 탐색기가 금성에 착륙하여 물이 없다던 금성이 물바다라고 송신하여 지구 사람들을 놀라게 한 사실이 기억에 떠올랐다.

"저것이 저렇게 바다에 면한 골짜기에 내렸었군요."

모리스 교수는 새 사실을 발견한 것이 기뻤다.

"좋은 것을 발견했어요. 지구에 가져갈 만한 사진입니다."

윌리엄 대장도 떠나오길 잘했다고 생각했다. 그는 첫 소득을 만족히 여기며 우주선을 몰았다.

우주선은 드디어 산봉우리를 넘어 또 하나의 골짜기에 다다랐다.

기다란 산줄기가 잇닿았는데 그 한가운데가 길게 굽어서 골짜기를 이룬 것이다.

모리스 교수는 텔레비전을 보다가 무심코 벽에 장치된 바깥 온도계를 바라보았다.

"응?"

모리스 교수는 이상한 듯이 고개를 기웃거렸다. 바깥 온도가 상당히 내려간 것이다.

"55도? 이상한걸, 80도가 넘던 온도가 웬일이지?"

"뭐라구요?"

모리스 교수가 중얼거리는 소리를 듣자, 옆에 앉았던 박철 후보
생이 물었다.

"이것 좀 봐."

모리스 교수가 온도계를 가리킨다.

박철은 온도계를 보았다.

80도 이하라는 것은 상상하기조차 어려운 금성인지라 55도를
가리킨 온도계를 보고는 박철도 놀라지 않을 수 없었다.

"어찌 된 일입니까? 온도계 고장 아녜요?"

박철이 걱정스레 묻는다.

"글쎄. 나도 지금 이상히 여기며 바라보았지만 온도계에 이상은
없는 것 같은데."

"그럼 어찌 된 일이죠?"

"글쎄 말야. 이건 도무지 납득이 안 가요. 온도가 낮아졌는데 습
도까지 낮아졌단 말요."

"그런 일이 어디 있어?"

애덤스 박사가 이상하다는 듯이 습도계를 들여다본다. 틀림없
이 습도가 줄었다.

아무리 생각해도 이상한 일이다.

"이 골짜기에 내릴 순 없을까요?"

"왜요?"

윌리엄 대장이 뒤돌아본다.

"납득이 안 가는 일이 있습니다."

애덤스 박사가 자기가 본 대로를 다시 윌리엄 중령에게 말했다.

"그게 무슨 뜻이오?"

"모르죠. 이 골짜기가 유달리 서늘하다는 것과 습도가 낮다는 것은 보다 인간이 살기 좋은 장소를 의미합니다. 그런데 어디서 이런 조건이 만들어지고 있는지 알아볼 필요가 있잖아요?"

"글쎄."

"글쎄가 아니죠. 대장님, 이렇게 좋은 착륙 장소를 찾기도 어려울 것입니다."

"하긴 그래, 그럼 내려 볼까."

대장은 말하면서도 착륙을 망설인다. 무슨 이상한 느낌이 그를 막고 있는지도 모른다.

"무엇을 망설이십니까? 어서 내립시다."

"좋아, 해 보지."

모리스 교수가 재촉하자 윌리엄 대장은 결심한 듯이 착륙 기어에 손을 댄다.

대장은 보다 넓고 보다 평탄한 자리를 고르자, 그곳을 향하여 급히 고도를 낮추기 시작했다. 그때다.

"앗!"

윌리엄 대장이 외마디 소리를 질렀다.

어디선지 이상한 불덩어리가 날아올라 왔다. 그 불덩어리는 그들의 우주선과는 사뭇 다른 소리를 내며 마치 기다란 빛줄기처럼 하늘로 뻗어 올라가는 것이다.

윌리엄 중령은 핸들을 잡았던 손이 떨리고 혼이 빠진 사람처럼 어쩔 줄을 몰랐다.

다른 대원들은 그대로 우주선 바닥에 쓰러지고 말았다.

다음 순간 윌리엄 대장은 급히 기수를 하늘로 돌리고 있었다. 그리고 가속 장치로 바꾸어 이 무서운 골짜기에서 달아나고 있었다.

미옥 양과 두 과학자는 갑자기 몸이 무거워지는 것을 깨달았다. 가속도 때문에 생긴 무게였다.

차차 숨이 가빠졌다.

"대장, 무얼 하는 거요. 가속도를 바꿔요, 대장!"

모리스 교수가 소리 지른다.

"그 빛줄기를 못 봤소?"

윌리엄 중령이 외친다.

"빛줄기가 어쨌다는 겁니까?"

"전에 바다에서 본 그 빛줄기와 같아."

"네?"

"그게 우주선이오. 빛과 같이 날아가는 우주선이란 말요. 하마터면 우리 우주선과 충돌할 뻔했소."

윌리엄 중령은 아직도 눈이 둥그레져서 가속도를 멈추려 하지 않는다.

그동안에 우주선은 벌써 상당히 하늘 높이 솟으며 예정했던 곳과는 엉뚱한 방향으로 달아나고 있었다.

"대장님, 빨리 가속도를 멈추고 방향을 바꾸셔야 합니다."

레이더 앞에 앉았던 미옥 양이 소리쳤다. 레이더의 비상벨이 요란하게 울리는 것이다.

그러나 대원들은 어찌할 바를 모른다. 가속도 때문에 자기 몸을 가누기도 어려운 것이다. 이것은 마치 대기권을 탈출하여 우주여행을 시작하려는 직전 같았다.

그런 경우라면 자동 장치로 가속 장치가 멎을 수도 있는 일이지만 지금은 그런 것을 기대할 수도 없다. 공기 속을 비행하는 것은 어디까지나 사람의 힘으로 비행해야 하는 것이다.

그런데 지금 레이더의 비상벨이 요란하게 울리며 경종을 울리고 있다.

'멈춰야지, 비상종이 울린다. 멈춰야지……'

윌리엄 중령은 생각하면서도 앞서의 빛줄기 같은 우주선에 놀란 나머지 아직도 정신을 못 차리고 있는 것 같다.

이것을 깨달은 박철이 윌리엄 중령 앞에 있는 가속 장치 기어를 뒤로 잡아당겼다.

그러자 속력은 차차 줄어들고 가속도는 멎어 버렸다. 그런데 벌써 우주선은 까마득히 구름 속을 날고 있는 것이다.

"도로 내려가야 해요."

박철은 중얼거리며 고도를 낮추는 기어를 계속 잡아당겼다.

고도는 줄곧 떨어졌다.

그러나 그들이 겹겹이 쌓인 구름 밑으로 내려왔을 때 그들은 참으로 놀라운 광경에 눈을 부릅뜨지 않을 수 없었다.

바로 그들 우주선 밑에는 끝없는 사막이 펼쳐져 있는 것이 아닌가.

"사막이다!"

누군가가 죽은 사람의 목소리처럼 가냘프게 중얼댔다. 그렇게 찾고 바라던 사막이 지금 막 눈 밑에 벌어졌는데 대원들에게는 반가움보다는 두려움이 앞선 것이다.

대원들은 사방을 둘러봤다.

아무리 둘러봐도 사막 외에는 보이는 것이 없다.

새빨갛게 벌거숭이가 된 산과 허허벌판으로 끝없이 벌어진 사막이 굽이굽이 능선을 이루고 골짜기 지고 또 능선이 져서 아득히 잇닿았다.

바람이 산모퉁이를 깎고 밝은 햇빛 아닌 뜨거운 볕이 사정없이 누리를 억눌렀다.

"방향을 바꿔요!"

모리스 교수가 외친다.

"어디로?"

윌리엄 대장이 묻는다. 사방이 사막인데 어느 쪽으로 방향을 바꾸란 말인가!

월리엄 중령은 행여나 탈출구를 만날까 싶어 방향을 돌렸다. 사막 위를 빙빙 돌아 보았다.

행여나 물이 흐르는 곳이나 하다못해 오아시스 같은 그늘진 곳이라도 없을까고 사막 위를 돌아 헤매었다. 그러나 돌면 돌수록 앞은 더 캄캄하고 깊이 들어가면 갈수록 더 사막 속으로 빠져 들어가는 것만 같았다.

핸들을 잡은 월리엄 중령의 이마에는 땀이 비 오듯 흘러내렸다. 대원들의 눈도 이제는 살벌한 사막의 풍경에 지치고 말았다.

모든 대원들의 얼굴에는 절망의 빛이 여실히 떠올랐다.

"금성에 사막이 없다는 자는 누구였어."

어느 대원이 푸념을 했다.

"이젠 별수 없으니 내립시다. 사막 위에 내려서 사막의 귀신이 됩시다."

어떤 대원이 말했다.

"약한 소리 말아요. 죽기까지는 단념할 수 없어요. 우리에겐 사명이 있잖아요?"

미옥 양이 그대로 레이더를 지켜보며 야무진 소리를 한다.

"옳아, 사막의 귀신이 되기엔 일러. 어서 사진이나 찍어 둬요. 가도 가도 끝없는 사막의 사진을 끝없이 찍어 두란 말요! 우리가 할 일은 그것뿐이야. 그리고 우리가 지쳐서 사막 어느 한 모퉁이에 떨어져서 해골로 바뀌고 그 언젠가 인간이 다시 이 사막을 정복하는 날, 우리는 해골로서 그들을 맞을 거야! 안 그래요? 으하하……."

윌리엄 중령이 미친 사람같이 웃기 시작했다.

"우리 해골이라구요? 우리 해골이 어디 있어요? 우리가 사막에 떨어지는 날이면 그대로 저 모래 속에 겹겹이 파묻히고 말걸요."

모리스 교수가 말한다.

"모두들 너무 절망 말아요. 하늘은 스스로 돕는 자를 돕는다지 않았어요. 우리가 지금이라도 할 수 있는 방법을 생각해 봅시다. 저것 봐요. 밤이 오는 것 같소. 하늘이 희멀겋게 뿌연 빛을 거두고 있잖소. 이제는 태양의 뜨거운 볕이 꺾이고 화산의 불길이 금성을 비춰 줄 시간이오. 저녁노을처럼 화산에서 뿌연 빛을 퍼뜨리는 것을 보았죠? 그러면 더위도 조금은 나아질 것이고 바람도 조금은 가라앉을 것이오."

모리스 교수가 콧수염을 어루만지며 대원들에게 냉정해질 것을 호소했다.

"태양이 없어지건 지구가 달이 되건 우리에게 아랑곳이 뭐요. 만사 휴지야. 우리는 사막에서 벗어날 수는 없소!"

윌리엄 중령이 전에 없이 약한 소리를 한다.

"SOS를 불러 봅시다. 누가 우리를 구하러 올지 알아요?"

애덤스 박사가 말한다.

"누가요?"

윌리엄 중령이 되묻는다.

"누군가 있을 것 같아요. 소련 우주선이 미리 와 있다면 우리 구조 신호를 들을 수 있을 거 아녜요."

미옥 양이 문득 고진 후보생을 생각하며 하는 말이다.

"흥, 꿈 같은 소리야. 우리가 벗어날 수 없는 사막 속에서 소련 우주선은 벗어날 수 있대요?"

박철 후보생이 중얼거렸다.

모든 대원의 얼굴에는 역력히 절망의 빛이 떠올랐다.

바로 그때다.

망원경으로 밖을 내다보던 애덤스 박사가 반가워서 어쩔 줄을 몰라 외쳤다.

"나비다! 저것 봐요. 나비 떼!"

대원들은 일제히 애덤스 박사가 가리키는 우주선 창밖을 내다보았다.

"나비, 사막 위를 건너는 나비 떼!"

모두 무슨 기적이라도 바라보듯이 나비 떼를 지켜본다. 우주선 밑에 비교적 높이 떠가는 나비 떼.

바람은 어느 정도 잦았다. 더위도 어느 정도 식었다. 거기 화산의 빛이 은은하게 뿌연 빛을 뿌려 주는 가운데 나비 떼는 어느 일정한 방향으로 날아가고 있는 것이다. 그것은 제비보다 큰 나비들이다.

"나비가 사막 위에서 살 수 있다면 왜 우리 인간이라고 못 살겠어요."

최미옥 양이 희망에 찬 목소리로 소곤댄다.

"저것은 사막 위에 사는 나비는 아냐."

애덤스 박사가 말한다.

"그럼요?"

"저것은 지금 사막을 건너고 있는 중이야."

"그래요?"

"그렇지. 더위가 줄고 바람이 자면서 저녁이 찾아오면 저 나비들은 사막을 건너 다른 숲으로 찾아가는 것이야."

애덤스 박사가 생물학자답게 설명을 했다.

그러자 미옥 양이 무슨 생각이 난 듯이 외쳤다.

"그럼 우리도 건널 수 있잖아요?"

"무엇을 건너?"

윌리엄 중령이 묻는다.

"이 사막 말예요!"

"이 사막을?"

"네, 나비가 사막을 건널 수 있는데 우주선이 못 건너란 법이 어디 있어요?"

"옳지, 미옥이, 살았어!"

윌리엄 대장이 그제야 정신이 번쩍 드는 듯이 소리쳤다.

"나비 뒤를 쫓자! 그러면 숲이 있는 곳으로 나갈 수 있을 것이다."

이 말에 대원들의 얼굴엔 비로소 생기가 떠올랐다.

윌리엄 대장은 급기야 우주선의 머리를 나비가 나는 방향으로 돌렸다.

나비 떼들은 어떤 때는 높게, 어떤 때는 낮게 날았다.

그러나 놀라운 것은 때때로 나비가 행방을 감추는 일이다.

"응? 어디로 갔소?"

대원들은 이럴 때면 다시 얼굴이 새파랗게 질려서 나비를 찾기에 온갖 힘을 다했다. 망원경과 텔레비전과 레이더 장치를 동원해 보지만 신통한 효과를 못 거둔다.

더욱이 레이더는 나비를 찾는 데는 하등의 소용이 닿지 않았다. 그런대로 이런 때 쓸모 있는 것은 망원경이다.

모든 대원들이 눈알이 빨개서 나비를 찾을라치면 나비는 감쪽같이 사라졌다가도 어디선지 불쑥 나타난다.

처음에는 몇 번이고 나비를 놓치고 출발했던 제자리까지 돌아와서 다시 나비를 찾았다.

이렇게 헛수고를 하는 동안에 대원들은 지치고 말았다.

그러나 차차 나비의 나는 방법에 어느 정도 익숙해졌다. 나비는 무턱대고 사막을 건너는 것이 아니라 어떤 원칙 밑에서 날고 있는 것 같았다.

첫째로, 나비 떼는 기러기 떼처럼 줄을 지어서 날고 있다는 것이다.

둘째로, 나비는 역시 기러기 떼처럼 지도자가 있다는 것이다.

셋째로, 나비 떼는 일정한 방향으로만 날고 있다는 것이다.

넷째로, 나비 떼는 사막에서 일어나는 먼지를 피하기 위하여 어떤 때는 높게 또 어떤 때는 낮게 난다는 것이다.

다섯째로, 나비 떼는 절대로 무리를 하지 않고 바람결을 따라 날고 있다는 것이다.

이러한 나비의 습성을 알게 된 뒤에는 나비를 찾는 것이 훨씬 수월해졌다.

그러나 그렇게 되는 동안에 V.P.호 대원들은 너 나 할 것 없이 지쳐 버렸다.

아마도 그 지긋지긋한 사막 위를 50번은 더 돌았을 것 같다.

그러는 동안에 대원들의 몸에서는 땀이 비 오듯 내리고 졸음이 한꺼번에 몰려왔다.

아무리 눈을 부릅뜨고 혈안이 돼서 나비를 찾으려 해도 눈은 저절로 감겨 버린다.

아무리 제비만큼 큰 나비라지만 그 널따란 사막 위에서, 또 우주선 안에서 나비 떼를 쫓아간다는 것은 말이 쉽지 여간한 고행이 아니었다.

처음에는 나비 떼를 잃어버리고 몇 번이고 되돌아섰지만 나비 떼의 모습을 뻔히 바라보면서도 뒤돌아서지 않을 수 없었다.

그것은 나비가 워낙 느리고 무리를 하지 않는 데 반하여 우주선은 너무 속력이 빠르기 때문이다. 아무리 속력을 늦춰 봐야 우주선은 한도 이상 늦출 수 없는 것이다. 그러니 이것은 정말 간질병이 나리만큼 성가시고 안타까운 추적이 아닐 수 없다.

마침내 대원들은 그 이상 견딜 수 없게 되었다.

금성의 아침이 찾아들 무렵에는 V.P.호 대원들은 너 나 할 것 없이 나비를 찾는 것을 잊어 먹고 곤히 잠이 들고 말았다. 방향은 서북쪽으로 잡아 놓은 채 말이다.

이런 식으로 잠자는 우주선이 장님같이 얼마를 날았을 때였다.

갑자기 요란한 폭음에 놀라서 미옥 양이 눈을 떴다. 그 뒤로 박철 후보생이 눈을 떴다.

두 젊은이는 그 폭음이 어디서 나는 것인지를 똑똑히 보았다. 그 폭음은 바로 우주선 밑에 있는 화산에서 터져 올라오는 소리였다.

"일어나요! 빨리! 일어나요!"

박철은 놀라 외치며 우주선의 조종간을 잡고 힘껏 틀었다.

그러나 늦었다. 화산에서 튕겨 올라온 용암이며 돌덩이들이 마구 우주선을 후려갈겼다.

우주선이 뒤틀거리며 세차게 흔들렸다.

대원들은 그제야 선잠에서 깨어나는 사람같이 부스스 눈을 떴다. 눈을 뜬 채로 그들은 우주선 바닥에 이리저리 부딪쳤다. 안전 벨트를 걸었지만 하도 세차게 우주선이 뒤흔들려서, 대원들은 의자와 벽에 어깨와 머리를 부딪쳤다.

또 다른 사람의 머리와 몸과도 부딪쳤다.

그러면서도 윌리엄 중령은 잠꼬대처럼 중얼거린다.

"나비는 어디야? 우리 나비가 어디 갔어, 응?"

"나비가 문제 아녜요! 화산입니다!"

박철은 화산에서 날아오는 돌무더기 속을 뚫고 나가려고 필사적으로 조종간을 이리저리 잡아채며 소리쳤다.

"뭐, 뭐라구!"

윌리엄 중령은 그제야 눈을 번쩍 떴다. 그리고 시뻘건 불줄기와 함께 덜 식은 화산의 용암이 마구 우주선으로 날아와 부딪치는 것을 깨닫고는 넋을 잃고 말았다.

"나비를 쫓아라! 아니, 화산을 쫓아라!"

윌리엄 대장은 어찌할 바를 몰라 외쳤다. 방향을 돌린다는 것이 고도를 낮추는 기어를 당기고, 속도를 낸다는 것이 속도를 낮추는 핸들을 잡아당겼다.

그러자 V.P.호 우주선은 자꾸만 화산 입구로 떨어져 갔다.

# 18. 고진을 만나다

지쳐 버린 대원들을 태운 V.P.호는 금성의 서북쪽에 솟은 화산 마루턱 위에 앉았다.

불길은 여전히 솟아오르고 불덩이 물은 잇달아 우주선을 후려 갈겼다. 우주선의 비상벨이 요란하게 울렸다. 그러나 다급해진 대원들은 무엇을 먼저 해야 좋을지 몰랐다. 이 화산을 사이에 두고 한쪽은 벌거숭이 사막이 끝없이 퍼지고, 한쪽은 숲이 우거진 골짜기를 내려다보면서도 대원들은 미처 손을 쓸 사이 없이 화산의 불구덩이 속으로 떨어져 갔다.

박철 후보생은 윌리엄 중령 대신 핸들을 잡고 고도를 올리고 골짜기가 보이는 곳으로 커브를 꺾었다.

최미옥 양은 구조 신호를 보냈다.

"V.P.호 서북 화산 위에 추락 중, SOS 누구든지 도와주시오! SOS…… SOS……."

그러나 때는 이미 늦었다. 우주선은 화산에서 튕겨 온 불덩이에 날개를 얻어맞고 기수를 곤두세운 채 떨어지기 시작했다.

이것을 본 윌리엄 대장은 당황하여 외쳤다.

"낙하산으로 탈출하시오, 빨리!"

대장은 손수 애덤스 박사와 모리스 교수의 비상 탈출용 단추를 눌러 주었다. 박철 후보생은 최미옥 양의 단추를 눌렀다.

그러자 낙하산을 등에 진 세 사람은 우주선에서 튀어나와 돌덩이처럼 골짜기로 떨어져 갔다.

"다음은 박철 군 차례다!"

대장이 부조종석에 앉은 박철의 비상용 단추를 누르려고 했다. 박철이 재빨리 대장의 손목을 잡았다.

"저보다 대장님이 떠나셔야 합니다."

"미친 소리, 어서 떠나!"

"아닙니다. 우주선은 제가 지키겠습니다."

"안 돼! 어서 떠나라니까!"

"제발 대장님!"

"대장의 명령이다! 어서 떠나라!"

대장이 눈을 부릅뜨고 박철 후보생의 의자에 붙은 단추를 눌렀다. 그와 때를 같이하여 V.P.호는 세찬 충격을 받으며 꼬리에 화재를 일으켰다. 이렇게 되면 로켓 엔진도 소용이 없다.

세 사람의 대원은 낙하산으로 떨어지며 V.P.호가 불더미에 싸인 채 원자로가 터지는 광경을 목격했다.

'모처럼 사막에서 빠져나왔는데…….'

그들의 눈에는 눈물이 핑 돌았다.

죽음은 이미 각오하고 떠난 모험의 길이긴 했지만, 우주선과 두 동지의 죽음을 눈앞에 보고는 정신이 아찔해졌다.

이제는 그들 자신도 지구로 돌아갈 길이 막혔다는 생각이 세 사람의 머릿속에 꽉 차 버렸다.

그러면서도 세 사람은 그 버섯 같은 원자의 불길을 피하기 위하여 제각기 낙하산을 조종하여 작은 산을 넘고 냇물이 흐르는 골짜기 밑에 내려앉았다.

세 사람은 밀림 같지는 않으나 숲에 덮인 속을 헤치며 서로 한자리에 모였다. 그들은 우주복에 딸린 통화 장치로 이름을 부르며 우선 냇물이 흐르는 골짜기 옆에 모였다.

"자, 이젠 어떡하지?"

애덤스 박사는 낙하산을 아무렇게나 펴서 자리를 만들고 그 위에 주저앉으며 말한다.

"뭘 어떡해요. 우리도 먼저 간 두 사람 뒤를 따르는 길뿐이죠."

모리스 교수가 골짜기를 둘러보며 중얼거렸다. 낙하산에 딸린 약간의 비상용 음식이 있기는 하나 그것이 떨어지면 그다음은 살 길이 막막하다. 음식이라면 금성의 동물을 잡아먹더라도 얼마 동안 살 수 있겠지만, 가장 긴요한 것은 산소다. 산소가 없이는 살 도리가 없는 것이다. 그렇다고 스산한 금성의 어디에 가서 산소를 구해 오랴. 그들은 절망에 빠지고 말았다.

"너무 낙심할 건 없소. 사는 날까지는 희망을 가져야 하오. 자, 기운을 내서 두 사람의 비석이나 만들어 세웁시다."

모리스 교수가 애덤스 박사에게 말하며 자리에서 일어났다. 애덤스 박사와 미옥 양도 따라 일어나 기념비를 세울 만한 자리와 감을 찾아 나섰다.

세 사람은 잠시 냇물을 따라 숲 사이를 헤치고 어떤 조그마한 바위에 이르렀다.

"여기가 어떻소?"

애덤스 박사가 천연적으로 기념비처럼 예쁘게 생긴 바위를 가리켰다. 반듯하고 모지면서도 광채가 나는 돌이다.

"아니, 이건 홍옥 아뇨?"

"홍옥이라니, 루비 말이오?"

애덤스 박사가 묻는다.

"네."

모리스 교수는 그 바위 위에 다른 돌을 비벼 보다가 급히 렌즈를 꺼내서 그 바위를 살펴보았다. 그것은 틀림없는 보석이다. 홍옥, 붉은빛 무지개가 아른하게 빛나는 루비다. 모리스 교수는 욕심이 나는 듯이 주머니에 보석 조각을 주워서 넣기 시작했다. 그것을 본 애덤스 박사가 기가 찬 듯이 꾸짖었다.

"모리스 교수, 그것을 주머니에 넣으면 도대체 어쩌겠다는 거요? 지구로 가져갈 길이 있소?"

"허지만 이건—."

"지구에 가져가면 값이 나간단 말이지요. 그럼 모리스 교수는 부자가 될 것이고—."

모리스 교수도 애덤스 박사의 말에는 할 말이 없었다. 교수 자신이 지구로 돌아갈 애들 장난감 같은 로켓조차 없는데 금성에서 보석을 아무리 많이 얻은들 무슨 소용이 있으랴.

"자, 그 보석 나부랭이는 집어 던지고 어서 기념비나 만듭시다."

애덤스 박사가 주머니에서 초음파 칼을 꺼내 들고 모진 바위 앞에 다가섰다.

"뭐라고 새기죠?"

미옥 양도 칼을 꺼내며 묻는다.

애덤스 박사는 한참 생각하다가 입을 열었다.

"여기, 지구에서 탐험 온 용감한 일행 다섯 명이 고이 잠들다, 라면 어때요?"

"네? 다섯 명이오?"

미옥 양이 놀라서 외친다.

"그렇지, 미옥 양은 빼고 네 명으로 할까?"

애덤스 박사가 웃었다. 미옥 양은 할 말이 없었다.

그래서 세 사람은 묵묵히 홍옥의 바위 위에 비문을 새기기 시작했다.

그 비문이 끝나자 이번에는 윌리엄 대장의 이름과 박철 후보생의 이름을 새기고 다음에는 그들의 이름을 각자가 새기려 할 때였다.

어디선지 우주복의 수화기에서 말소리가 들려왔다.

미옥 양이 이름을 새기려던 손을 멈추고 귀의 신경을 곤두세웠다.

"무슨 소리가 들리지 않았어요?"

"글쎄…… 왜 그래?"

"누가 나를 부르는 것 같아요."

"뭐라구? 누가 미옥 양을 불러?"

애덤스 박사가 웃는다.

"아녜요. 분명히 무슨 소리가 들렸어요."

"잠꼬대 같은 소리 그만해. 사람이란 죽음이 눈앞에 오면 으레 공포 증세에 걸리는 법이야. 그러면 무엇이 보이는 것 같기도 하고 무슨 소리가 들리는 것 같기도 한 거지."

애덤스 박사는 의사와 같이 말했다.

그때 또 미옥 양이 무슨 소리를 들었다.

"또 들려요. 내가 가 보고 올게요."

미옥 양은 숲 속으로 달려 내려갔다. 숲을 헤치고 냇물을 따라 얼마쯤을 달렸다.

그러자, 미옥 양의 앞에서도 무엇인지 숲을 헤치며 올라오는 소리가 들린다. 미옥 양은 설레는 숲을 보자 나무 뒤에 숨으며 총을 꺼내 들었다. 가슴이 두근거린다. 머리끝이 하늘로 솟는 것 같다. 머릿속에는 공룡의 모습이 역력히 떠올랐다. 몸서리치는 구렁이 모습도 아른거렸다.

미옥 양은 마른침을 꿀꺽 삼켰다.

그때였다. 또렷하고 길게 목청을 뽑아 부르는 소리가 들려왔다.

"최— 미— 옥— 양—."

고진의 목소리였다. 오매*에도 잊을 수 없었던 고진의 목소리 바로 그것이 아닌가.

미옥 양은 나무 뒤에서 뛰쳐나와 숲을 헤치며 이름을 불렀다.

"고— 진— 씨—."

"아니, 미옥이! 어디야?"

고진은 뜻밖에도 아주 가까운 곳에서 미옥 양의 목소리가 나자 놀란 듯이 달려갔다.

"여기예요……."

미옥 양도 달려갔다.

---

● **오매** 자나 깨나 언제나.

두 젊은 우주인은 숲을 헤치며 우주복을 입은 채 얼싸안고 흐느껴 울었다.

미옥 양과 고진은 잠시 떨어질 줄을 모르고 서로 안고 안겼다가 잠시 뒤에야 미옥 양이 무엇에 놀란 듯이 고진을 떠밀며 그의 품에서 빠져나왔다. 그리고 말끄러미 고진이 입은 우주복이며 우주모를 훑어보았다. 고진은 자기의 은빛 색과는 다른 우주복을 입고 있는 것이다. 붉은 우주복에 붉은 우주모를 입고 있지 않은가.

"어찌 된 일예요?"

미옥 양이 책망하듯이 물었다.

"뭘 말이오?"

고진은 무슨 뜻인지 못 알아들었다.

"그 우주복 말예요?"

"우주복? 오— 핫핫…… 난 또 왜 그러나 했지."

고진은 그제야 알았다는 듯이 간단하게 자기가 C.C.C.P.호에 타게 된 경위를 말했다. 미옥 양은 그래도 처음에는 고진의 마음을 의심하는 눈치였다.

"미옥이마저 내 마음을 몰라주다니—."

고진은 분한 듯이 휙 돌아서며 언덕길을 내려간다.

"고진 씨!"

미옥 양이 뒤쫓았다.

"내가 얼마나 V.P.호에 연락을 하려구 죽을 고생을 했는지 미옥

인 모를 거야―."

고진은 눈물을 머금고 말끝을 흐렸다.

"미안해요, 고진 씨."

미옥 양은 그제야 고진의 마음이 조금도 변치 않은 것을 깨달았다.

두 젊은 남녀는 거리낌 없이 서로 손목을 마주 잡고 루비 바위가 있는 쪽으로 올라갔다.

애덤스 박사와 모리스 교수는 서로 보석 바위에 자기 이름들을 파다가, 두 젊은이가 올라오는 것을 보고 깜짝 놀라서 마중 나섰다.

세 사람은 서로 달려가서 얼마 동안은 얼싸안은 채 헤어질 줄을 몰랐다.

세 사나이는 떨어진 뒤에도 무슨 말부터 해야 좋을는지 말문이 막혔다.

"다른 대원들은 어디 있어요?"

마침내 고진이 그 침묵을 깨듯이 물었다. 그제야 애덤스 박사가 홍옥으로 된 바위에 새긴 비문을 가리켰다.

"여기, 지구에서 탐험 온 용감한 일행 다섯 명이 고이 잠들다……."

이까지 내려 읽고 날짜와 차례로 이름이 새겨진 것을 보자 깜짝 놀라서 고진이 물었다.

"잠들다뇨? 이게 무슨 말입니까? 윌리엄 중령과 박철 군이 죽었단 말입니까? 왜요?"

고진은 다그쳐 물었다.

애덤스 박사는 대답 대신 불길과 검은 연기를 내뿜는 화산을 가리켰다. 그리고 조용히 지금까지 지낸 일을 일러 주었다. 사막을 찾으러 떠났다가 돌아오는 길에 당한 봉변 이야기를.

"그런데 왜 여러분의 이름까지 여기 새겨 놓았습니까?"

고진은 이야기를 다 듣고 난 뒤에도 모르겠다는 듯이 물었다.

"그럼 어떡하겠나, 우리에겐 지구로 돌아갈 우주선이 없는걸, 여기 비문이라도 남겨 놓고 죽어야지. 그저 죽긴 애석하잖나."

"애덤스 박사님, 우주선이 있습니다."

고진이 말했다.

"우주선이 있다구?"

V.P.호 대원들이 한입같이 외쳤다.

"있어요. 나 혼자는 타고 남을 만큼 많은 좌석이 비어 있는 우주선이 있어요."

"우리 V.P.호 말구?"

"아뇨, C.C.C.P.호예요. 소련 우주선."

"소련 우주선?"

"그렇죠, 그러나 그 우주선은 내가 구해 냈고 지금도 내 손안에 있어요."

"음—."

애덤스 박사와 모리스 교수는 신음하듯이 크게 숨을 내쉬었다.

지금까지의 절망은 희망으로 바뀌었다.

네 사람은 앞일을 의논하기 시작했다.

"우선 우주선으로 돌아가서 이야기합시다."

고진은 동지를 만난 기쁨을 이기지 못하겠다는 듯이 싱글벙글 웃으며 미옥 양을 지켜본다.

"그전에 저는 돌아간 분들의 명복을 빌어 주고 싶어요."

미옥 양은 두 사람의 죽음이 마치 자기 때문인 것같이 죄스럽게 느낀 것이다. 그 말에는 이의가 있을 리 없다.

모두 경건하게 머리를 숙이고 잠시 눈을 감았다.

이역 수억만 리 금성까지 인류의 행복을 위해 찾아왔다가 한 줌의 재로 바뀐 두 사람을 위해 신의 섭리와 명복을 빌었다.

그동안 미옥 양은 흐느껴 울었다. 자기를 구해 준 박철 후보생과 자기를 아껴 준 윌리엄 대장이 자기가 사막을 찾으러 가자고 우겨서 죽은 것만 같았다. 아니, 고진을 만나는 기쁨과 바꾸기 위하여 두 사람은 죽은 것만 같았다.

네 사람은 명복을 빌자, 비문에 새겼던 애덤스 박사와 모리스 교수의 이름을 지워 버리고 그 자리를 떠났다.

고진은 냇물을 따라 골짜기를 내려오면서, 자기가 오던 길에서 본 C.C.C.P.호의 보조 비행기들과 이상하게 생긴 건물 이야기를 하였다.

이 말을 들은 일행의 얼굴에는 다시 어두운 그늘이 졌다.

"그럼 우리는 C.C.C.P.호까지 갈 필요가 없잖나?"

애덤스 박사가 침통한 얼굴로 고진을 마주 보았다.

"왜요?"

"왜라니, 아직 그들이 어딘가에 살아 있을 게 아닌가?"

"그거야 모르죠."

"모르지만 살아 있을 가능성은 있잖나?"

"그렇다면 나는 불명예스러운 짓을 하고 싶진 않아. 모리스 교수 생각은 어떻소?"

"그야 그렇죠. 헌데 왜 그 얘기를 따지죠?"

"안 따지면 어떡해, 우주선은 우리 것이 아니라 그들의 것이 아닌가."

"그렇지만 고진 씨는 죽음을 무릅쓰고 그 우주선을 구해 냈잖아요."

최미옥 양이 고진을 대신하듯이 말했다.

"니콜라이 중령은 나를 죽여도 좋았지만 우주선을 구해 볼 생각으로 나만을 우주선에 태운 채, 용암이 흐르는 죽음의 골짜기를 탈출시켰습니다."

고진이 말했다.

"그렇다고 그 우주선이 고진 군의 것이 됐다고 생각할 순 없어, 아직 그들이 살아 있다면."

"그렇지만 이런 경우엔 우리가 타고 가야지 어떡합니까. 이제 지구로 떠나야 할 날짜는 한 주일밖에 없습니다. 그동안에 우리는 지구로 돌아갈 모든 준비를 해야 합니다."

"문제는 좀 더 토론해 볼 필요가 있지 않겠소?"

애덤스 박사가 침묵을 지키고 있는 모리스 교수에게 물었다.

"토의해야죠. 그들이 탔던 비행기가 남아 있는데, 우리가 그들의 행방을 확인하지도 않고 그들의 우주선을 타고 달아났다면 도둑의 누명을 벗을 길이 없을 겝니다."

모리스 교수도 애덤스 박사와 같은 생각이었다.

결국 그들이 할 수 있는 대로 소련 사람들이 아직 금성에 남아 있는지 어떤지 알아보기로 결정했다. 그러기 위해서 그들은 보조 비행기들이 있는 곳으로 내려갔다. 비행기 안을 살피기로 한 것이다.

네 사람은 헬리콥터와 비행 보트와 꼬마 로켓 비행기를 살핀 결과 여전히 소련인의 생사를 알 길이 없었다. 비행기 안에 있는 물건도 그대로 있고, 비행기들도 별로 고장이 나지 않은 것을 보면 그들이 살아 있는 것 같으나, 그렇다고 어디로 갔는지 깡그리 알 길이 없다.

"어디로 갔을까요?"

모두 고개를 흔들었다.

"이럴 게 아니라 역시 차근차근히 생각해 봐야겠어요."

고진이 말했다.

"어떻게?"

"니콜라이 중령은 대원들과 C.C.C.P.호를 떠날 때 따로따로 흩어졌어요. 우선 속력이 다른 비행기들을 타고 떠났으니까요."

"그래요?"

"네, 그런데 이렇게 한곳에 모인 것을 보면 이상하잖아요?"

"그럼 어떤 필요 때문에 이쪽으로 모였다고 보아야 할 것 같은데—."

모리스 교수가 말했다.

"그 점이에요. 저는 그 필요가 이 골짜기에는 충분히 있다고 봐요."

"그게 뭐지?"

애덤스 박사가 물었다.

"이 골짜기를 잘 보세요. 다른 곳과는 다르잖아요. 우선 공기가 맑고, 시원한 바람이 불고 있어요. 그뿐 아니라 여기는 저 이상한 건물과 굴이 있어요. 이런 것을 연결해서 무엇인가 끄집어낼 수 없을까요?"

고진이 스무고개 같은 문제를 던졌다.

"흠—."

두 학자가 신음했다.

"가만있어, 만일 우리가 이런 골짜기에 비행기로 내렸다고 가정해 보면 어때요?"

모리스 교수가 그 스무고개를 받았다.

"좋은 생각이십니다. 모리스 교수라면 여기에 와서 어떻게 하시겠어요?"

고진이 물었다.

"나 같으면 말이지? 나 같으면…… 글쎄……. 나는 먼저 저 둥근 지붕의 집 안에 들어가 볼 거야."

"애덤스 박사님은 어떠세요?"

"나도 같은 생각이야."

"미옥 양은?"

"나도 그래요."

"우린 그럼 서로 같은 생각이군요. 실은 나도 저 안에 들어가 보려구 했어요. 지금 들어가 보면 어떻겠어요?"

고진이 물었다.

"들어가 봅시다."

세 사람이 찬성했다. 네 사람은 결국 그 돔식 건물 안에 들어섰다.

## 19. 다시 카메라 사고

제련소 같은 둥근 지붕의 건물 안.

보는 것이 모두 신기하고 듣는 소리가 일행을 깜짝깜짝 놀라게
했다.

그러나 사람이 생각하는 범위는 이런 경우에 크게 다르지는 않
은 모양이다.

고진을 선두로 한 일행 네 명은 니콜라이 중령이 그랬듯이 어떤
호기심에 이끌려 결국은 알파성인의 지하 도시까지 들어오고야
만 것이다.

그들이 그 로봇 동물들이 놀고 있는 공원에 이르렀을 때다.

"저것 보세요."

미옥 양이 무엇을 발견했는지 고진의 손목을 잡아당겼다.

고진은 미옥 양이 가리키는 곳을 바라보았다. 그쪽에는 벌써 이 지하에 와 있는 니콜라이 중령이 보지 못한 호수가 나타났다. 사슴들이 나뭇잎을 씹듯이 쳐다보기도 하고, 풀밭을 유유히 거닐기도 하고, 그런가 하면 물을 먹으려는 듯이 호수 곁으로 가까이 갔다.

그러나 사슴은 한 번도 정말로 나뭇잎을 뜯어 먹지도 않고, 정말로 물을 마시지도 않았다. 그저 그런 흉내를 내고 돌아다녔다. 그리고 유심히 보니 걷고 있는 길도 거의 비슷한 것 같았다.

"하 괴상하죠."

미옥 양이 재미있다는 듯이 다가가서 사슴을 쓰다듬었다. 그러자 사슴은 고개를 들고 몸을 흔들며 반가운 시늉을 한다.

미옥 양은 우주복에서 과자 한 개를 꺼내어 던져 주었다. 그러나 사슴은 과자는 먹으려 하지 않고 말끄러미 미옥 양의 얼굴만 쳐다본다.

"쳇, 과자도 안 먹어."

미옥 양은 중얼거리며 그 과자를 다시 주우려고 엎드렸다. 그때 미옥 양의 몸에 달린 쇠고리를 보고 사슴이 달려들었다.

"뭘 하는 거야?"

미옥 양이 놀라서 외치며 사슴을 피하려 했다. 그러나 사슴은 그 쇠고리를 물고 놓으려 하지 않는다. 그뿐만 아니라 그 쇠고리에서 전기가 일며 불꽃이 튀었다.

"고진 씨!"

이것을 본 미옥 양은 울상이 되어 구원을 청했다. 고진은 재빨리 미옥 양의 몸을 뒤에서 잡아당겼다. 그래도 사슴은 따라붙는다.

"이 녀석은 과자가 싫고 쇠붙이를 먹는 모양이군."

고진은 자기 우주복에서 쇠고리 한 개를 떼 내어 사슴에게 가져갔다.

사슴은 그제야 새로운 쇠고리를 물고 미옥 양의 고리를 놓아주었다.

"휴—."

미옥 양은 한숨을 내쉬며 사슴에게서 멀찌감치 달아났다.

고진은 미옥 양 곁에 와서 웃었다.

"왜 웃어요? 남은 혼이 났는데."

"그 고리 좀 봐요."

미옥 양은 사슴이 물었던 쇠고리를 보았다.

"아니?"

사슴이 물었던 쇠고리가 반쯤이나 녹아서 없어진 것이다.

"그 사슴은 정말 쇠붙이를 먹었군요?"

"그렇다니까."

"어떻게 된 거죠?"

"내 생각에는 여기 있는 동물들이 모두 쇠붙이를 먹고 사는 것 같아요."

"그게 무슨 뜻이죠?"

"그러니까 그 동물들은 모두 로봇이란 말요."

"로봇요?"

"그렇죠. 로봇이 움직이기 위해서는 동력이 필요할 게 아뇨. 배터리 말요. 그 배터리 구실을 하는 것이 중금속 같아요. 우리 우주복에 붙은 따위……."

"그렇지만 무엇 때문에 그런 로봇 동물을 만들어 놓았을까요?"

"미옥 양은 무엇 때문에 꽃을 가꾸고 금붕어를 기르고 조각을 사다 방에 장식하죠?"

"그것과 이것과 같아요?"

"나는 같다고 봐요. 이 로봇 동물들은 누군가가 자기 취미를 위해서 만들어 놓은 것 같아요. 그런데 우리 취미와 다른 것은 그 로봇의 주인은 움직이는 것을 좋아한다는 점이죠."

"그럴듯한 해석이군요. 그럼 그 로봇의 주인이 어디 있어요?"

"이 안의 어디엔가 있겠죠."

"무서워요."

"호기심도 나죠?"

"만나 보겠어요?"

"글쎄, 미옥 양 생각은 어때요?"

"만나 보구 싶기두 하구 무섭기두 하구……."

"그러니까 어느 쪽입니까. 무서움과 호기심, 어느 한쪽을 택해야죠."

결국 앞으로 더 전진하느냐 도로 밖으로 나가느냐 네 사람이 함께 의논하였다. 그 결과 나뭇잎에 표시를 해서 던진 뒤 표지한 쪽이 나오면 전진하고 표시 없는 쪽이 나오면 밖으로 나가기로 하였다.

고진 후보생이 둥근 나뭇잎을 뜯어 표시를 하고, 미옥 양이 그것을 던졌다.

나뭇잎은 펄럭거리며 몇 바퀴 공중에서 재주넘기를 하더니 땅에 떨어졌다.

그것을 본 네 사람은 일제히 소리 질렀다.

"전진의 표시다!"

일행은 전진할 길을 찾았다. 그러나 길은 아무 쪽에도 없고 꽤 널따란 호수만이 넘실거리고 있다.

"길이 있을 텐데?"

모두 갈라져서 살펴보았지만 길은 나타나지 않았다. 그 대신 호수 위에 뜬 배를 발견하였다. 큰 나무 그늘에 가려 있는 것이다.

"배를 타고 이 호수를 건너야 하는 모양이군."

일행은 그 배 위에 올라탔다.

"어느 쪽으로 가죠?"

"저쪽, 훤히 밝은 빛이 쪼이는 곳으로 갑시다."

고진이 보트의 핸들을 잡고 페달을 밟아 엔진을 걸었다. 배는 쉽게 움직여서 훤히 밝은 쪽으로 움직이기 시작했다.

배가 얼마쯤을 달렸을 때,

"이게 뭐예요?"

고진이 이상하다는 듯이 소리쳤다.

고진이 핸들을 아무리 곧바로 잡고 앞으로 전진하도록 운전을 해도, 배는 웬일인지 어느 한 점을 중심으로 뱅뱅 돌기만 하는 것이다.

"여기서 물이 소용돌이치고 있어요!"

미옥 양이 물 위를 내려다보며 뇌까렸다. 아닌 게 아니라 물은 배가 돌고 있는 한 점에서 솟구쳐 오르며, 그것이 누가 돌리기라도 하듯이 소용돌이치고 있는 것이다.

"어떡하죠?"

고진 후보생이 물었다.

"잘못 왔나 본데, 어떻게 해서라도 돌아갑시다. 공연히 여기서 시간을 잡아먹다가는 일을 모두 잡칠 것 같소."

애덤스 박사가 말했다. 그는 지금 턱수염이 굉장히 자랐다. 그 수염을 쓰다듬는 품이 몹시 난처한 모양이다.

"빠져나갈 수가 없는걸요. 어쩌면 이 호수는 어느 쪽에서 누가 배를 몰든지 중심으로 모여들게 마련인지 몰라요."

"설마?"

모리스 교수도 콧수염을 어루만지며 고진의 말에 선뜻 찬성을 못 한다.

하여튼 이상스럽게도 배는 아직도 소용돌이 속을 맴돌기만 하는 것이다.

그때였다.

그 소용돌이치던 물속에서 무엇인지 불쑥 솟아올랐다. 잠수함의 탑과 같은 것이 물거품 속에서 솟아오른 것이다.

"응?"

사람들은 모두 놀라서 배 한쪽으로 몰렸다. 그러나 잠수함의 탑 같은 것은 그들이 놀라는 것도 아랑곳없이 그대로 솟아올라 물을 쭉쭉 지워 버렸다.

그러자 보트는 반듯한 바닥을 갑판 위에 얹은 채 꼼짝 못하고, 탑에서는 위에서부터 둥근 문이 열렸다.

사람들은 다음에는 무슨 일이 생기는지 열린 탑 문만을 지켰다.

그런데 그 탑 문에서 불쑥 얼굴을 내민 것은 알파성인의 경비원이었다.

케아로 35번과 같이 생긴 로봇이다.

이러한 괴인을 처음 보는 네 사람은 사뭇 놀라지 않을 수 없었다. 모두 뒤로 나자빠질 정도로 놀랐다.

그러나 케아로 경비원은 그들이 놀라는 데는 상관없이 그저 조용히 서서만 있다.

네 사람도 눈이 휘둥그레져서 케아로를 지켜보았다. 미옥 양은 살며시 허리에서 총을 꺼내 들기까지 하였다.

그래도 케아로는 무뚝뚝하게 섰다.

"도대체 어쩌라는 거야?"

모리스 교수가 애덤스 박사에게 속삭였다.

"......."

애덤스 박사는 그저 놀라운 표정으로 말이 없다.

이렇게 얼마 동안의 침묵이 흘렀다.

그러자 케아로는 생각난 듯이 뭐라고 지껄이며 손을 들어 무슨 시늉을 했다.

"뭐라지요?"

"알 게 뭐야."

"우리는 어떡하죠?"

"나도 모르겠어."

고진은 미옥 양의 물음에 자신 없이 대답한다.

바로 그때다.

잠수함의 탑 같은 것이 물속으로 내려가며 문이 닫히기 시작했다.

놀란 것은 네 사람이었다. 잘못하면 물속에 그대로 잠겨 들 것만 같다.

"기다려요!"

고진이 외치며 먼저 보트에서 나와 탑 문 쪽으로 달려갔다. 그것을 본 미옥 양과 다른 사람들도 얼김에 고진의 뒤를 쫓았다.

"잠깐만, 잠깐만 기다려 줘요. 우리가 들어가겠소!"

고진은 허둥지둥 탑 문 안으로 들어갔다.

그래도 케아로는 무표정하게 서서만 있다.

이것을 본 다른 사람들은 용기가 난 듯이 고진의 뒤를 따라 탑 문 안에 들어섰다.

일행이 들어서자 문은 닫혔다.

문이 닫히자 탑은 재빨리 물속으로 가라앉기 시작했다.

"휴—."

모두들 한숨을 내쉬었다.

탑이 가라앉을 때 그들이 탔던 보트가 물 위에 뜨더니 혼자서 호수의 기슭으로 흘러가는 것이 보였다. 그것을 보고 그들은 놀랐다. 그러나 그들은 지금 나선형으로 돌면서 자꾸만 밑으로 밑으로 내려가고 있는 것을 알고는 또 한 번 놀라지 않을 수 없었다.

어쩌면 그것은 과학적인 힘을 넘는 무슨 신의 조화 같기도 했다.

하여간 네 사람은 밑바닥까지 내려와서 멎었다. 그러자 문이 열리고 그들은 내쫓기듯이 문밖으로 밀려 나왔다.

거기서 그들을 기다리기라도 한 듯이 이번엔 에스컬레이터가 움직여서 일행을 어느 방 안으로 안내했다.

먼저 케아로는 돌아가고 이 방에는 다른 케아로가 그들 곁에 따라붙었다.

"여기가 어디요?"

고진이 맘을 크게 먹고 낯선 케아로에게 물었다.

"쎈또루."

분명히 그런 발음을 하였다.

"쎈또루. 안띠 빠르띠끌."

"안띠 빠르띠끌?"

그러자 케아로는 고개를 끄덕거렸다. 그러나 고진에겐 그 두 말이 모두 무슨 뜻인지 알 까닭이 없다.

"흥, 무슨 소린지 알 수 있어야지."

지금 고진 후보생은 눈앞에 벌어진 굉장한 장면에 그저 입을 딱 벌리고 있을 뿐이다.

집채 같은 둥근 기계가 다섯 대나 한가운데 자리 잡고, 이상한 소리를 내며 돌고 있다. 그리고 이상한 광선이 벽을 뚫고 나가려는 듯이 사방으로 흩어지고 있는 것이다.

"도대체 이게 무엇일까요?"

고진이 애덤스 박사를 돌아보며 물었다.

"글쎄, 원자력 장치의 일종이 아닐까?"

"원자력 분쇄기요?"

"그런 거나 아니면 원자 알맹이를 융합시키는 기계일는지 모르지."

애덤스 박사는 자신 없다는 듯이 대답했다. 그러나 애덤스 박사의 이와 같은 추측은 뒤에 안 일이지만 어지간히 들어맞았다.

그 굉장한 장치는 우주선에 쓸 광자 동력을 생산하는 장치였다.

고진 후보생과 일행은 놀라운 그 기계 장치들에 얼마 동안 넋을 잃고 있었다.

겉으로 보기엔 단순하면서도 그 기계 속에서는 무엇인지 굉장한 일이 벌어지고 있는 것만 같다.

그것이 무엇인지 그들은 알 길이 없다. 그저 그들의 몸을 이상하게 흔들어 주는 방의 진동하는 공기와 소리라고 하기엔 너무나 야릇한 소리가 사람들의 마음을 뒤흔들어 주었다.

그들은 모두 벙어리가 꿀을 먹은 것처럼 어리둥절해서 서성거리기만 했다.

애덤스 박사는 카메라를 꺼내서 기계를 찍었다. 모리스 교수는 벽에 붙은 기계 장치의 배선도 같은 것을 열심히 들여다보았다.

그때 고진 후보생과 둥근 기계에서 한쪽으로 연결된 굵다란 파이프의 행방을 살피고 있던 미옥 양이 무엇에 놀랐는지 갑자기 소리쳤다.

"이것 좀 보세요, 고진 씨!"

미옥 양은 고진에게 자기 앞가슴에 찬 시계를 내보였다. 그 시계는 우주에서 열이나 방사능이나 어떤 변화하는 상태에도 완전히 견딜 수 있도록 만든 것이다.

이렇게 안전하게 몇 겹으로 씌운 시계가 지금 맹렬히 거꾸로 돌고 있지 않은가.

"설마?"

고진은 자기 눈을 비빈다. 비비고 또 보았다. 아무리 보고 또 보아야 미옥 양의 시계는 거꾸로 돌고 있는 것이다.

고진은 자기 시계를 보았다. 역시 마찬가지다. 그의 시계도 엉망진창이 되어 거꾸로 돌고 있다.

'이게 도대체 어찌 된 일일까?'

고진은 애덤스 박사와 모리스 교수의 시계를 번갈아 보았다. 그들도 시계를 번갈아 보았다. 그들의 시계도 마찬가지다.

"이 방엔 굉장한 자력(磁力)이 가득 차 있습니다!"

고진이 외쳤다.

"어서 나갑시다. 여기서 우물쭈물하고 있을 때가 아니오!"

애덤스 박사가 덩달아서 시계를 마구 잡아 흔들며 소리쳤다.

그들은 모두 문 있는 쪽으로 달려 나갔다.

그런데 케아로가 문에 지켜 섰다가 애덤스 박사를 가로막아 섰다.

"왜 그래?"

애덤스 박사가 겁에 질린 소리를 했다.

"카―니."

"카―니?"

케아로는 애덤스 박사 앞에 달린 카메라를 잡아당겼다.

"뭘 하는 거야?"

애덤스 박사는 당황한 듯이 카메라를 움켜잡았다.

"니히."

케아로는 그래도 카메라를 잡아당긴다.

"이건 못 줘!"

애덤스 박사는 굳이 카메라를 내놓으려 하지 않는다.

케아로는 놓지 않으려 하고 애덤스 박사는 뺏기지 않으려고 한다. 마침내 승강이가 벌어지고 드디어 힘내기가 되었다. 서로 얼싸안고 넘어졌다. 카메라의 끈이 끊어졌다. 그 바람에 둘은 궁둥방아를 찧으며 또 한 번 뒹굴었다.

이 틈에 고진이 달려가서 애덤스 박사에게 카메라를 돌려주었다.

이렇게 되자 이번에는 다른 케아로가 응원으로 몰려왔다.

마침내 힘내기를 하여 네 사람은 고스란히 케아로에게 붙잡혀 다른 방으로 끌려갔다.

거기는 저번에 니콜라이 중령 일행이 잡혀 온 일이 있는 곳이다. 거짓말 탐지기가 있는 그 방에 고진 등 일행도 들어온 것이다.

네 사람이 홀 안에 들어서자 벌써 그들이 오기를 기다리기라도 한 듯이 조사 위원들이 자리에 앉아 있었다.

고진과 다른 세 사람은 케아로들이 시키는 대로 자리에 앉았다. 그들이 자리에 앉아 보니, 자기들이 방금 전에 구경한 기계실이 벽의 스크린에 말끔히 그대로 보이는 것이다.

네 사람은 서로 얼굴을 마주 보며 쓴웃음을 지었다. 지금까지 그들은 이 방에서 감시를 받고 있는 것이었다.

"이 녀석들이 우리를 어떡할 참이지요?"

미옥 양이 불안한 마음을 가누지 못하겠다는 듯이 소곤거렸다.

조사 위원 의장인 듯한 사람이 탁자를 두드렸다. 그러자 케아로는 애덤스 박사를 먼저 조사 위원들이 앉은, 둥글게 안으로 굽은 테이블 앞으로 데려다 앉혔다. 그리고 예의 거짓말 탐지기의 기구를 머리와 목과 가슴에 붙였다. 이렇게 한 뒤에 알파성인은 그들의 말로 심문을 시작하였다.

그러나 애덤스 박사에게는 그들의 말이 통할 까닭이 없다. 애덤스 박사는 무슨 말을 물을 때마다 고개만 설레설레 흔들었다. 모르겠다는 시늉이다.

지도자는 니콜라이에게서 배운 지구 말을 몇 마디 써 보았지만 그 발음이 워낙 달라서 애덤스 박사는 알아듣지 못했다.

그러자 알파성인 지도자는 답답해진 모양인지 탁자를 두드리고 말았다. 조사를 중단하는 모양이다.

그 대신 지도자가 소리쳤다.

"니콜라이! 니콜라이!"

알파성인의 지도자가 외치자 케아로는 성급히 문밖으로 달려갔다.


어두컴컴한 방, 불빛이라곤 문구멍으로밖에 스며들지 않는 방에서는 목을 졸린 사람의 거친 숨결만이 들렸다.

니콜라이 중령이 케아로 35번에게 목을 졸리고 있는 것이다.

이것을 지켜보는 네 개의 눈은 불안에 떨고 있었다. 나타샤 양과 치올코프 교수다.

"제발, 이 모, 목을 놔줘요."

니콜라이 중령은 두 손으로 한사코 케아로 35번의 두 손을 풀어 보려고 있는 힘을 다해 보지만 그의 숨결은 더욱 가빠만 갔다.

치올코프 교수는 어떻게 해야 좋을지 냉큼 좋은 생각이 떠오르지 않았다. 잘못하다가는 니콜라이 중령이 죽을 것만 같다. 그러나 케아로의 손을 풀어 본다는 것은 무모한 일이다. 무모한 일인 줄 알면서도 치올코프 교수는 그대로 있을 수가 없어서 케아로에게 달려가서 그의 손을 잡았다.

"제발 이러지 말고 이 손을 풀어요. 케아로! 케아로!"

치올코프 교수가 애원하듯이 부르짖었다. 그러나 케아로는 성난 사자처럼 그대로 니콜라이 중령의 목을 조르고 벽에다 그의 머리를 처박았다.

"케아로 35번, 케아로는 사람을 죽일 순 없다고 하잖았어. 케아로는 지금 사람을 죽이고 있어, 케아로!"

치올코프 교수는 마침내 있는 힘을 다해서 케아로의 목을 쥐고 매달렸다.

나타샤 양이 같이 와서 치올코프 교수를 편들었다. 그러자 케아로와 치올코프 교수와 나타샤 양과 니콜라이 중령이 한데 어울려 덧겹쳐 방바닥에 넘어졌다.

나타샤 양과 치올코프 교수가 케아로 밑에 깔려 비명을 질렀다.

그리고 넘어지는 충격으로 케아로의 손이 누그러져서 니콜라이 중령은 간신히 숨을 돌려 쉴 수 있게 되었다.

"푸—."

니콜라이 중령은 파랗게 질린 얼굴로 숨을 들이마셨다. 케아로도 이제는 조였던 손을 늦추기 시작했다. 니콜라이 중령은 간신히 케아로의 손아귀에서 빠져나와 그대로 방바닥에 쓰러지고 말았다.

모두들 기진맥진했다.

모두들 얼빠진 사람들처럼 방바닥에 쓰러진 채 한참 동안은 일어날 줄을 몰랐다.

치올코프 교수는 누운 채 곰곰이 생각했다.

'이럴 수 없을 텐데, 알파성인이 자기들을 죽일 수 있는 로봇을 만들었다고는 생각할 수 없을 텐데…….'

치올코프 교수는 멀거니 케아로를 바라보다가는 또 담벼락을 마주 보았다.

'미쳤어, 이놈의 케아로는 고장이 났기 때문에 이런 미친 짓을 한 것이야. 내가 잘못 생각했지, 내가 어리석었어. 이런 놈의 로봇은 때려 부숴야 해. 그렇지, 때려 부숴서 복수를 하는 거다. 그래야 니콜라이 중령에게도 면목이 선다. 몽둥이다. 쇠몽둥이가 어디 있냐?'

치올코프 교수는 누워서 어두운 벽과 천장을 더듬었다. 그러나 그런 것은 눈에 뜨이지 않는다. 교수는 다시 방 안을 더듬기 시작했다. 보이는 것은 어둠의 장막뿐……. 그런데 천장에서 흐르는 한 줄기 빛 가운데 희미하게 무슨 파이프 같은 것이 눈에 띄었다.

치올코프 교수는 그쪽으로 기어갔다. 그리고 그 파이프를 어루만져 보았다. 이것은 쇠파이프가 아니라 베이클라이트로 된 환기 파이프다. 그 파이프에서 공기가 이 방에 공급되고 있는 것이다.

치올코프 교수는 그 파이프를 두 손으로 잡아당겨 보았다. 굉장히 단단해서 좀처럼 부러질 것 같지 않다.

그러나 그 기둥이 흔들리는 것을 보자 교수는 낙심하지 않고 온몸의 힘을 다하여 이리저리 밀고 또 밀었다. 차차 조금씩 파이프가 흔들린다.

이렇게 수십 차례를 되풀이하자 파이프는 마침내 중허리에서 우직 소리를 내며 부러지고야 말았다.

"옳지, 이제야 됐다!"

치올코프 교수는 손에 잡힌 자기 키만 한 파이프를 들자 케아로에게 달려들어 후려갈기기 시작했다.

사정이고 뭐고 없다. 닥치는 대로 얼굴이고 가슴이고 배고 마구 족쳤다. 케아로는 일어나려고 버둥거렸다.

치올코프 교수는 그 틈을 주지 않았다.

"사람을 해치는 로봇은 죽어서 마땅하다!"

치올코프 교수는 언제 그런 분노가 그의 몸 안에 숨어 있었나 싶게 케아로를 쳐부쉈다.

케아로 35번은 이런 몽둥이세례 앞에서 어찌할 바를 몰랐다. 그는 한사코 치올코프 교수를 붙잡으려고 했다.

붙잡히기만 하면 마지막이다. 그의 무서운 손아귀가 치올코프 교수의 목을 졸라 질식시켜 버릴 것이다.

그것을 아는 교수는 두 손을 벌리고 다가오는 케아로를 용케 피하며 그의 뒤로 돌아서서 뒤통수와 허리를 내리쳤다. 케아로는 맞으면서도 태연히 치올코프 교수에게 다가왔다. 그러다가 마침내 몽둥이를 잡히고 말았다.

치올코프 교수의 등골에서 식은땀이 흘러내렸다. 몽둥이를 케아로에게 빼앗겼다가는 마지막이다.

그들은 몽둥이 빼앗는 승강이를 벌였다. 한 손 한 손 몽둥이를 양쪽에서 끌어당겼다. 그럴 때마다 둘의 사이는 가까워졌다. 케아로가 교수의 손을 잡을 거리까지 육박했다.

교수는 얼굴이 창백해지며, 몽둥이에 목숨을 걸고 잡아당겼다. 그때 그의 머리에 한 생각이 떠올랐다. 케아로가 당기는 힘을 이용하여 이쪽에서 놓아주면 상대방은 저절로 쓰러질 것이다.

치올코프 교수는 그런 생각이 머리에 떠오르자 잡아당기던 몽둥이를 갑자기 놓아주었다. 그러자 생각했던 대로 케아로 35번은 뒤로 나가떨어지며 몽둥이를 놓았다.

"이때닷!"

치올코프 교수는 몽둥이를 들고 케아로 35번을 족치기 시작했다. 마침내 파이프가 부러졌다. 그와 동시에 케아로 35번의 몸뚱이도 두 동강이가 나고 말았다.

치올코프 교수는 숨이 하늘에 닿아서 자기도 방바닥에 쓰러졌다.

"니콜라이!"

다가오는 발자국 소리는 문 앞에 와서 멎었다. 케아로의 목소리다. 케아로들이 다가올 때 비치는 희미한 빛이 방 안에 스며들기 시작했다.

# 20. 한자리에 모인 지구인

 

 

케아로는 연거푸 니콜라이 중령의 이름을 부르며 문에 열쇠를 꽂는다.

니콜라이, 치올코프, 나타샤 세 사람은 누운 채 그 소리를 또렷이 들었다. 그러나 그들의 몸은 납덩이처럼 무거워서 움직일 줄을 모른다.

다만 나타샤 양만이 자기 앞에 번듯이 쓰러진 케아로 35번의 몸뚱이를 들여다보고 있다.

두 동강이 난 케아로 35번의 몸집 속엔 실오리 같은 가는 줄이 가득 차 있는 것이 보인다. 콘덴서 같은 것과 배터리 같은 곽이 보이지만, 뼈나 핏자국은 하나도 볼 수 없다. 이런 것 대신 손과 머리와 다리에는 가는 줄들이 들어 있는 것이다. 나타샤 양은 그런 것이 핏줄과 신경선 대신에 쓰이는 것이라고 짐작해 본다. 뼈대 대신 굵은 비닐줄 같은 것이 몸 가운데를 지나가는 것도 사람의 신체 조직과 비슷하다.

나타샤 양은 그만큼 생각할 여유를 가지고 있었지만, 니콜라이 중령은 아주 녹아 떨어졌다. 아직도 목을 부둥켜안은 채 희멀겋게 뜬 눈으로 천장의 한구석만 응시하고 있다. 치올코프 교수는 그이대로 케아로 35번의 떨어져 나간 다리 옆에 뻗어 있다.

"니콜라이!"

새로 온 케아로가 문을 여는 소리를 듣고서야,

"일어나야 해, 모두—."

니콜라이 중령이 간신히 일어나며 목멘 소리를 한다.

"케아로 35번을 치워야죠."

나타샤 양이 먼저 일어나며 소곤거렸다.

"어서 저 구석으로 데려가요. 끌면 어떡해요. 들어야죠."

"그래, 빨리."

니콜라이 중령과 나타샤 양은 케아로 35번의 위 동체부터 쳐들었다.

"아이구, 무거워요."

두 사람은 가까스로 부러진 케아로의 몸을 구석으로 날라다 던졌다.

"니콜라이!"

"……."

케아로가 부른다.

니콜라이 중령이 다른 쪽으로 한참 걸어 나와서야 대답을 한다. 그 틈에 치올코프 교수가 케아로 35번의 다리를 날라다 구석에 버렸다.

"니콜라이 이리 나온다."

케아로가 다시 부른다.

"왜 그러오?"

니콜라이 중령이 비로소 케아로 앞에 나섰다.

"간다."

"어디를 가?"

"나 따라간다."

"누가 불러?"

"지도자."

"지도자가 나를?"

"그렇다."

"왜?"

"모른다. 간다."

"좋아, 그럼 갈 테니 먼저 나가오."

니콜라이 중령이 케아로를 먼저 내보내려 한다.

"같이 간다. 아, 이 방 케아로 어디 갔소?"

케아로가 갑자기 엉뚱한 것을 묻는다. 세 사람은 가슴이 덜컥 가라앉았다.

"케아로?"

니콜라이 중령이 정색을 하며 시치미를 떼 본다.

"케아로, 나 같은 케아로."

케아로는 또박또박 다시 되풀이 말한다.

"우린 모르오. 우린 셋이오."

"어디 갔소, 케아로?"

"없소."

"없소?"

"난 모르오."

니콜라이 중령이 떨리는 목소리로 잡아뗀다.

"몰라?"

케아로는 마침내 방 안을 둘러보기 시작했다.

"어서 나가요."

니콜라이 중령은 케아로가 방구석으로 가려고 하자, 그 앞을 가로막았다.

"본다!"

"나가요!"

"본다! 오— 35번!"

마침내 케아로의 눈에 죽은 케아로 35번의 몸집이 발각되고야 말았다.

"35번! 35번!"

케아로는 방구석으로 달려갔다. 그리고 35번 위에 엎드리며 외쳤다.

"누구 이렇게?"

니콜라이 중령은 일이 그른 것을 깨달았다.

"나가자!"

"누구 이렇게?"

케아로는 벌떡 일어나며 다짜고짜 두 손을 쳐들고 니콜라이 중령의 목을 향하여 다가왔다.

니콜라이 중령은 급히 목을 돌려 케아로의 손을 피하고 재빨리 35번의 두 다리를 번쩍 들었다. 이것을 본 케아로는 한층 더 눈에서 빛을 발하며 다가온다. 니콜라이 중령은 있는 힘을 다하여 케아로의 허리에 35번의 다리를 들이쳤다. 케아로가 비틀거린다. 니콜라이 중령은 다시 로봇의 몸뚱이를 쳐들었다. 이것을 본 케아로가 몸을 바로잡으며 니콜라이 중령의 목을 잡으려고 돌진해 온다.

니콜라이 중령은 있는 힘껏 35번의 몸뚱이를 던져 보나 로봇의 몸은 그대로 케아로 앞에 떨어지고 말았다. 그래도 케아로는 니콜라이 중령에게 달려온다. 오다가 자기 앞에 던져진 35번의 몸을 밟고 발이 미끄러졌다. 뒤틀리는 틈을 놓치지 않으려고 니콜라이 중령은 그의 다리를 잡는다. 그러나 오히려 목을 잡히고 말았다. 같이 뒹굴었다. 뒹굴면서도 케아로는 중령의 목을 놓지 않는다.

그 힘은 사람의 손에 비할 바가 아니다. 고장 났던 35번 로봇에 비할 바도 아니었다. 마치 쇠로 만든 조임 틀에 낀 것처럼 니콜라이 중령의 목은 비틀리고 순식간에 얼굴은 납덩이같이 핏기를 잃고 말았다.

이것을 본 치올코프 교수는 그제야 무거운 다리를 디디고 일어났다. 그리고 케아로 35번의 다리를 들고 케아로의 뒤통수에 내던졌다. 케아로가 비틀거렸지만 목을 놓지는 않는다. 이번엔 나타샤 양이 케아로의 발을 잡고 매달렸다. 케아로가 벗어나려고 버둥거린다. 치올코프 교수가 그 틈에 케아로의 다른 다리에 마저 매달렸다.

케아로가 겨우 거꾸러졌다.

치올코프 교수는 닥치는 대로 손에 잡히는 것을 들고 케아로의 허리를 마구 쳤다. 케아로도 지지 않고 덤벼들었다. 그때마다 두 사람은 서로 도와서 용케 케아로의 손아귀를 벗어났다.

이렇게 힘에 겨운 몇 분이 지난 뒤에야 케아로는 굴복하고 말았다. 치올코프 교수의 짐작대로 몸뚱이와 다리를 이은 자리가 부러진 것이었다.

"자, 인제 우리는 달아나야지."

니콜라이 중령은 숨을 헐떡거리며 외쳤다.

세 사람은 어두운 감방을 나왔다.

서로 손에 손을 잡고 달렸다. 니콜라이 중령이 앞장을 서고 치올코프 교수와 나타샤 양이 그를 따랐다. 셋이 한참을 달려서 어떤 커브에 이르렀을 때다.

케아로 한 명이 이쪽으로 달려오는 것이 보였다.

"숨자!"

세 사람은 급히 커브에 바짝 몸을 붙였다. 그러자 케아로는 그들을 깨닫지 못하고 급한 걸음으로 달려 지나갔다.

세 사람은 복도로 나왔다. 이제는 길이 밝다.

"뭘 좀 타야지, 이대로 걸어갈 순 없구려."

일행을 이끌고 가야 할 니콜라이 중령이 먼저 우는소리를 한다. 목에서는 피가 나오는 것 같고 몸은 납덩이보다 무겁게 느껴진다.

"탈것에 올랐다가 잡히느니 차라리 걸어갑시다."

치올코프 교수가 타이르듯이 말하며, 니콜라이 중령의 손을 잡아 부축을 한다.

세 사람은 다시 알파성인이나 케아로의 눈을 피해 가며 얼마 동안을 전진했다. 목표가 어딘지도 모른다. 무작정 위로 올라가는 곳이 있으면 그쪽으로 발길을 옮겼다. 길이 위아래 사면으로 통한 줄도 모르고 위로만 가면 밖으로 나갈 수 있으리라 믿은 것이다.

자동적으로 도는 탈것을 바로 옆에 보면서도, 그것은 알파성인이 있는 곳으로 흘러가는 것 같아 탈 수 없다.

이렇게 그들은 걸어서 커브를 돌고 큰 거리를 지났다. 그리고 몇 개의 공장 같은 집도 지났지만 길은 그대로 잇닿았다.

"난 이 이상 못 걷겠소. 버려 두고 먼저들 가시오."

니콜라이 중령은 그 자리에 펄썩 주저앉고 말았다. 바로 그때였다.

이상한 소리가 이 지하 도시에 울려 퍼졌다. 공기를 뒤흔드는 소리다.

"우리가 도망간 것이 발각됐나 보군──."

세 사람은 모두 속으로 그렇게 생각했다. 그러나 니콜라이 중령의 발은 땅에서 좀처럼 일어설 줄을 모른다.

"일어섭시다!"

치올코프 교수가 니콜라이 중령을 안아 일으키다가 자기도 같이 쓰러졌다. 나타샤 양이 그것을 보고 치올코프 교수를 부축했다. 치올코프 교수는 나타샤에 의지하고 니콜라이 중령은 치올코프 교수에게 의지하고, 세 사람은 다시 일어서서 몇 발자국을 걷기 시작했다.

그런데 갑자기 복도가 더 밝아지며, 에스컬레이터 같은 벨트 위에 올라탄 케아로가 이쪽으로 몰려오는 것이 보였다.

"마지막입니다."

치올코프 교수도 모든 희망을 단념한 듯이 중얼거렸다.

세 사람은 길옆에 쓰러지고 말았다.

*

    알파성인의 홀 안에 들어와 조사를 받던 V.P.호 대원들은 알파성인의 입에서 니콜라이 중령의 이름을 듣고 깜짝 놀랐다.

"니콜라이라뇨?"

고진 후보생이 먼저 입을 열었다.

"역시 니콜라이 중령이 이 지하에 들어왔었군요."

최미옥 양도 말하며 애덤스 박사를 지켜본다.

"그렇다면, 니콜라이 중령은 저 말코 같은 지도자를 만나 봤을 게 아뇨?"

애덤스 박사가 모리스 교수의 의견을 알고 싶다는 듯이 그의 얼굴을 쳐다본다.

"그럼 그는 지금 어디 있을까요?"

모리스 교수가 묻자,

"그걸 어떻게 알아요."

고진이 말 틈에 끼어든다.

이렇게 되자 그 이상 할 말이 없었다.

무엇이나 수수께끼에 싸였다.

싱거운 침묵이 흘렀다. 사람들은 제각기 방 안을 둘러보기도 하고, 거짓말 탐지기와 녹음기 등을 구경도 한다.

또 어떤 이는 귀가 큰 알파성인의 해괴한 모습을 바라보기도 한다.

알파성인들도 심심한 듯이 그들의 음악을 틀었다. 그것은 음악이라기보다는 효과음을 이은 것 같은 소리들이다.

이런 음악이 차례로 10여 곡이나 흘렀지만 니콜라이 중령을 부르러 간 케아로는 돌아오지 않았다.

알파성인은 이상한 생각이 들었던지 고개를 기웃거리다가 저희들끼리 뭐라고 수군거리기 시작했다.

알파성인은 더 이상 참을 수 없다는 듯이 테이블 앞의 단추를 누르고, 마이크에 입을 가까이 하고 지껄여 본다.

그래도 아무런 반응이 나타나지 않는 것을 보자, 이번엔 문간을 지키던 케아로를 부른다.

케아로가 지도자 앞으로 가자, 뭐라고 지시를 한다. 케아로 경비원이 밖으로 나갔다.

"무슨 일이 생긴 거 아녜요?"

"글쎄……."

애덤스 박사는 신통찮은 대꾸를 한다.

"지금 저들과 우리는 3 대 4로군요."

고진은 무슨 생각을 했는지 엉뚱한 말을 꺼냈다.

"3 대 4면 어때, 한번 해 보려나?"

모리스 교수가 웃는다.

"그런 생각을 해 본 거예요."

고진도 픽 웃었다.

고진은 대원들을 웃기면서도 혼자서 무슨 궁리를 하는 듯이 알파성인을 열심히 지켜보고 있다.

"애덤스 박사님."

"응?"

"저, 이상한 것을 발견했어요."

"이상한 거라니?"

"저들과 방금 나간 녀석들과는 다른 데가 있나 봐요."

"뭐가 다른가, 내가 보기엔 얼굴도 키도 같은데."

"박사님은 지금 나간 녀석들이 웃는 걸 본 일이 있어요?"

"그건 또 왜 묻나?"

"전 저들 가운데 진짜 사람과 가짜 사람이 있는 것같이 느껴져요."

고진의 이 말에 다른 대원들도 고진의 얼굴을 쳐다본다.

"저기 앉아 있는 세 명은 우리와 같이 피가 흐르고 감정이 있는 인간인데, 나머지 녀석들은 피도 감정도 없는 가짜 인간 같아요."

"가짜 사람이라면, 그럼 로봇이란 말예요?"

미옥 양이 말하자 모두 웃었다.

"그렇죠. 우리가 여기 들어올 때 미옥 양의 단추를 깨물어 먹던 사슴이 기억 안 나요, 그 개들도요? 그런 로봇을 만들어 낼 수 있는 솜씨라면 왜 로봇 인간인들 못 만들어 쓰겠어요."

"음—."

고진의 이런 관찰은 확실히 대원들을 놀라게 했다. 생물학자인 애덤스 박사조차 고개를 끄덕였다.

이래서 사람들은 알파성인 세 사람의 얼굴을 뚫어질 듯이 바라보기 시작했다.

그러고 보면 그 세 사람은 이쪽에서 웃을 때마다 얼굴을 찌푸리기도 하고 표정을 바꾸기도 하는 것 같다.

"물어볼까요?"

고진의 말에,

"말을 알아야지."

애덤스 박사가 말할 때다.

갑자기 방 안에 장치된 스피커에서 알파성인의 말소리가 들렸다. 말은 못 알아듣지만 몹시 당황한 말투다.

그 말을 들은 세 알파성인도 벌떡 자리에서 일어나며 얼굴색을 바꿨다. 몹시 흥분한 듯이 몸 둘 바를 몰라 수선을 떨다가 테이블 앞에 붙은 단추를 몇 개 연거푸 누르더니 마이크 앞에서 니콜라이 이름을 잇달아 부르며 뭐라고 지시를 내린다.

그러자 지하 도시는 금세 소란해졌다. 이상한 진동음이 울려 퍼지는 가운데 여기저기서 니콜라이 이름을 부르며 알파성인들이 달려 나오는 소리가 들린다.

"니콜라이 중령이 무슨 일을 저질렀군요?"

V.P.호 대원들은 상상을 더듬어 추리를 펴 본다.

"만일 말이죠, 아까 나간 녀석이 니콜라이 중령을 찾으러 갔다면 이야기는 통해요."

고진의 추측이다.

"어떻게?"

"찾으러 간 사람이 아직 안 돌아오죠?"

"응."

"그 뒤에 다른 녀석이 갔다가 이 방에 무슨 보고를 했다고 생각할 수 있잖아요. 아까 그 스피커에서 나온 말입니다."

"그렇게 생각할 수도 있지."

"그러자 이 소란이에요. 그리고 니콜라이 이름을 부르며 모두 어디론가 달려가고 있어요."

"니콜라이 중령을 찾으러 가는 모양 아녜요?"

미옥 양이 말한다.

"탈주했군."

모리스 교수가 짐작한다.

"음— 이런 경우에 우리가 할 일은 무엇이오?"

애덤스 박사가 신중하게 말한다.

"지구인을 도와야겠죠."

미옥 양의 말이다.

"니콜라이 중령을?"

고진이 반문한다.

"그도 역시 지구인이니까요."

"그는 우리 적입니다."

고진은 그가 납치되어 당한 여러 가지 일들을 잊을 수 없었다.

"그렇지만 그이도 지구인임엔 틀림없어요. 지구인이 이들에게 희생당해도 좋아요?"

미옥 양의 이 말은 V.P.호 대원들에게 반성할 기회를 주었다.

"그렇소. 지구인 니콜라이를 우선 구해 놓고 봅시다."

애덤스 박사가 뜻밖으로 용감한 소리를 한다.

그들은 방법을 의논했다.

토론이 계속됨에 따라 그들은 다음과 같은 결론을 얻었다.

알파성인은 과학 문명이 발달했다. 그렇기 때문에 진짜 알파성인은 불과 몇 명 안 되고 대개의 일을 로봇에게 시키고 있다.

그러므로 생물인 알파성인과 생물인 사람과 싸우는 것은 그리 큰 문제가 아니다. 다만 로봇의 힘을 어떻게 이기느냐가 가장 큰 문제다.

이 기계의 힘을 사람이 이긴다는 것은 그리 쉬운 일은 아닐 것이다. 그들을 이길 수 있는 방법이 문제다. 그러나 그 방법은 좀처럼 생각이 나지 않았다.

네 사람은 답답한 마음으로 초조하게 떠들썩한 소음에 귀를 담고 있는데, 미옥 양이 무심코 입을 열었다.

"그 로봇들 말예요. 무슨 동력으로 움직이죠?"

"무슨 동력? ……참!"

이 말을 듣자 고진은 기쁜 듯이 무릎을 쳤다.

"됐어요. 로봇의 동력만 없애면 돼요."

"각자가 가지고 있는 동력을 무슨 힘으로 없애요."

애덤스 박사는 별로 신통찮은 방법으로 생각한다.

"로봇이라면 명령을 내리는 사람이 있을 게 아닙니까. 그놈만 치우면 로봇은 무력해지고 말 게 아녜요."

"그 명령을 내리는 자가 누구지?"

애덤스 박사가 좋은 방법이라고 생각하며 묻는다.

"저이 아녜요? 저 셋 중의 한 사람."

네 사람이 지구인 니콜라이를 구하기 위해 의논이 분분할 때 복도가 어수선하더니, 케아로 몇 놈이 문을 열고 홀 안에 들어왔다.

네 사람은 일제히 문 쪽으로 시선을 돌렸다. 그리고 방금 케아로가 안고 들어오는 사람들을 보자 깜짝 놀랐다. 니콜라이 중령, 바로 그 사람이었다. 목엔 피가 져서 멍이 들고 우주복은 찢기고 코에서는 피를 흘린다. 목과 두 손도 축 늘어졌다.

"니콜라이 씨."

고진이 먼저 달려가서 그를 흔들었다.

니콜라이 중령은 고진을 알아보지 못한다.

"니콜라이 씨, 나예요. 고진입니다."

니콜라이 중령은 고진이란 말에 눈을 번쩍 떴다.

"고진, 오— 살았구나!"

니콜라이 중령은 반가운 듯이 손을 내민다. 고진이 그 손을 꼭 잡아 주었다.

이것을 본 케아로가 세차게 고진의 손을 내리쳤다.

"뭘 하는 거야?"

고진이 케아로를 정면으로 마주 보며 대들려고 하는데 다시 한 떼의 케아로들이 치올코프 교수와 나타샤 양을 데려왔다. 그들은 니콜라이 중령보다는 나은 편이었으나 역시 온몸은 알아볼 수 없을 정도로 수척해 보였다.

그러나 치올코프 교수는 고진을 알아보았다.

"오— 고진 군!"

그는 고진에게 다가가려다 그 자리에 쓰러졌다. 고진이 달려가서 그를 안았다.

"치올코프 교수님, 도대체 어찌 된 일입니까?"

치올코프 교수는 그저 손을 내밀고 허공을 저을 뿐 입을 열지 못한다.

"교수님! 교수님!"

고진이 다시 불렀다. 그때에야 치올코프 교수는 눈을 겨우 뜨고 입을 연다.

"탈—주…… 탈주하다……."

"탈주하다 어떻게 됐어요? 이 녀석들에게 잡혀 왔단 말이군요?"

치올코프 교수는 고개를 끄덕였다.

# 21. 그리운 지구로

알파성인과 케아로가 지켜보는 가운데 고진은 치올코프 교수에게 질문을 계속하였다.

"탈출할 수 없어요?"

"없어……. 케아로가 지킨다."

치올코프 교수는 아직도 상처의 고통을 못 이기며 얼굴을 찌푸린다.

"케아로라뇨?"

"로봇…… 로봇 인간이야. ……손힘이 장사다."

치올코프 교수는 눈을 뜨고 케아로 한 명을 쳐다본다.

"이들이 그렇게 힘이 세요?"

"그들을 주의해."

치올코프 교수는 그 이상 말을 하지 못하고 고개를 떨어뜨렸다.

"치올코프 선생!"

고진은 치올코프의 몸을 흔들며, 자기 우주복에서 구급약과 널따란 테이프를 꺼냈다.

먼저 테이프로 우주복의 찢어진 곳을 붙였다. 다음엔 산소 공급 장치의 다이얼을 올려 주고 각성제를 꺼내서 입에 넣어 줬다.

애덤스 박사와 모리스 교수도 그동안에 니콜라이 중령을 돌보고 최미옥 양은 나타샤 양을 간호하며 응급 치료를 해 줬다.

부상을 입은 사람들은 우주복을 때워 산소를 제대로 마시게 되자 한결 기운이 나아 보인다. 제법 신음하는 소리도 내고 눈을 뜨고 방 안을 둘러보기도 한다.

이렇게 부상한 사람들이 기운을 내자 케아로들은 못마땅한 듯이 지구인을 노려보다가 방해를 놓는다.

한사코 손을 잡아 비꼬는 바람에 케아로와 지구인의 싸움이 붙었다.

나타샤 양을 돌보던 미옥 양은 두 놈의 케아로에게 붙들려 앞가슴이 찢어졌다. 이것을 본 지구 사람들은 등 달아서 케아로에게 덤벼들었다.

케아로를 주의하라는 말을 들었지만 화가 치민 고진은 그런 것이 머리에 떠오를 리 만무하다. 고진은 마구 케아로에게 대들다가

다리를 잡히고 말았다. 케아로는 고진의 다리를 꺾었다.

우직우직 다리가 금세 꺾어지는 것 같다. 그제야 고진은 무서운 케아로의 힘을 깨달았다. 고진은 씨근거리며 허리에서 초음파 칼을 찾았다. 그러나 칼은 안 잡히고 고통은 더해 간다.

고진은 있는 힘을 다해 다리를 펴고 케아로의 손을 잡아 젖혀 보지만 케아로의 손을 벗어날 길은 없다. 고진은 마침내 정신을 잃고 두 손을 늘어뜨렸다.

그때 고진은 손에 무엇인지 잡히는 것을 느꼈다. 찾고 있던 초음파 칼이다.

'옳지!'

고진은 가까스로 칼을 손에 잡자 안전장치를 벗기고, 칼날을 케아로에게 향하며 휘둘렀다. 그러나 힘없이 젓는 고진의 칼날이 케아로에게 가 닿을 리 없다. 그런데도 이상한 일이 일어났다.

고진의 초음파 칼에서 케아로의 머리를 향해 초음파가 흐르자 케아로는 어찌할 바를 몰라 고진의 목을 놓고, 이리 뛰고 저리 뛴다.

이것을 본 세 명의 알파성인은 케아로에게 잇달아 명령을 내린다. 그러면 케아로가 다시 고진에게 덤벼드는데 고진이 칼을 휘젓자, 케아로는 다가오지 못하고 물러난다.

이렇게 되자, 홀 안은 혼란이 일어났다. 케아로가 이리 뛰고 저리 뛰는 바람에 사람들은 그를 피하기에 바빴고 알파성인들은 케아로를 진정시키려고 애썼다. 그러나 고진이 잇달아 초음파 칼을 휘젓고 있으므로 케아로는 질서 있게 움직이지 못하고 혼란은 더 심해질 따름이다. 그뿐 아니라 이제는 알파성인들 앞에 놓인 기계에도 불이 켜지고 이상한 소리가 울렸다. 비상 신호다.

알파성인들은 초음파로 케아로를 부렸던 것이다. 그런데 주파수가 맞지 않는 이상한 초음파가 고진의 칼에서 나오자 케아로의 행동은 엉망진창이 돼 버린 것이다.

이런 광경을 눈앞에 보는 알파성인은 몹시 당황하였다. 그러나 고진은 오히려 좋아라고 알파성인이 쓰는 마이크로 달려가 초음파 칼을 내댔다. 그러자 케아로들은 문밖으로 뛰쳐나가기도 하고, 어떤 놈은 자기 주인인 알파성인에게 대들기도 했다.

고진은 뜻하지 않은 초음파 칼의 힘에 자신도 놀라며 마구 칼을 휘저었다. 알파성인은 이제 그 이상 참지 못하겠다는 듯이 손을 들고 뭐라고 지껄이기 시작했다.

"뭐야? 항복이냐?"

고진이 외쳤다.

알파성인이 또 뭐라고 지껄인다.

"항복이거든 두 손을 들라!"

고진은 알아들을 수 없는 말을 지레짐작하며 알파성인에게 다가선다.

이것을 본 알파성인은 손에 조그만 곽을 들고 자기에게 가까이 오지 말라는 시늉을 한다.

"으하하…… 웃기지 마. 항복이거든 네놈이 손을 들라!"

고진은 그 곽이 무엇인지 깨닫지 못하고 그대로 알파성인 앞으로 다가갔다.

"고진! 물러서라."

그때 지금까지 쓰러져 있던 니콜라이 중령이 가까스로 목소리를 내어 고진을 말렸다.

"왜요? 저 곽이 뭔데요?"

"살인 무기다."

"살인 무기라뇨? 살인 광선이오?"

"저들의 총이야. 그러나 고진…… 저들은…… 화평을 원해."

"총을 들고 화평을 원해요?"

"분명히…… 싸우지 말자고…… 말했어. 나는 저이들 말 좀 알아……. 저들은…… 타협을 하자구 해."

"그게 진심일까요?"

"얘기해 봐!"

니콜라이 중령은 숨 가삐 이까지 말하자 숨을 내돌려 쉰다. 그리고 다시 알파성인에게 뭐라고 한마디 건네었다.

그러자 알파성인이 고개를 끄떡이며 자기가 먼저 손에 잡은 곽을 놓고, 고진에게도 초음파 칼을 놓으라는 시늉을 한다.

고진은 그가 하라는 대로 칼을 놓았다.

고진이 칼을 놓는 것을 보자 알파성인은 만족한 듯이 테이블 위에 놓인 녹음기를 틀기 시작했다.

니콜라이 중령의 말이 알파성인의 기계에 녹음이 된 것은 매우 다행한 일이었다.

고진과 다른 V.P.호 대원들은 그 녹음기에서 나오는 말을 듣고, 알파성인의 말이 대개 어떤 것인지를 짐작하게 되었다.

그래서 이제는 심히 답답한 방법이긴 하지만 녹음기를 다시 돌려서 낱말을 찾게 하면서 서로의 뜻이 억지로 통하게끔 되었다.

이리하여 알파성인과 지구인 (주로 고진이 대신했지만) 사이에 타협이 된 이야기를 간추려 보면 다음과 같은 것이다.

알파성인  우리는 지구인과 싸울 생각은 없었소.

지구인  우리도 마찬가지요. 당신들이 우리를 가두고, 우리에게 난폭한 짓을 했기 때문에 싸움이 벌어졌소.

알파성인  그것은 당신들의 잘못이오. 당신들이 허가 없이, 우주선의 비밀 동력 장치의 사진을 찍고, 또 도망을 쳤소.

지구인  그럼 갇힌 사람이 도망치는 것은 당연하지. 죽일는지 살릴는지 모르고 도망쳐 보지 않을 사람이 어디 있소?

알파성인  오해를 했소. 우리는 사진만 뺏고 사과한 다음 친구가 돼 달라고 부탁하려던 참에 당신들이 몰려 들어왔소.

지구인  우리도 무슨 나쁜 생각을 가지고 비밀 동력 장치의 사진을 찍은 것은 아니오.

알파성인   그렇소? 그러나 우리는 왜 그런 짓을 지구인들이 함부로 하는
지 알 수가 없어서 니콜라이 씨를 부르러 보냈던 것이오. 그런
데, 그 사람은 도망치고, 우리 케아로는 죽어서 쓰러졌다는 보
고였소. 하는 수 없이 비상령을 내리고, 케아로들에게 지구인
을 잡아들이게 한 것이오.


이렇게 이야기가 통하고 보니 두 유성인들 사이에는 싸워야 할
이유가 하나도 없었다는 것을 알게 되었다.

이때부터 이야기는 순조롭게 진행되었다.

첫째로, 지구인은 열 시간 안에 지구로 떠날 수밖에 없다는 것.

둘째로, 비밀 동력 장치를 찍은 필름은 돌려주고 나머지는 지구
인이 도로 갖게 할 것.

셋째, 지구인과 알파성인들 사이에 문화 교류를 하자는 것. 그중
에는 영화 필름과 영사기, 녹음기가 들어 있고 서로의 말을 배우는
책이 들어 있다.

이런 이야기가 끝나자, 지구인과 알파성인은 서로 유쾌하게 손
을 잡고 자기들 습관대로 만족한 표시를 했다. 지구인은 활짝 웃으
며 그들을 안아 주고, 알파성인은 지구인의 머리와 등을 쓰다듬어
주었다.

목숨을 건 싸움은 협상으로 끝났다.

그 뒤에는 제법 송별 파티까지 베풀어졌다.

송별 파티라지만 모두 부상을 입은 위에 지구로 돌아가야 할 시간이 박두하였으므로, 축배를 드는 데 그쳤다.

그러나, 그 축배의 잔은 지구인들의 후끈 단 몸을 한결 식혀 주었다. 그 축배에 쓴 음료수는 알파성인들이 몸을 식힐 때 마시는 것이기 때문이다. 이 잔이 몸 안에 들어가자, 몸의 열이 이상하게 내려가는 것을 깨달았다.

축배가 끝나자 지구인은 부상한 사람을 부축하고 탈것에 올랐다. 또 최미옥 양과 나타샤 양은 영사기와 녹음기며 책을 들고 탔다.

이리하여 지구인은 모두 알파성인의 지하 도시를 벗어나게 되었다.


알파성인의 지하에서 나온 지구인들은 살아난 기분이었다. 금성의 바깥이 알파성인의 지하에 비하면 사람이 살기엔 얼마나 불편한지 알 수 없지만, 그래도 사람들은 자유를 되찾은 것이 한없이 기뻤다.

"정말 악몽 같은 이틀이 지났어요."

미옥 양이 푸념하듯이 말하면,

"정말 도로 나온 것이 기적이야. 이건 정말 지하로 들어갈 땐 상상도 못 하던 일들이 벌어졌지 뭐요."

애덤스 박사도 한마디 한다. 애덤스 박사는 자기가 소련 사람의 생사를 알아야 한다고 우겨서 지하까지 들어오게 된 것이라고 생각한 것이다.

지구인들은 부상한 사람을 차례로 헬리콥터와 비행 보트에 태우려고 먼저 니콜라이 중령부터 부축을 하였다.

한 사람이 헬리콥터의 문을 열고 들어간 뒤, 다른 두 사람이 그를 들여보내려고 하자, 니콜라이 중령은 가늘게 신음하며 고개를 저었다.

"왜 그러세요?"

니콜라이 중령은 다시 고개를 젓는다.

"정신을 차리세요. 우리는 조금 있으면 지구로 돌아갈 수 있어요."

고진이 그의 귀에 대고 기운을 북돋듯이 말한다. 그러나 니콜라이 중령은 고개를 설레설레 저을 뿐이다.

"그럼 헬리콥터를 안 타시겠단 말씀이에요?"

"소용…… 없어……."

니콜라이 중령은 그제야 겨우 들릴까 말까 한 소리로 소곤댄다.

"기운을 내셔야 합니다. 무슨 일이 있어도 저희와 같이 돌아가셔야 합니다."

"내…… 걱정 말고 어서…… 떠나시오."

"그게 무슨 소리여요. 자, 기운을 내셔요. 어서 탑시다."

"난…… 내 몸을 알아…… 벌써…… 늦었어……."

니콜라이 중령은 아주 목을 축 늘어뜨리고 말았다.

"니콜라이 선생! 니콜라이 선생!"

모든 사람이 번갈아 불렀다. 그러나 니콜라이 중령은 다시 정신이 들지 못한다.

"어서 강심제 주사를 놔 봅시다."

애덤스 박사가 급히 주사를 한 대 놓았다.

사람들이 지켜보는 가운데 아마 5분쯤이 지났을 때 니콜라이 중령은 다시 눈을 떴다.

"눈을 떴어요!"

여러 사람들의 입에서 환성이 터져 나왔다.

"고진…… 고진……."

그때 니콜라이 중령은 가늘게 떨리는 목소리로 고진을 불렀다.

"저 여기 있어요, 스미스 교관님."

고진이 대답하자,

"오! 듣고 싶던 이름이야……. 그러나 나는…… 스미스 교관이란 이름을…… 들을 자격이…… 없는 사람이야."

그렇게 말하면서도 고진이 스미스 교관이라고 불러 준 것을 만족히 여기는 모양이다.

"자격이 왜 없어요. 스미스 교관님이 없었다면 우리는 지금 어떻게 됐겠어요. 지하에서 살아난 것도, 지구로 돌아갈 우주선이 남은 것도 모두 스미스 교관님의 덕택이 아녜요."

"그건…… 어쩌다 그리된 것뿐이지……."

"그런 말씀 마시고, 어서 기운을 내세요. 지구로 돌아갈 시간은 앞으로 다섯 시간밖에 남지 않았어요."

"알아…… 그래서 헤어지기 전에…… 내가 고백할 일이 있어."

"고백할 일이라뇨?"

"내 죄…… 내가 지은 죄……."

"그런 약한 소린 하지도 마오. 어서 기운을 내요."

치올코프 교수도 눈물이 글썽해졌다.

"내 고백을 들어 주오……. 나는 달을 왕래하는…… 우주 비행사를 많이…… 죽였소……."

"그게 정말이어요?"

고진이 다그쳐 묻는다.

"정말이지…… 혹 달린 진공관……."

"혹 달린 진공관이 어쨌다구요?"

"내가 그 진공관에 전파를 보내면…… 비행사의 몸에 전기가 흘러……."

이 말에는 치올코프 교수조차 깜짝 놀란다.

니콜라이 중령은 이미 결심한 듯이 하와이 우주 공항과 달을 왕래하는 우주선에서 일어난 스파이 사건들은 모두 자기가 한 짓이라고 고백했다.

그리고 나중에는 다음과 같은 이야기도 덧붙였다.

그는 고진을 정말 좋아했다. 그래서 납치까지 해서 금성에 데려

왔는데 그것과 자기 스파이 행동과는 아무 상관이 없는 것이라고
했다.

또 그는 지구는 하나라는 말을 되풀이하였다.

"지구는 하나야……. 금성에 와 보고…… 나는 그것을 알았어.
……모든 민족은…… 적이 될 수 없어……. 형제야……. 싸워선 안
돼…… 싸워선 안 돼……. 그럼…… 안녕……."

그는 마지막 인사까지 끝내자, 목을 늘어뜨리고 눈을 감았다.

그를 지켜 섰던 사람들의 눈에는 뜨거운 눈물이 흘러내렸다.

"마지막이오!"

의사인 애덤스 박사는 손의 맥박을 짚어 보고, 그의 두 눈을 손
끝으로 가려 주었다.


니콜라이 중령의 시체는 여러 사람들의 합의에 따라 윌리엄 중
령 등의 비문이 새겨진 그 루비—보석 바위 근처에 묻어 주었다.

지금은 그를 위해 길게 추모할 시간도 별로 없다.

앞으로 떠날 시간까지는 한 시간뿐이다. 그들은 우주선으로 돌아
왔다.

그동안에 알파성인들이 와서 약속한 영사기와 녹음기, 책 등을
받아 갔다.

이제는 떠날 때 환자를 안전하게 돌봐 주는 일과 기계를 점검하
는 일밖에 남지 않았다.

그런데도 이것저것 대원들 사이에는 의견 충돌이 생겼다.

"이래서는 지구까지 앞으로 100여 일이나 우주여행을 하는 동안에 우주선 안의 질서가 잡히기 어려울 것 같소. 통솔자가 있어야지……."

"대장을 뽑읍시다."

애덤스 박사가 말하자 모리스 교수가 대뜸 찬성하였다.

"다른 분 의견은 어떻소? 두 명의 대장은 죽고, 양쪽 우주선의 대원들만이 한 우주선에 탔어요. 이런 경우에 질서를 잡으려면 대장은 있어야 할 것 같은데요."

"찬성합니다."

치올코프 교수와 그 밖의 대원들도 모두 찬성이다.

"그럼 투표 방법은 어느 것이 좋아요?"

"비밀 투표가 좋겠죠. 완전한 신임을 묻는 방법이니까요."

최미옥 양이 말하자,

"지명 후보를 내세웁시다."

나타샤 양이 침대에 누운 채, 의견을 내놓았다.

이런 문제 때문에 약간 옥신각신이 있었지만 치올코프 교수의 조정으로 결국 무기명 비밀 투표의 방법이 결정되었다.

이래서 종이를 돌리고 표를 모았다. 부상을 입어 글을 못 쓰는 사람에게만 적은 이름 위에 ○표를 하게 하여 다른 표에 섞게 하였다.

표가 한 표 한 표 열렸다.

그때마다 고진의 이름만이 나왔다.

그때마다 환성이 터졌다.

그런데 도중에서 치올코프 교수의 표가 하나 나왔다.

이것을 안 대원들은 몹시 흥분해서 서로 얼굴을 마주 본다. 배신자가 누구냐 찾는 모양이다.

그러나 마침내 표가 완전히 열리자 그런 표는 한 장뿐임이 밝혀졌다.

"우아아! 고진 대장 만세!"

모두 웃었다. 한 장의 딴 표는 고진이 썼다는 것이 밝혀졌기 때문이다.

모두들 다시 박수를 보냈다.

고진은 얼굴이 빨개져서 일어났다.

"저는 사양하겠습니다. 자격이 없습니다. 제일 연장자이신 치올코프 교수님도 있고, 애덤스 박사님도 계십니다. 그런데 저 같은 어린 것이 대장직을 감당할 수 없습니다. 더욱이 저는 우주선을 조종하기에도 바쁠 겁니다. 그러니 제발 다른 대장을 선출해 주십시오."

고진은 펄펄 뛰며, 진심으로 사양했다.

"일단 선출한 이상, 다수의 뜻에 복종해야 하오."

여기저기서 꼭 같은 소리가 나왔다.

"다시 박수를 보냅시다."

"대장은 나이로 하는 것이 아니오. 경험과 판단력으로 할 수 있소. 우리는 젊은 대장의 명령에 절대복종하겠소."

"옳소. 젊은 대장을 받듭시다."

다시 박수가 터졌다.

고진이 다시 일어나 이야기를 하려고 하자, 이번에는 그를 말리며 치올코프 교수가 일어났다.

"내가 한마디 말하겠소. 솔직히 말하면 나는 다른 어떤 분이 대장에 뽑혀도 반대할 뻔했소. 나는 그분들을 모르기 때문입니다. 또 그분들도 우리를 잘 모릅니다. 그러나 고진 대장은 모든 것을 다 알고, 우리가 믿는 사람입니다. 그러므로 이 이상 시간이 없는 지금 대장 이야기는 말아 주기 바랍니다."

치올코프 교수는 자기가 결론을 짓듯이 말한다.

다시 박수가 터져 나왔다.

"이렇게 되면, 사양하는 것이 헛수고요 시간 낭비일 것 같습니다. 그럼 지구로 무사히 돌아가도록 여러분의 협력을 간청합니다."

고진은 마침내 대장직을 수락했다.

고진은 잠시 생각한 뒤 여러 기계와 조종 장치 등을 맞추고 대장으로서의 첫 명령을 내렸다.

"모두 제자리에 착석하고, 출발 준비를 해 주시오. 출발 시간은 앞으로 10분, 목표는 지구!"

고진 대장의 명령이 떨어지자 대원들은 모두 일제히 제자리로 돌아가 의자를 고정시켜 비스듬히 그 위에 눕고 안전벨트를 채웠다.

자동적으로 알리는 카운터 소리가 이상하게 고요한 우주선의 방 안을 울려 준다.

바로 그 카운터의 바늘이 0을 가리킬 때다.

고진은 단추를 누르며 힘차게 외쳤다.

"출발!"

그러자 육중한 우주선 C.C.C.P.호는 알파성인들이 지켜보는 가운데, 뜨기 시작했다. 이글이글 타는 금성의 불길과 연기와 먼지가 일렁이는 지표를 밑으로 굽어보며, 한껏 구름을 뚫고 하늘 높이 솟아올랐다.

# 과학소설의 재미와 우주 개척의 꿈

## 김이구

1

　과학소설(SF, Science Fiction) 하면 좀 생소하다 싶지만, SF 영화를 떠올려 보면 과학소설은 대중과 매우 친근한 장르라는 것을 알 수 있다. 외계인과 지구 어린이의 우정을 그린 「E. T.」, 은하계에서의 장대한 우주 전쟁을 그린 「스타워즈」, 외계 생물체와의 공포스러운 만남을 그린 「에일리언」, 미래의 자원 문제와 외계 종족과의 전쟁을 그린 「아바타」 등 수많은 SF 영화들이 폭발적으로 대중의 인기를 모았다. 이러한 SF 영화들이 보여 준 특유의 서사(이야기)와 상상력이 바로 과학소설이 기본적으로 갖고 있는 서사와 상상력인 것이다. 아니, 과학소설은 SF 영화보다 좀 더 뿌리가 깊으며 SF 영화에 다양한 소재를 공급해 주기도 한다.

『금성 탐험대』는 과학소설이라면 흔히 연상되는 우주선과 외계인, 로봇 등이 등장하는 소설이다. 발표 당시에 '과학모험소설'이라는 타이틀이 붙어 연재되었는데, 과연 미지의 세계인 우주에서 벌어지는 모험과 활극이 긴박하게 전개되어 가슴을 죄며 읽게된다.

이 작품을 쓴 한낙원(韓樂源, 1924~2007)은 한국 과학소설의 선구자로, 1950년대 말부터 과학소설 창작에 매진해 많은 작품을 남긴 작가이다. 1960년대에 인기가 높던 학생 잡지 『학원』에 『금성 탐험대』와 『우주 벌레 오메가호』를 연재했는데, 당시 학생 기자가 한낙원 작가를 인터뷰해 쓴 기사를 보자.

선생님을 뵈온 첫인상은 인자하시고도 어딘지 모르게 아버지 같은 부드러움을 느꼈다. 선생님께서는 우리나라에서 최초로 과학소설을 쓰셨으며 지금까지도 집필하고 계셔서 과학소설의 선구자라고 할 수 있다. 과학소설을 쓰시게 된 동기는 나라의 기둥이 될 학생들에게 모험심을 기르고 어려운 난관에 부딪치더라도 이겨 낼 수 있는 지혜와 담력을 길러 주기 위해 쓰셨다 했다. 발표하신 작품을 소개한다면, 『잃어버린 소년』, 『금성 탐험대』, 연속극으론 「화성에서 온 사나이」, 「백 년 후의 월세계」, 현재 서울중앙방송국(CBS)에 연재되는 「우주 로보트」 등 여러 책들과 방송에 관계하고 계신다. 과학소설은 생산 문학이라고 하시는데 『우주 벌레 오메가호』에 나오는 비행접시와 수륙 양용차 등은 우리들이 생각할 때 상상도 할 수 없지만 미래의 세대에 있어서는 가능한 존재라는 이야기를 들었을 때 정말 그곳에 가 보고 싶은 의욕이 솟구쳤다.

지금은 소설을 쓰시는 데 대해 아주 보람을 느끼신다고 하신다. 독자들에게 하고 싶은 말씀은 앞으로 밝아 올 새 세대의 주인이 될 학생들이 과학소설을 읽어서 과학에 대한 지식을 좀 더 넓혀 나라의 부흥에 이바지하고 발전시키는 데 전력을 다할 것을 당부하셨다. 앞으로 계속 흥미 있는 과학소설로 우리들의 꿈의 세계를 키워 주실 것을 기약하시며 조용히 미소 지으셨다.

—「본지 학생 기자의 5분간 인터뷰」 전문, 『학원』 1968년 5월호, 302면


『금성 탐험대』에서 우주선을 타고 태양계의 행성 금성을 탐험하러 떠난 주인공들은 광활한 우주 공간과 인류가 아직 발을 디딘 적이 없는 별 금성에서 갖가지 사건과 어려움에 부딪히며 그것을 헤쳐 나간다. 그러한 탐험과 모험의 중심에서 활약하는 인물은 다름 아닌 고등학생이나 대학생 나이 또래의 한국 젊은이들이다.

작가는 위 인터뷰에서 미래의 주역이 될 학생들에게 "모험심을 기르고 어려운 난관에 부딪치더라도 이겨 낼 수 있는 지혜와 담력을 길러 주기 위해" 과학소설을 쓴다고 하였는데, 그러한 작가 의

식에서 고진과 최미옥 등 젊은 주인공들의 진취적인 활약상을 그려 냈다.

2

『금성 탐험대』는 1960년대에 학생 잡지 『학원』에 연재(1962년 12월호~1964년 9월호)되었고 이후 책으로 출판되어서 널리 읽혔다. 그 시절에는 요즘과 같이 영상 매체가 다양하지 않았고 개인용 컴퓨터나 스마트폰 같은 디지털 매체도 없었던 터라 인쇄 매체인 잡지의 인기가 높았다. 학생 잡지 『학원』에는 다양한 종류의 소설이 실렸는데, 조흔파·최요안 등의 명랑소설, 박계주·장수철 등의 순정소설과 함께 역사소설, 추리소설, 과학소설도 인기리에 연재되었다. 『얄개전』(조흔파), 『황금박쥐』(김내성), 『쌍무지개 뜨는 언덕』(김내성), 『금성 탐험대』(한낙원), 『무사 호동』(박연희), 『비둘기가 돌아오면』(마해송) 등 연재소설은 '학원 명작 선집'으로 간행되어 독자들의 심금을 울렸다.

하와이 우주 항공 학교 학생인 '부산 중학 출신' 고진과 '서울 출신' 최미옥. 우주 비행사 훈련을 받은 후보생인 두 젊은이는 예기치 않게 각기 소련 우주선과 미국 우주선을 타고 금성을 탐험하러 우주로 떠나게 된다. 서두에서부터 수수께끼 같은 사건들이 잇따라 벌어지고, 스파이에게 납치된 고진이 탑승한 소련 우주선

C.C.C.P.호와 최미옥이 탄 미국 우주선 V.P.호는 우주에서 치열한 경쟁을 하며 금성을 향해 나아간다. 이렇게 전개되는『금성 탐험대』는 중력이 사라진 우주선 안의 상황을 생생하게 묘사해 보여주기도 하고, 낯선 별에 불시착해 그곳을 탐사하는 모습을 보여 주기도 한다.

금성의 바다에 떨어진 V.P.호의 대원들은 금성의 물과 공기에 대한 기초 조사를 한 뒤 지구로 귀환하고자 하는데, 이때 육지로 나가 금성을 더 탐험할 것을 주장한 대원은 후보생 박철과 최미옥, 두 젊은이이다.


"사람이 오래 있을 곳은 못 되는군. 그렇다면 육지에 기지를 만들 필요가 뭐요. 이대로 지구로 돌아가는 길밖에 없지 않아요? 사진이나 찍을 수 있는 대로 찍어 가지고 돌아갑시다."

윌리엄 중령이 모든 것을 체념한 사람처럼 힘없이 말했다.

"저는 싫습니다."

박철 후보생이 말했다.

"또 무작정 반대요? 뻔히 다 듣고서두?"

윌리엄 중령이 성가신 듯이 꾸짖었다.

"저는 고진 후보생의 대신으로 이까지 왔습니다. 고 군이 못한 몫까지 하고야 돌아가지 이대로 돌아갈 순 없습니다."

"허허…… 누가 박 군의 심정을 몰라서 그러오? 이런 곳에서 무엇을 어떻게 하겠소. 우리 산소 공급량에는 한도가 있지 않소?"

"그러면 저만 남겠습니다. 통신기와 성층권 로켓 비행기와 보트만 남겨 주십시오."

"그것을 가지고 어떡할 참이오?"

"육지까지 탐험을 하고 그러고 나서 구름 위로 올라가서 지구에 제가 본 것을 알리고, 그 뒤엔 우주의 이슬로 사라질 뿐입니다." (121~22면)

최미옥 역시 살아 돌아갈 생각은 하지 않았다며 계속 탐험할 것을 주장한다. 위험을 무릅쓰고 탐험을 하자는 것이 과연 합리적 판단인지는 의문이지만, 『금성 탐험대』의 젊은이들은 이처럼 진취적인 생각을 갖고 있고, 미지의 세계를 탐사하는 모험을 두려워하지 않는다. 그리고 이러한 젊은이들의 진취적인 생각과 태도는 다른 대원들에게도 영향을 끼쳐 그들의 생각도 바꿔 놓는다.

고진과 최미옥과 박철, 이 세 사람은 우주 비행사 후보생으로 아직 배우는 학생이다. 그러나 처음 나선 우주여행에서 저마다의 몫을 다할 뿐만 아니라 어려운 상황에 부딪혔을 때 어른들을 이끌기까지 한다. 사회의 주역으로 당당히 진입하는 이들의 모습에서 젊은 세대에 대한 작가의 기대와 믿음을 읽을 수 있다.

한낙원은 과학소설 작가로서 한국문학에서 독보적인 존재이다.

『새벗』,『소년』,『소년동아일보』,『소년한국일보』등 어린이 신문·
잡지와『학원』,『학생과학』등 청소년 잡지에 수많은 작품을 발표
하며 대중 독자들과 호흡을 함께했다.『금성 탐험대』는 한낙원의
대표작이자 한국 창작 과학소설의 초창기를 빛낸 작품으로, 지금
읽어도 끊임없이 펼쳐지는 모험 서사가 흥미진진하고 우주로 향
한 꿈과 도전이 생생하다. 외국 과학소설과 다르게 한국의 젊은이
들이 주역으로 활약하는 데서 청소년 독자들은 마치 주인공과 함
께 우주선을 타고 여행을 떠난 듯한 실감을 맛보게 된다. 우주선과
우주 공간에서의 신기한 체험, 미지의 별에 대한 호기심과 용기 있
는 탐험, 외계인과의 경이로운 만남 등 과학적 상상력으로 펼치는
세계는 여전히 청소년 독자들에게 신선한 지적·정서적 자극을 안
겨 준다.

요즘 청소년의 삶은 대부분 좁은 학교 울타리에 갇혀 있고, 대학
진학과 직업 선택 등 진로에 대한 압박감에 짓눌려 있다.『금성 탐
험대』를 읽으며 광활한 우주를 품는 큰 꿈을 꾸고 당당히 사회의
주역으로 나설 수 있는 자신감을 길러 보자.


3


인간은 언제 금성에 갈 수 있을까?

아폴로 11호를 타고 인간이 처음 달에 갔다 온 지 40여 년이 지

났지만, 금성에 인간이 가는 것은 아직 쉽지 않다. 달이나 금성에 갈 수 있다 하더라도 우주에서는 매우 제한된 활동만 가능할 뿐이다. 과학소설이나 SF 영화에서는 수많은 우주선이 현란하게 우주를 비행하고 엄청난 전쟁을 벌이기도 하지만, 그러한 설정들은 실현 가능성이 높은 과학의 영역이기보다 상상력을 극대화한 판타지의 영역에 가까운 것일지도 모른다.

『금성 탐험대』가 처음 발표된 시기는 인간이 달에 가기 전인데, 작품의 배경은 달에는 우주선이 자주 왕래하고 금성에는 인간이 아직 발을 딛지 못한 미래 시대로 설정되어 있다. 소련과 미국이 금성 탐사 경쟁을 하고 고진과 최미옥은 각기 소련 우주선과 미국 우주선을 타게 된다. 이러한 상황 설정은 1961년 소련의 유리 가가린이 인류 최초로 우주 비행에 성공한 뒤 더욱 치열해진 그 당시 미국과 소련 간의 우주 개발 경쟁에서 착상을 얻은 것으로 보인다.

『금성 탐험대』는 이렇듯 실제 현실의 연장선에서 과학적 상상력을 펼치고 있기 때문에 우리는 미지의 우주를 탐험하는 여행을 한층 더 생생하게 추체험하고, 인간의 호기심과 도전 정신이 드넓은 우주 공간을 가로질러 금성과 더 먼 별에까지 뻗어 가는 것에 신 나게 동참할 수 있다. 등장인물들이 끊임없이 부딪히는 위기에 조마조마하여 손에 땀을 쥐기도 하고, 주인공들이 새로운 세계에 뛰어들 때는 함께하는 용기를 발휘하기도 한다. 또한 이야기와 상황의 갈피갈피에서 여러 생각거리를 만나 상상력을 펼쳐 보고 궁금증을 갖게도 된다.


　—소설에서는 소련이 미국 우주선을 모방하고 미국 우주선을 파괴하려 한다. 1960년대 미국과 소련이 벌인 우주 개발 경쟁은 어떤 양상으로 전개되었으며, 달에는 어느 나라가 먼저 도착했는가?

　—소설에서는 한국의 청년들이 강대국 미국과 소련의 우주선을 타고 우주 탐험을 한다. 미래에 한국의 발달한 과학으로 한국이 우주선을 쏘아 올려서 금성 탐험을 하는 것으로 설정했다면 어떠했을까?

　—고진과 최미옥은 우주 항공 학교에서 비행사가 되기 위해 어떤 훈련과 교육을 받았을까?

　—금성 탐험호는 몇 달에 걸친 우주여행을 하는 동안 원자력 에너지를 쓰는 것으로 설정되어 있다. 실제 우주선의 연료로는 어떤 것을 쓰는가? 원자력을 써서 우주여행을 한다면 어떻게 가능할 수 있을까?

　—잇따른 위기를 넘기고 금성에 도착한 지구인들은 처음에 어떤 느낌을 받았나? 자신이 우주인으로 금성에 갔다면 어떤 소감을 지구로 보낼 것인가?

　—실제로 금성 탐험대의 일원이 되어 금성에 착륙했다면 무엇을 조사해 보고 싶은가?

　—이 소설이 쓰인 시기에는 금성에 대한 정보가 많지 않았다.

소설에 나타난 금성의 자연환경은 어떠하며, 이후 과학적으로 밝혀진 금성의 자연환경과 어떻게 같고 다른가?

—소설에서 지구인들은 금성의 지하에 거주하는, 켄타우로스 성좌의 알파성에서 온 외계인과 그들이 개발한 로봇인 케아로를 만난다. 지구인들은 이들과 어떻게 의사소통을 했나? 지구인이 외계인과 만난다면 어떤 식으로 의사소통이 이루어질 수 있을까?

—소설에서 금성을 계속 탐험할 것인가, 지구로 귀환하는 우주선의 대장을 누구로 할 것인가를 정할 때 어떤 방법으로 정하였나? 그 방법은 적절한 것이었나?

—지금까지 우주에서 발견된 생명체에는 어떤 것이 있나? 이 소설에서처럼 우주 어느 곳에 고도의 지능을 가진 생물이 살고 있어서 가까운 장래에 지구인과 만나게 될 것이라고 보는가?

—태양계의 행성을 탐사할 우주여행의 기회가 온다면 어떤 별을 누구와 함께 가 보고 싶은가?

이와 같은 질문들을 떠올리고 답해 본다면 작품의 의미는 더욱 풍성해질 것이다.

김이구/문학 평론가

**창비청소년문학 56**

# 금성 탐험대

초판 1쇄 발행 • 2013년 11월 15일

지은이 • 한낙원
펴낸이 • 강일우
책임편집 • 정편집실
펴낸곳 • (주)창비
등록 • 1986년 8월 5일 제85호
주소 • 413-120 경기도 파주시 회동길 184
전화 • 031-955-3333
팩시밀리 • 영업 031-955-3399 편집 031-955-3400
홈페이지 • www.changbi.com
전자우편 • ya@changbi.com

ⓒ 한애경 2013
ISBN 978-89-364-5656-6  43810

＊ 이 책 내용의 전부 또는 일부를 재사용하려면
   반드시 저작권자와 창비 양측의 동의를 받아야 합니다.
＊ 책값은 뒤표지에 표시되어 있습니다.